河南省哲学社会科学规划项目（2020CWX033）

# 追本溯源

## 现当代主要作家小说主题及艺术

王雅琨　著

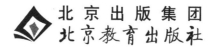

北京出版集团
北京教育出版社

图书在版编目（CIP）数据

追本溯源：现当代主要作家小说主题及艺术 / 王雅
琨著. -- 北京：北京教育出版社，2023.12
　　ISBN 978-7-5704-6004-5

　　Ⅰ.①追… Ⅱ.①王… Ⅲ.①小说研究—中国—当代
Ⅳ.①I207.42

　　中国国家版本馆CIP数据核字(2023)第227661号

追本溯源：现当代主要作家小说主题及艺术

王雅琨　著

\*

北 京 出 版 集 团
北京教育出版社　　出版
（北京北三环中路6号）
邮政编码：100120
网址：www.bph.com.cn
京版北教文化传媒股份有限公司总发行
全国各地书店经销
河北宝昌佳彩印刷有限公司印刷

\*

710 mm×1 000 mm　16 开本　15.5 印张　216 千字
2023年12月第1版　2023年12月第1次印刷
ISBN 978-7-5704-6004-5
定价：78.00 元

# 前　言 》

　　在中国文学的瑰丽花园里，一代代杰出的作家用他们的笔墨和智慧，为人们织就了一幅幅美丽的画卷。他们记录了历史的风云变幻，探究了人性的深邃奥秘，展现了生活的真实面貌。他们以对艺术的执着追求和对人生的独特见解，传递了时代的力量。他们的艺术作品成为中华民族宝贵的精神财富。本书将集中讨论自鲁迅至余华等一系列杰出作家的文学成就及艺术风格，力求揭示他们的创作主题、艺术手法和思想内涵。

　　鲁迅是近现代文学的奠基人，以锐利的笔触和深刻的思辨，开启了新文学的先河。他的作品以《呐喊》《彷徨》《故事新编》为代表，展现了他对社会黑暗的无情批判和对人性的深刻剖析。著者通过对这些作品进行艺术分析，揭示鲁迅小说中的悲剧和反讽艺术。

　　茅盾是现实主义文学的杰出代表，他的作品以长篇小说《子夜》和短篇小说《林家铺子》为代表，著者通过对这些作品中的语言艺术和结构艺术的探讨，展现茅盾独特的文学风格。

　　老舍则是中国现代文学史上的一位巨匠，他的创作以人民为中心，以北京为舞台，广泛地反映了当时的社会面貌。著者通过对《骆驼祥子》中的再现艺术和《四世同堂》中的思想艺术的分析，探讨老舍小说的艺术特点。

　　巴金则是一位洋溢青春激情的小说家，他的作品以《激流三部曲》和《寒夜》为代表，展现了深刻的人性关怀和对生活的热爱。著者通过对这些作品中的比喻艺术和抒情艺术的探讨，揭示巴金小说的独特魅力。

　　张爱玲是中国现当代文学的璀璨明珠，她的小说以精巧的构思、细腻的描写和独特的个性闻名于世。著者将以《金锁记》为例，深入探讨张爱玲小说中的叙事艺术，展示她独树一帜的文学风采。

沈从文是一位才华横溢的作家，他的小说以《边城》和《长河》为代表，体现了他对故乡土地的深厚感情以及对人生感悟的独到见解。著者通过分析《边城》中的诗化风格和《长河》中的悲剧艺术，揭示沈从文小说的独特韵味。

王蒙是一位富有创造力的作家，他的小说以《组织部来了个年轻人》和《春之声》为代表，充满了对社会现象的思考和对人性的挖掘。著者将分别从人物塑造和艺术分析的角度，解读王蒙小说的思想性。

池莉是一位关注人性和生活细节的作家，她的小说《烦恼人生》，以独特的叙事艺术呈现了真实的生活与她对生活的感悟。著者通过对这部作品进行艺术分析，展示池莉小说的魅力。

余华的小说以《活着》为代表，展现了对生活、人性的深刻洞察。著者通过对《活着》中悲剧叙事艺术的分析，揭示余华小说的内在力量。

本书将带领读者跨越时空的界限，沉浸在中国现当代文学的海洋中，领略那些才华横溢的作家在艺术与思想上的辉煌成就。著者期望通过对这些作家及其作品的解读与鉴赏，能够激发广大读者对中国文学的兴趣与热爱，从而增强人们对民族文化的认同感和自豪感。

本书不仅是对文学传统的一种传承，还是对未来文学发展的一种期许。在这个信息爆炸的时代，文学作品依然有着它们独特的价值，它们能够提升人们的精神世界，丰富人们的文化底蕴。希望本书能够成为一座连接过去与未来的桥梁，在使人们领略文学魅力的同时，为中国文学的繁荣与发展贡献一分力量。

著　者

2023 年 5 月 30 日

# 目　录 ≫

# 导　言　现当代小说创作概况

## 一、现代主要作家及其小说创作概况（1917—1949 年）

从 1918 年 5 月鲁迅在《新青年》上发表第一篇现代白话短篇小说《狂人日记》起，至 1949 年，中国现代小说虽仅有约 30 年的创作历史，但其发展独具特色。新文化运动推动了中国小说的现代化进程，并提升了小说在艺术领域的地位。小说成为五四运动时期乃至整个现代文学史上重要的艺术形式，其成就超越了其他文学形式。现代小说与古典传统小说的区别并非仅在于前者使用白话文，更在于前者对后者从小说理念到内容与形式、从创作方法到技巧的全方位变革。

### （一）1917—1927 年作家及其小说

五四运动时期的小说，拉开了中国现代小说的序幕，在思想文化启蒙的巨浪汹涌之际，无数热血青年笔耕墨耘。这一时期，女性小说家，如冰心、庐隐、冯沅君、凌叔华等，凭借女性独特的视角，关注社会与人生，尤其是新旧冲突中女性的命运，她们与男性作家并肩作战，共同开拓中国现代小说的疆土。然而，五四运动时期仍是现代小说萌芽时期，鲁迅之外的小说家多显稚嫩，但他们拓荒者的精神和对现代小说多方面的探索，实属不容忽视。

鲁迅作为现代小说之鼻祖，其作品自始便颇具艺术品质。在新文学诞生的最初十年，他的《呐喊》与《彷徨》始终是其他作品望尘莫及的巅峰之作。从《狂人日记》起，鲁迅将反封建的锋芒直指人心的觉醒、国民灵魂的重塑。正因这种启蒙主义文学观，鲁迅奠定了以农民和知识分子为主题的现代文学基调，中国现代小说由此肩负起沉重的社会责任，鲁迅倡导的现实主义文学创作也成为中国现代小说的主旋律。

五四运动时期小说家众多，社团竞起，流派纷呈。"文学研究会"和"创造社"作为较具代表性和影响力的文学社团，汇集了除鲁迅以外的重要小说家，分别代表了"人生派写实小说"与"浪漫派抒情小说"，也为中国现代小说发展奠定了一定的基础。

1921 年 1 月，文学研究会在北京成立，由周作人、朱希祖、郑振铎、沈雁冰（茅盾）、叶圣陶、郭绍虞、孙伏园、许地山和王统照等 12 人发起，后来壮大至近百人。他们的创作受到俄国和欧洲其他国家现实主义文学思潮的影响，关注文学的实用性，以及人生和社会问题，强调"新文学写实主义"。

在这些作家中，叶圣陶被认为是继鲁迅之后杰出的现实主义作家。叶圣陶从"问题小说"起家，擅长描写"小市民知识分子的灰色生活"，在短篇小说《潘先生在难中》中，叶圣陶通过真实的生活描写展现小市民知识分子的精神病态，并对"灰色生活"进行批判性思考。他的长篇小说《倪焕之》展现了辛亥革命以来部分知识分子的思想历程和精神风貌，展示了叶圣陶小说在现实主义创作上的成熟。叶圣陶对五四运动时期小说的成熟和人生派写实小说的形成贡献较大。

除叶圣陶外，人生派写实小说作家主要来自文学研究会的乡土小说作家群。乡土小说是描写故乡乡镇生活，具有浓厚乡土气息和地方色彩的小说。这些作家大多受鲁迅小说影响，以客观写实的手法描写农村的风土人情和农民的悲惨生活。乡土派代表作家包括王鲁彦、彭家煌、许钦文、蹇先艾和许杰等。他们的作品展现了各地独特的风土人情，如王鲁彦的浙东滨海乡镇、彭家煌的湘中农村、许钦文的江南农村、蹇先艾的贵州山区和许杰的浙东山区。虽然他们在总体艺术水平上尚显稚拙，但作为一个流派，乡土小说对现代小说的确立和新文学现实主义的发展贡献颇丰。

浪漫派抒情小说作家主要聚集在创造社。创造社于 1921 年 7 月在东京成立，成员主要是留日学生，如郭沫若、郁达夫、成仿吾、张资平、田汉、郑伯奇。与文学研究会相比，创造社具有鲜明的流派特点和艺术追求，其作品以自我表现为主要特征，强调主观性和抒情性。

在浪漫派抒情小说作家中，郁达夫是较具代表性的。他的《沉沦》于 1921 年 10 月出版，是中国现代小说第一个专集，也是这一时期浪漫派抒情小说的奠基之作。《沉沦》以对自身内心情感和变态心理的大胆揭示、直抒胸臆的抒情而脍炙人口，一经出版便轰动了文坛。

郁达夫同样对社会阴暗面深感愤慨，却与乡土作家通过冷静描写和精准剖析来传达不满的方式截然不同。郁达夫选择通过激昂的情感流露、勇敢的谴责和呼唤，直接释放内心的抗议，以热情洋溢的抒情手法感染读者。这在中国小说史上开创了前所未有的新局面，也是对传统小说观念的拓展。

在中国现代小说的早期发展阶段，冯文炳（废名）这位与众不同的田园作家也同样值得关注。他的小说以故乡的自然风光和人物为素材，以抒发情感为主旨。他用淡泊恬静的笔触描写和展现了带有古民风采的人物的质朴美德，洋溢着田园诗般的风情。在 20 世纪 30 年代，冯文炳成为京派的重要作家，而他那富有诗意与散文韵味的乡土抒情小说，对沈从文、萧红、孙犁等人产生了深远的影响。

### （二）1927—1937 年作家及其小说

若将五四运动时期视为中国现代小说的奠基时期，那么 20 世纪 30 年代无疑是现代小说的壮大和繁荣时期。在这十年里，中国社会和历史的巨变对文学创作产生了深远影响，形成了"左翼""京派"和"海派"三大文学流派相互对立又互相渗透的格局。这一时期，小说题材范围空前拓展，从五四运动时期关注个人价值和人生意义，转向对社会性质、出路和发展的探索。内容的变革引领了形式的变革，在短篇小说方面取得了重大突破。除了一些五四运动时期老作家的成熟之作，还涌现出张天翼、沈从文、吴组缃、萧红、沙汀、艾芜、施蛰存等短篇新锐。然而，这一时期小说艺术的杰出代表是能包容较广泛社会历史内容的中长篇小说。茅盾、巴金、老舍、沈从文等人的杰出创作为中国现代小说树立了一座座丰碑。

此外，这一时期小说内容和风格方面也取得了重大进展，如社会剖析小说、心理分析小说、世俗讽刺小说和抒情小说。总之，20世纪30年代的小说在不同的意识形态和文体关系中呈现出与五四运动时期不同的独特风貌。

"左翼"小说是20世纪30年代现代小说的主流，以中国左翼作家联盟（以下简称"左联"）作品为核心，包括与左联倾向一致的作家作品。1930年成立的左联并非纯粹的文学流派，而是兼具文学与政治属性的社团。由此催生的革命现实主义小说，从幼稚到相对成熟，产生了广泛影响。除了茅盾、丁玲、柔石等较早开始创作的作家，还涌现出张天翼、蒋牧良、叶紫、周文、沙汀、艾芜、吴组缃、萧红、萧军、端木蕻良等一大批左翼小说新人。

左翼小说内部的主流小说体式以茅盾作品为首，包括沙汀、叶紫等青年作家所创作的社会剖析小说。这类作品将现代小说的叙述艺术与对于社会科学客观的精密剖析相融合，力求对社会生活进行全貌式的客观再现。这类作品往往主题明确，戏剧冲突强烈，关注从时代背景、社会关系的影响等方面，把握与描写人物个性的形成与发展，塑造典型环境中的典型人物。在此过程中，小说创作取得了可观的成就，成为这一时期革命现实主义小说达到新水平的标志，对20世纪中国现实主义小说的发展产生了举足轻重的影响。除此之外，萧红、张天翼、丁玲、端木蕻良等一大批具有才情的作家，在小说的抒情性质、讽刺性质和心理性质方面，进行了细腻而大胆的尝试，展示了当时小说观念和体式的多样化。

　　"京派"和"海派"这两个文学流派分别代表着20世纪30年代中国北方与南方的文化特点，它们各自具有独特的创作风格、作家群和代表作品。这两个流派在当时的中国文学领域产生了深远的影响，对后来的文学发展产生了积极的作用。

　　"京派"的作家群在新文化中心南移到上海后，继续活动于北京等北方城市。这些作家大多是学者型文人，即非职业化的作家，他们以相对从容、恬淡的文化心态追求文学的独立与自由。他们既反对文学成为政治的工具，也反对文学沦为商品，可以说这是一群维护文学的理想主义者。"京派"作家关注乡村生活，强调人性美、自然美和风俗美。他们将乡村生活的纯朴自然与都市生活的扭曲、丑陋对比来写，在新旧变革的潮流中，寻求往日逝去的美，表现出一种隽永的怀旧气息。他们为中国现代小说提供了比较成熟的抒情体和讽刺体样式。"京派"的代表作家包括废名、沈从文、芦焚（师陀）、凌叔华、林徽因、萧乾等。其中，沈从文的成就最高，影响最大，他的作品如《边城》以及其他描写湘西世界的作品，都是诗化抒情小说的范本。而他的《八骏图》《顾问官》等作品，则开辟了政治讽刺以外的世态讽刺和风俗讽刺之路。汪曾祺被称为最后一位"京派"作家，他的《受戒》《晚饭花集》等作品同样具有很高的文学价值。

　　与"京派"不同，"海派"的作家群主要活动于上海等东南沿海城市。他们的创作受到了当时商业文化与消费文化畸形繁荣的影响，一面享受着现代都市文明，一面又感染着都市"文明病"。

　　"海派"小说的代表作家主要有施蛰存、穆时英等。他们的作品所属的新感觉派小说是中国第一支也是较完整的一支现代派小说。新感觉派作家的创作受到西方现代派文艺思潮的影响，具有某种先锋文学的意义。新感觉派以弗洛伊德精神分析学为基础，采用了一些意识流手法，竭力将主观感觉客体化，创造和表现带有强烈主观色彩的所谓"新现实"。新感觉派提高了文学中"都市"的地位，第一次用现代人的眼光来打量上海，以现代意识和手法，在灯红酒绿的洋场文化中照射出现代都市人骚动的心灵。在心理分析尤其是潜意识的发掘上，新感觉派取得了令人瞩目的成绩。施蛰存的心理分析小说更是堪称独步，代表作品有《将军底头》《梅雨之夕》和《春阳》等。穆时英的作品则以都市生活为背景，讲述年轻人的生活和感情纠葛。

### （三）1937—1949年作家及其小说

1937—1949年是一个充满战争与动荡的年代，中国文学在这段时期发生了深刻的变革。作品从不同的角度表达了人们对战争、民族救亡的关注，以及对生活本质的探索。在这一时期，有许多作家及其代表作品在文学史上留下了重要的印记。

在这段时间里，中国的小说创作基本上可以分为三种：国统区小说、沦陷区小说和解放区小说。三者各具特色，又相互渗透，共同推动了小说的发展。

#### 1. 国统区小说创作概况

国统区小说的一个重要特点是讽刺、暴露小说的繁荣。以张天翼的《华威先生》为开端，一系列讽刺、暴露小说应运而生。茅盾的《腐蚀》、老舍的《四世同堂》和巴金的《寒夜》分别代表了三位文学巨匠新的创作高峰。沙汀的短篇小说《在其香居茶馆里》和长篇小说《淘金记》，都体现了讽刺小说家的成熟。这些讽刺、暴露小说在社会批判方面更加鲜明，无论是数量还是质量都超过了以往任何一个时期。

"七月派"小说是20世纪40年代小说的另一个重要组成部分。以胡风为核心，主要小说家有丘东平、彭柏山、路翎等。这个派别的作品充满了生活的血肉感，以及对人的心灵的直视力量。路翎的代表作《财主底儿女们》是自巴金的《家》以来又一部描写封建大家庭及其子女道路的长篇巨作。作品主人公的悲剧道路里融入了作者在动乱的世界中对生命的深刻体验。路翎的小说实践着胡风的理论，用主观精神的扩张涌入客观世界，主观色彩比较强烈，同时在把握和表现生活的复杂，尤其是人物的心理刻画，揭示人物灵魂的复杂性、丰富性方面，有许多出色的创作。

2.沦陷区小说创作概况

在以上海为代表的沦陷区，作家身处压抑的环境中进行创作。他们以战争为背景，从个人的战争体验出发，创作了一系列描写普通人日常生活以及揭示沦陷区人民真实生存困境的作品。特殊的政治和商业文化背景使得沦陷区的创作呈现出通俗与先锋并行、雅与俗在对立中趋于接近的现象。

张爱玲是沦陷区代表作家之一，她的作品《传奇》描写了一个充满沪港洋场气息的社会中普通男女的传奇故事。她的小说从语言到叙事，都明显地受到了中国古典小说的影响。她观照那些处于现代大都市环境下仍固守中国式封建心灵的尴尬人生，揭示女性痛苦压抑的生存处境，深刻剖析人物心理尤其是女性心理。张爱玲成功地将中国旧小说的情调和现代趣味融在一起，使自己的作品达到雅俗共赏的境界。她的创作为现代小说提供了贴近新市民的文本，对后来的港台文学产生了重要影响。

沦陷区"雅文学"的重要成果是钱钟书和师陀的创作。钱钟书的《围城》以《儒林外史》一般的描写气魄，对战时知识分子的精神病态进行无情嘲弄，为中国现代讽刺小说献上了一部难得的佳作。师陀早年以芦焚为笔名，创作出了《果园城记》《结婚》《无望村的馆主》等作品。他从描写农村的衰败进而关注城市的癫狂，成了反映当时中国社会停顿和倒退的缩影。师陀在抒情笔法中加入讽刺元素，形成了特有的哀伤的抒情讽刺风格。

3.解放区小说创作概况

解放区小说是由20世纪30年代的左翼小说发展而来的，它进一步发展了革命现实主义。解放区小说得益于文艺政策的引导，在题材处理、主题及人物描写方面具有鲜明的特点。尽管也有像丁玲的《在医院中》这种揭示矛盾的作品，但大部分作品以描写光明面为主，赞美新社会、新制度，主角通常是翻身解放的工农兵。

赵树理是代表解放区小说最高成就的作家。他是一位具有农民气质的作家，也是继鲁迅之后最了解农民的作家之一。但与鲁迅主要揭露农民精神创伤不同，赵树理更注重描写农民心理思想改造的艰难历程。他在小说的民族化与大众化方面进行了自觉的探索，创作了如《小二黑结婚》《李有才板话》《李家庄的变迁》等真实反映农民思想、情感、愿望的作品。这些作品符合农民的审美要求，成为真正受农民欢迎的通俗乡土小说。赵树理的小说实现了艺术性与大众性的完美结合，因此被认为是新型文学发展的方向——"赵树理方向"。孙犁是除赵树理之外解放区最重要的短篇小说家，他继承了抒情小说传统，着重挖掘农民尤其是农村妇女的灵魂美与人情美。孙犁的代表作《荷花淀》，凭借美的特质和独特的艺术风格，在解放区小说中占据了特殊的地位。长篇小说方面以丁玲的《太阳照在桑干河上》和周立波的《暴风骤雨》为代表，解放区土改题材长篇小说的成就和不足都可从这两部作品中窥见。

解放区小说在农村题材方面，对现代小说的发展做出了突出贡献，尤其是在小说民族化、群众化的内容与形式方面。同时，它对 20 世纪50 年代以后的中国文学创作产生了重要影响。

## 二、当代主要作家及其小说创作概况

中国当代小说伴随中国当代社会发展而发展，大致经历了五个阶段：

### （一）十七年时期小说创作（1949—1966 年）

#### 1.创作概况

中华人民共和国成立后，文学成为社会主义文化建设的重要组成部分。然而，鉴于当时的历史背景和社会需求，文学创作很快被置于政治的从属地位。在这一时期，文学创作的政治色彩十分浓厚，文学的政治功利作用不断加强。

　　在这个时代，颂歌文学是基本的文学形态。诗人通过颂歌赞美祖国、党、领袖、新社会制度和新生活。郭沫若的《新华颂》为20世纪50年代的颂歌文学奠定了基调。随后出现了何其芳的《我们最伟大的节日》、胡风的《时间开始了》、冯至的《我的感谢》等诗歌作品。在小说方面，涌现出许多赞美农村变革和新人新事的短篇小说，如赵树理的《登记》、谷峪的《新事新办》、马烽的《结婚》等。在戏剧创作方面，李伯钊的歌剧《长征》和老舍的话剧《龙须沟》等作品成为当时的经典。

　　志愿军英雄和中朝人民的友谊也成了颂歌文学的主要内容。其中较早出现且影响较大的作品是魏巍的散文《谁是最可爱的人》。在诗歌创作方面，志愿军战士未央创作了许多充满激情与生活体验的诗篇，如《祖国，我回来了》和《枪给我吧》。此外，严辰的《英雄与孩子》、田间的《北京—平壤》、宋之的的《保卫和平》等作品再现了英雄的伟大形象和光辉事迹。歌颂革命战争和为之献身的工农群众也成为这一时期文学创作的重要内容。在长篇小说方面，有刘白羽的《火光在前》、柳青的《铜墙铁壁》、杜鹏程的《保卫延安》、刘知侠的《铁道游击队》、高云览的《小城春秋》等作品。在短篇小说方面，峻青的《黎明的河边》、王愿坚的《党费》和菡子的《妈妈的故事》等作品也得到了广泛关注。

　　在20世纪50年代初，一批具有探索精神和创新勇气的作家在"写真实"和"干预生活"的口号下，创作出了一系列的作品。这主要体现在小说创作中，如王蒙的《组织部来了个年轻人》、李国文的《改选》、宗璞的《红豆》和邓友梅的《在悬崖上》。诗歌方面则有绍燕祥的《贾桂香》、艾青的寓言诗《蝉的歌》和流沙河的《草木篇》等作品。

　　到了20世纪50年代末60年代初，文学创作迎来了一场历史题材创作热潮，其中反映中国民主革命斗争的作品较多。在长篇小说方面，有梁斌的《红旗谱》、曲波的《林海雪原》、杨沫的《青春之歌》和欧阳山的《三家巷》等。在戏剧电影文学方面，有老舍的《茶馆》、田汉的《关汉卿》、叶元等的《林则徐》和叶楠等的《甲午风云》等作品。

2.代表作家举例

孙犁、杜鹏程、柳青、茹志鹃和杨沫在中国文学史上具有重要地位，他们在各自的创作领域中均取得了骄人的成绩，也为中国现代文学的发展做出了重要贡献。下面将从这五位作家的创作特色及代表作品来论述他们在文学领域中的成就。

（1）孙犁。孙犁在中国文学史上具有重要地位，他的主要作品有小说散文集《白洋淀纪事》、中篇小说《村歌》《铁木前传》、长篇小说《风云初记》等。以小见大、平中见奇是孙犁小说的突出特点。孙犁擅长通过富有艺术感染力的情节和场景，反映时代的风貌和人民群众的精神面貌。在人物刻画、景物描写和感情抒发方面，孙犁能将这些元素有机地融为一体，在优美的意境中展示主题。此外，孙犁还擅长散文化的构思与笔法，抓住事物的某些鲜亮环节，加以突出，形成单纯、质朴、明净的风格。

（2）杜鹏程。杜鹏程是一位军旅作家，他的主要成就有长篇小说《保卫延安》。这部小说对人民解放战争及其转折变化做出真实的艺术概括，被称为英雄史诗。歌颂革命乐观主义和革命英雄主义是贯穿作品始终的基调。杜鹏程通过周大勇、王老虎等英雄形象，将战争的残酷与歌颂革命乐观主义和革命英雄主义辩证地统一起来，为军事文学创作开辟了一条成功之路。

（3）柳青。柳青在文学领域有着丰富的创作经历，他的代表作品有长篇小说《种谷记》《铜墙铁壁》和《创业史》等。柳青在其创作中，以深邃的历史意识和对中国农民命运的关注为主线，在《创业史》(第一部)中，通过梁家父子两代不同的创业史，概括了中国农民的生活历程，反映了他们要求变革苦难命运的强烈愿望。柳青的作品着重指出只有在党的领导下，坚持走社会主义道路，走共同富裕的道路，农民才能开始步入真正的"创业史"。在艺术构思上，柳青致力把表现生活的广度与深度结合起来。他擅长细节描写和心理描写，并使其在作品中得到了充分发挥。

（4）茹志鹃。茹志鹃从 20 世纪 40 年代初开始文学创作，她的作品涵盖了战争年代的军民斗争生活和中华人民共和国成立后的社会及生活主题。她的代表作品有《百合花》，这部作品奠定了她在文坛上的地位。茹志鹃的创作特点是她能够从独特的视角选材立意，无论是回顾昨天的战争还是讴歌新生活，她没有正面描写，而是通过细节讲述平凡的故事，以小见大。例如，在《百合花》中，她没有表现战争激烈的场面，而选取了在一次战役中前沿包扎所的战士向当地老百姓借被子的故事，于平凡中表达军民鱼水情谊和"兵民是胜利之本"的主题。她还善于运用细节塑造人物，突出主题。茹志鹃的小说情节一般比较简单，细节描写却生动细腻，两者互相结合、互为补充。纵观其小说，色彩柔和而不浓烈，调子优美而不高亢，独具女性作者的细致观察和越轨的笔致，为作品增色不少。

（5）杨沫。杨沫是一位才华卓越的女作家，她的创作主要关注知识分子的成长过程和人生道路。她的代表作《青春之歌》是其"青春三部曲"中影响深远的一部长篇小说，另有《芳菲之歌》和《英华之歌》。《青春之歌》以"九一八"事变到"一二·九"运动这段历史为背景，以林道静的成长道路为主线，讴歌了一代知识分子由个人奋斗到投身革命的人生征途和心灵历程，谱写了一曲知识分子的青春赞歌。杨沫的作品具有浓郁的抒情色彩，真切精微的心理描写，这是《青春之歌》显著的艺术特色。

### （二）新时期小说创作（1976—1990 年）

以 1976 年"四人帮"的粉碎和"文化大革命"的终结为标志，中国文学进入了一个新的发展阶段。这一时期的文学创作被称为新时期文学。

新时期文学的创作主体有以下三个方面：

（1）经验丰富的老作家重新开始创作。这些作家包括冰心、孙犁、姚雪垠、欧阳山、端木蕻良、周而复、陈残云、陈登科、梁斌、峻青、玛拉沁夫等。他们创作的小说有冰心的《空巢》、姚雪垠的《李自成》、魏巍的《东方》以及孙犁的《芸斋小说》等。

（2）一批中年作家在新时期文学中起到了关键作用。第一批中年作家是在新时期复出的作家群，如王蒙、高晓声、陆文夫、邓友梅、从维熙、张贤亮、张弦、李国文、汪曾祺。他们创作了如王蒙的《蝴蝶》《布礼》《活动变人形》等作品。第二批中年作家在十七年文学时期就已经出名，而在新时期更具生机，如茹志鹃、宗璞、徐怀中、林斤澜、刘真、李准等。还有一些中年作家在步入中年后才开始创作，如张洁、冯骥才、程乃珊等。

（3）一批不断涌现的青年作家构成了创作主体的第三梯队。这些作家包括韩少功、王安忆、贾平凹、邓刚、阿城、梁晓声、张抗抗、张承志、张一弓、叶辛、柯云路、张辛欣、刘索拉、莫言、马原、李锐等。此外，还有李晓、刘恒、刘震云、池莉、方方、余华、格非、苏童等。

就文学主题看，先后出现了伤痕文学、反思文学、改革文学等。

（1）伤痕文学。这一新时期涌现的全新文学思潮，如同一道曙光，照亮了社会主义新时期痛苦且黑暗的岁月。这一时期以否定"文化大革命"为历史起点，人们从灵魂深处逐渐觉醒，如同褪去沉重的精神枷锁，追求真正的思想解放。这种心灵的苦难与挣扎，正是伤痕文学喷发的历史根源。新时期伊始，一些错误的观念仍然盛行，文学理论与创作也受到严重束缚。随着"真理标准"大讨论和党的十一届三中全会的召开，中国社会出现了真正的转机，文学方兴未艾，终走上了康庄大道。这种时代变革，正是伤痕文学诞生的社会背景。

伤痕文学所要面对的是"文化大革命"这段悲惨的历史。这一文学思潮，以较富感情的笔触，揭示了"文化大革命"给中国人民带来的深重创伤。这一时期的文学作品中，既有悲欢离合的故事，也有鲜血淋漓的现实场景——伤痕文学针对那长达 10 年的动荡时期对人民精神的摧残进行了深刻反思和控诉，表达了强烈的谴责与不屈。这便构成了伤痕文学的核心思想内涵。在伤痕文学的背景下，作家运用华丽的语言，讲述着曾经的沧海桑田。他们以才情横溢的笔触，书写出时代沧桑与人生百态，勇敢地揭示出那曾经让无数人饱受磨难的黑暗时期。这些作品在当时如同破晓时分的晨光，照亮了那段扭曲的历史，也为民族敲响了警钟。伤痕文学代表作有刘心武的《班主任》、王余九的《窗口》、卢新华的《伤痕》、张贤亮的《灵与肉》等。

（2）反思文学。在时光的长河中，历史总是不断演进，孕育出各种文学思潮。反思文学便是在特定的历史背景下应运而生的一股清流，它脱胎于政治拨乱反正的社会环境、思想解放的潮流，汇聚了归来的"右派"作家和涌现的青年作家，更是以对历史作纵深整体性思考为基石，勾勒出一个全新的文学世界。

政治拨乱反正，为反思文学提供了理想的社会条件。在那个云谲波诡的年代，国家形势经历了一场从混乱到复苏的过程。正如破晓时分的曙光逐渐驱散黑暗，政治拨乱反正助推了文学思潮的崛起。在这个新的历史阶段，政治氛围逐渐宽松，一股清新的文艺思潮开始蔓延，为反思文学的发展创造了良好的土壤。

当时社会性的思想解放运动，也为反思文学的兴起注入了强大的活力。人们开始反思那段黑暗的历史，探索真实、追求理性、强调独立思考，思想解放的潮流如一股清泉洗净了人们的心灵。在思想解放的大背景下，文学开始摆脱束缚，人们不再满足于表面的揭露，而是试图对历史进行深刻的反思和挖掘，从而赋予文学作品更加丰富的内涵。

归来的"右派"作家和涌现的青年作家，为反思文学的发展提供了丰富的创作源泉。那些经历过风雨洗礼的"右派"作家，带着沉痛的历史教训和敏锐的思考回归文坛，他们的作品充满了对历史的深刻反思，呈现出一幅幅绚丽的文学画卷。同时，一批青年作家应运而生，他们背负着历史使命，用无畏的精神和对真实的追求，大胆探索和表现那段特殊历史时期的人性光辉。

反思文学的代表作家有王蒙、张贤亮、谌容、张洁、梁晓声等。

①王蒙。在历史的长河中，王蒙犹如一颗闪耀的明珠，用他独具匠心的文学创作为人们呈现了一幅层次丰富、内涵深刻的反思文学画卷。他的作品风格犹如阳光透过云层，洒向大地，既有纯净的光芒，又有斑驳的色彩。历经风雨，他的创作从纯色走向杂色，思想内涵日趋复杂，将革命理想主义激情与历史理性精神融为一体，展现了他对现实问题的戏谑与嘲弄。

王蒙的反思小说有其独有的特征，他淡化了创伤记忆，更注重揭示深刻的哲理和教训。他站在历史、民族、国家的高度，自觉以代言人的身份出现，展现了一种宏大崇高的革命理想主义色彩。叙事方面，他的作品将时间框架置于二十世纪四十年代末至七八十年代，让时代动乱在心灵变化中折射出来。反思主体多为干部身份，他们在革命信念中，虽遭遇运动、迷惘痛苦，但始终怀有忠诚之心。

王蒙的作品如同繁星闪烁的夜空，璀璨夺目。《布礼》这一中篇小说，通过对"钟亦成"形象的刻画，展示了人物的内心世界与社会现实的纠葛。而《蝴蝶》，则通过张思远的人生经历，确立了人民至上的主题。同样具有倾向性的作品有李国文的《月食》和《冬天里的春天》，茹志鹃的《剪辑错了的故事》。在《活动变人形》这部作品中，王蒙从历史反思进入文化反思，展现了反思与文化寻根的双向文化批判。作品通过三种不同时态的时间流，增强了叙事的立体感，使主人公心灵历程与文化人格得以透视。倪吾诚形象的塑造，不仅具有认知价值，还反映了畸形人格的历史遗传性。

②张贤亮。张贤亮用他独特的创作力量，为人们展现了一幅深刻的反思文学画卷。他的经历丰富多彩，创作成果举世瞩目，用敏锐的洞察

力和细腻的笔触，展现出时代的苍凉与人性的探索。

张贤亮的作品，如同一座巍峨的山峰，让人不禁为之折服。他在小说中将批判之剑锋指向畸形的时代社会，将人物非人化作为叙事起点，探讨了如何在苦难中自我超越，还原为一个完整的人。而这种超越之力，正是来自女人的拯救。在《绿化树》中，马缨花的母性拯救了主人公，使其从狼孩儿成为人；而在《男人的一半是女人》中，黄香久的妻性让主人公从"半个男人"蜕变为一个完整的男人。章永璘这一形象的塑造，使人们对张贤亮的反思文学有了更深入的了解。张贤亮的作品具有鲜明的特征：让主人公在灵与肉的煎熬中完成人格的蜕变，对正义的坚守，对苦难的坚定承受，表现出善与美的力量。同时，他的作品延续了"才子佳人"的叙事模式。然而，女性主义者对张贤亮的作品进行了批判，指出其存在男性中心意识。章永璘在自我超越的过程中，渐渐感受到与马缨花的距离，对黄香久产生厌弃。这种强调女性对男性的奉献，始乱终弃的情爱模式，引起了女性主义者的关注。

③谌容。谌容用她独树一帜的笔触，为人们呈现了一部引人深思的反思文学巨作——《人到中年》。在这部作品中，谌容提出了一个具有普遍意义的社会问题，那就是尊重知识与人才，关爱中年知识分子。这一主题表现了作者对时代的关注和对人性的洞察。《人到中年》如同一束耀眼的光芒，照亮了人们内心深处的困惑与期待。在这部作品中，主人公陆文婷的形象塑造充满了典型意义。她虽然在物质生活上较为匮乏，但精神上富有无尽的财富。她象征着中年知识分子在艰苦环境中顽强拼搏、抢救自我的精神。

谌容的反思文学特征如同一条蜿蜒曲折的河流，反映了时代的变迁与人性的纠葛。首先，她的作品关注社会现实，对知识分子的困境表现出深刻的同情。其次，她通过丰富的人物塑造，展现了中年知识分子在生活压力和精神追求之间的挣扎。最后，她的作品强调了尊重知识与人才的重要性，为社会和谐发展提供了有益的启示。在《人到中年》这部作品中，谌容将对中年知识分子的关爱融入了每一个细节。她通过描写陆文婷的生活困境与精神世界，使得读者对中年知识分子产生了深刻的同情与理解。同时，谌容对尊重知识与人才的呼吁，也为人们提供了反思现实的契机。

④张洁。张洁的女性题材小说中所展现的丰富内涵，无疑为中国现代文学注入了一股新的活力。她的作品以精湛的技艺和敏锐的洞察力，捕捉到了社会转型时期的种种困境和矛盾，让读者在思考时代问题的同时，感受到女性作家独特的文学魅力。

在张洁的反思文学作品中，《沉重的翅膀》可谓一部代表作品。这部小说以华丽且富有力量的语言，表现了改革时期的社会现实，揭示了人类内心深处的情感挣扎。小说以严肃沉重的社会主题和神圣深沉的人类情感主题为基调，形成了一种独特的交响与复调。在《沉重的翅膀》中，张洁以改革派与保守派之间的尖锐对立为切入点，展示了改革的艰难与复杂。她通过对于小说中各个角色的个性化塑造，呈现出改革中所涉及的利益诉求、阶层矛盾与社会动荡，让读者感受到改革的不易。在这一过程中，作者借助郑子云与田守诚之间的冲突，展现了改革时期的历史洪流，提醒人们关注改革背后的深刻思考。

《沉重的翅膀》还通过对爱情的探讨，揭示了人类情感在大时代背景下的不断变革。在这部作品中，张洁以细腻的笔触勾画出爱情的美好与伟大，表现出在改革背景下，人们对爱情的重新思考与定位已成为历史的必然要求。这种对爱情主题的深入挖掘，使得小说在反映改革的同时，散发着一种浓郁的人文关怀。

⑤梁晓声。梁晓声的知青返乡小说以其独特的魅力为人们呈现出那个特殊时代的青春记忆。在他的作品中，人们可以感受到对那段历史的深刻反思，以及对人性与命运的敏锐洞察。

梁晓声笔下的知青返乡小说特征鲜明，主要包括以下两方面。

第一，表现在其对往昔生活的真实再现。梁晓声以细腻的笔触勾勒出知青曾经的激情岁月，探讨了青春的挣扎与奋斗。在这些作品中，梁晓声通过细致入微的描写，让人们得以窥见那个特殊时代的青春梦想和坚定信仰。

第二，梁晓声的知青返乡小说在深入探讨人本身的自省性批判方面表现尤为突出。梁晓声不满足于单纯描写知青题材，而是致力挖掘人性的复杂内核。在他的长篇小说《雪城》等作品中，人们可以看到，作者通过对人物性格、心理、命运的细腻描写，展现出人在面对历史洪流和现实压力时的种种挣扎与选择。

梁晓声的代表作《这是一片神奇的土地》与《今夜有暴风雪》则充分展示了他的文学才华与思想深度。在这些作品中，梁晓声以华丽的笔墨为人们展现了知青在荒凉之地寻找信仰与希望的心路历程。他以饱满的情感，为人们呈现出人在困境中所表现出的坚忍与顽强。

（3）改革文学。改革文学作为中国文学史上一道独特的风景线，以其对国家和民族未来命运的深刻思考，成为一种独特的文化现象。自1978年底，党的十一届三中全会召开以来，全国范围内的经济体制改革如火如荼地进行，许多敏锐的作家开始将创作视角聚焦于现实生活的改革进程，表现了对祖国未来发展的关切与设想。在改革浪潮汹涌之际，改革文学应运而生，成了那个时代不可忽视的文学力量。

在农村改革小说中，作品从最初的"一片光明"式的表现，逐渐发展为揭示农村改革所遭遇的阻力，并深入剖析阻碍改革的原因。具体而言，在这些作品中，早期的一些小说以简单明朗的方式描写了农民在改革中所取得的成果，如何士光的短篇小说《乡场上》和张一弓的短篇小说《黑娃照相》。随着时间的推进，一些作家开始将目光转向了改革中的种种阻力，如张炜的中篇小说《秋天的愤怒》以及蒋子龙的中篇小说《燕赵悲歌》。而贾平凹的作品，更是将改革的阻力追溯到了农民传统文化心理层面，如《腊月·正月》以及《鸡窝洼的人家》。

改革文学用敏锐的视角捕捉到了那个时代改革浪潮中所涌现出的光

明与暗藏着的黑暗。这些作品以富有哲理的笔触，揭示了改革进程中的社会矛盾与冲突，以及改革所带来的精神与物质变革。作者关注着人们在改革中的命运和心路历程，试图为人们展现出一个历史洪流中千姿百态的民族图景。在这一过程中，改革文学始终关注着社会底层人民的处境与命运。无论是城市还是农村，改革的脚步都在深刻地改变着人们的生活与精神世界。改革文学的作家敏锐地捕捉到这些变化，他们关注着最真实的现实，关注着广大人民群众在改革中的得与失。他们的作品以丰富的情感和对人性的深刻洞察，呈现出一个个鲜活的个体命运，让读者在欣赏文学作品的同时，感受到改革带给人们生活的变化。

①农村题材。在改革开放初期，农村改革得到了前所未有的重视。为了推动农民致富，农业体制改革不断深化，许多作家通过对土地承包和生产责任制实行后农民生活的关注，展现了农村社会的变革。在这一过程中，农村题材的作品从简单的"一片光明"转变为揭示农村改革中所受阻力和剖析其产生原因的作品，部分优秀之作甚至深入探讨了中国农民的传统文化心理。

②城市题材。城市题材的改革文学则涉及更为广泛的领域，从国家行政部门到街头巷尾普通人的生活，反映了作者对社会现象的敏锐洞察。在这一领域，张洁的《沉重的翅膀》、张贤亮的《男人的风格》、李国文的《花园街五号》等作品均具有代表性。尤其是柯云路的《新星》，以其明朗的语言风格和英雄主义色彩受到广泛关注。这部作品既延续了传统革命浪漫主义的创作风格，又为读者留下了丰富的想象空间。

### （三）20 世纪 90 年代小说创作（1990—2000 年）

1. 20 世纪 90 年代小说创作的文学语境

在 20 世纪 90 年代，中国文学经历了一系列重大变革，这些变革对文学领域产生了深远的影响。以下三个方面概括了这个时期文学的大环境。

（1）20世纪90年代文学的发展与市场经济的转型紧密相连。通俗文学逐渐取得市场优势，纯文学作品面临市场压力。同时，文学商业化的现象逐渐显现，诸如王朔等作家的小说畅销，民间作家工会和文化实业公司不断涌现。此外，文学创作与商业社会的紧密结合也反映在文稿交易市场的活跃程度上，吸引了众多知名作家参与其中。

（2）20世纪90年代的中国文学受到了海外文化和文艺思潮的冲击。拉美魔幻现实主义作品激发了中国先锋作家的创作热情，而后现代主义思潮对中国文学界产生了深刻影响，催生了许多新的文学命名和论争。此外，台港文化潮也对大陆（内地）文学产生了较大冲击，评论界开始关注台港文化的美学价值、流行原因及对大陆（内地）文学的互补意义。

（3）20世纪90年代中国文学界发生了一系列激烈的思想争论。文学主体性的讨论引发了广泛的关注和争议，同时影响了海内外学术界。重写文学史的争论虽然未能达成一致，但人们提出的"20世纪中国文学"概念对后来的研究产生了重要影响。后现代主义评论引发了关于中国是否存在后现代主义的讨论，意见分歧明显。较具影响力的则是人文精神大讨论，该讨论在国内外学术界产生了强烈反响，被认为是20世纪90年代中国文学较具纪念意义的事件。

2. 新写实小说

（1）新写实小说产生的背景。新写实主义小说是20世纪80年代后期崛起的一种独特现象，它在继承传统现实主义基础上，融合了现代主义的创作手法，以冷静、客观的笔触描写原生态人物，突显对于人的生存环境及生存状态的终极关怀。

20世纪80年代末，中国社会经历了深刻的历史变革，社会关系、价值观念和文化传统发生了改变。这一时期，文学创作也呈现出多元化、多样化的特征，新写实主义便是其中较具代表性的一种文学倾向。1988年秋，《文学评论》和《钟山》杂志联合举行的"现实主义与先锋派文学"

研讨会上，首次提出了"新写实"现象。《钟山》杂志1989年第3期的"新写实小说大联展"正式确立了"新写实主义"的名称，并从理论上对其进行了比较宽泛的概括。

（2）新写实小说的特征。新写实主义与传统现实主义的主要区别表现在以下几个方面。

在叙述方式上，新写实小说强调客观化，保持叙述在"零度状态"的情感层面，力求对现实生活原生态的还原。与之相对，传统现实主义小说往往带有明显的主观判断，作者通过自己的观点对故事情节进行剪辑和修饰。

在人物塑造上，新写实小说注重展现人物原本的色相和原生状态，既不追求塑造典型性格，也不让人物承载社会典型意义。而传统现实主义小说中的人物往往被赋予各种社会典型意义，以展示特定时代背景下的社会问题。

在小说主题方面，新写实小说关注人的生存环境和生存状态，探讨生命哲学、人本哲学和文化哲学等现代本体论哲学范畴的问题。相比之下，传统现实主义小说通过人物命运反映社会历史变迁，解答各种社会问题。

新写实主义小说的出现，丰富了中国文学的表现形式，为人们提供了一个多角度审视社会和人性的独特视角。新写实主义小说家如池莉、刘震云、方方、范小青、刘恒、王安忆，他们的作品聚焦生活中的真实情感和人性的复杂，不同于传统现实主义作品中的道德判断和历史审查。同时，一些原先属于新潮派的作家如苏童、叶兆言和格非，也开始转向新写实主义创作，使这一文学流派呈现出更加丰富的创作面貌。

（3）主要作家及其代表作品。

①池莉。池莉是中国新写实主义小说的代表作家之一，她的作品以真实、细腻的笔触描写了现实生活中的种种困扰与烦恼。她的小说关注人的成长经历、家庭生活、爱情婚姻，以及社会面貌与变迁等方面，深

入挖掘了当代人在面对现实生活压力时的心理与情感反应。人们通过对池莉新写实小说的探讨，可以更好地了解新写实主义在中国文学中的价值。池莉的"人生三部曲"——《烦恼人生》《不谈爱情》和《太阳出世》，以及其他作品如《白云苍狗谣》《你是一条河》等，展示了她对人生百态的敏锐观察和对人性的深刻洞察。在这些作品中，她不仅揭示了现实生活中琐碎的世俗生活对人的侵扰，还从生存空间、经济收入、家庭教育等方面展现了人在面对生活压力时的心理变化与无奈。

在叙述方式上，池莉的新写实小说以客观、冷静的笔调展现了人生的烦恼与困扰。这些作品关注人的原生态，试图揭示生活中的真实状态。在这些作品中，池莉并没有对人物进行道德评判，而是让人物在现实生活中自然地展现出他们的善恶与弱点。这种叙述方式使得她的作品更具真实感和生活气息。

在人物塑造上，池莉的新写实小说与传统现实主义有明显的区别。这些作品中的人物形象不再追求塑造典型性格，也不让人物承载社会典型意义，而是着重展现人的原本色相和原生状态。这种人物塑造方法使得池莉的作品更加丰富、立体，更能引发读者的共鸣。

在题材选择上，池莉的新写实小说关注人的生存环境和生存状态，试图回答关于人本哲学、生命哲学和文化哲学等属于现代本体论哲学范畴的问题。她的作品通过对生活细节的描述，展现了生活的真实与残酷，同时反映了当代社会中普通人所面临的种种挑战与困境。这种题材选择使得池莉的新写实小说更具时代意义和现实关怀。

在语言风格上，池莉的新写实小说语言简练、质朴，既有现实主义的传统基因，又具有现代文学的鲜明特点。她善于捕捉生活细节，用细腻的描写和深入的挖掘呈现人物的内心世界。这种语言风格使得池莉的作品更具有艺术魅力和感染力。

②刘震云。刘震云的新写实小说，以其独特的视角和深刻的内涵，展现了当代中国社会中普通人在现实生活中所面临的种种尴尬处境。他

的作品以单位为舞台，聚焦人们在日常生活琐事中所展现出的庸俗、卑鄙和无能，通过这一平凡又特殊的场景，勾勒出一个现实世界的缩影。

刘震云的新写实小说关注现实生活中的"单位"范畴。他的作品如《官场》《单位》和《官人》，都将单位作为展现人性丑陋和庸俗生活的重要舞台。刘震云通过对单位内部明争暗斗、巴结奉承和权力争夺的描写，生动地反映了当代社会中人们为了一己私欲所进行的种种斗争。刘震云的新写实小说摒弃了传统的典型性格和戏剧冲突，而是通过细致入微的生活琐事描写，表现了日常生活中事件的偶然性。他以冷静、客观的笔触展现人物及事件，弱化了叙述功能，使作品更具真实感和生活气息。

3. 新现实主义小说

（1）新现实小说产生的背景。在文学界一度兴起的新写实主义日渐式微之际，文坛上掀起了一股"现实主义冲击波"潮流。这股潮流以河北地区的"三驾马车"，即谈歌、何申、关仁山的崛起为标志。他们的作品，如谈歌的《大厂》、关仁山的《大雪无乡》、何申的《信访办主任》、刘醒龙的《分享艰难》、张继的《黄坡秋景》等中短篇小说，以及张宏森的《车间主任》、周梅森的《人间正道》、张平的《抉择》《十面埋伏》、范小青的《百日阳光》等现实主义长篇小说，以其特殊的当下品格迅速引起了文学界的关注。这些作品不同于新写实小说"零度感情"的叙事，而是承袭了以往现实主义小说的传统，因此被称为"新现实主义"或"现实主义的回归"。这些小说的题材主要涉及农村、乡镇、工厂等现实生活领域，与社会变革密切相关。

这些新现实主义小说既关注底层百姓的艰辛生活，如何申的《穷人》，又反映了下岗工人的迷茫与痛苦，如刘醒龙的《分享艰难》。它们再现了乡镇改革中干部与群众之间的矛盾与纠纷，如何申的《年前年后》《穷乡》和《信访办主任》以及关仁山的《大雪无乡》等作品。同时，这些作品批判了国有大中型企业改革中出现的贪污、腐败、贿赂等现象，并塑造了一些刚正不阿、廉洁奉公的高级领导和中下层干部形象，如张平的《抉择》、周梅森的《人间正道》、谈歌的《大厂》等作品。

相较于新写实主义，这些作品在艺术表现上更加强调当下性和情感性特征，并形成了独特的风格。它们揭露社会矛盾，直击人们生活中的困境和挣扎。这些小说以其犀利而真实的描写，展示了社会底层的苦难和无奈。作品中的人物形象饱含现实生活的血肉之躯，他们的命运与读者紧密相连，引发了人们对社会现实的深思。这些作品的华丽辞藻和精细的叙事方式使人如同身临其境，感受着农民的艰辛、下岗工人的迷茫和干部与群众的矛盾。作品引发了人们对公平与正义的思考，以及对人性的复杂和多样性的思索。此外，新现实主义的作品更加注重对当下社会状况的直观反映，也更加关注个体的情感体验。它们以深情而真挚的笔触，折射出社会变革背景下人们的生存状态和精神困境。作品中的人物形象鲜活而立体，他们的命运在复杂的社会结构中交织出细腻而动人的故事。

这股新现实主义的潮流为 20 世纪 90 年代的文学发展提供了新的可能性。新现实主义作家以自己独特的风格和深刻的主题，展示了现实主义在当代的生命力和影响力。这些作品直面社会现实，唤起了读者对社会问题的关注，同时让人们对文学的力量和责任有了新的认识。

（2）新现实主义小说的特征。新现实主义小说的特征是多方面且精彩纷呈的。

首先，这些作品浓郁的时代感和强烈的生活气息令人印象深刻。作家通常具备丰富的底层生活体验，他们的文本几乎包容了 20 世纪末中国大地上的全部生活现象。作品中展示的时代特征具有很强的典型性，如关仁山的《大雪无乡》和《九月还乡》对乡村经济转型期困境的描写，谈歌的《大厂》对国有大中型企业改革尴尬处境的刻画，张继的《黄坡秋景》揭示了基层干部在利益与责任之间的挣扎，刘醒龙的《分享艰难》

挖掘了现实中人性与正义力量的冲突。这些作品在延续五四运动时期问题小说的精神传统的同时，艺术魅力远远超越了过去的作品。

其次，这些作家成功地塑造了具有当下感和典型性的人物形象，尤其在对下层官员的刻画上更加深入独到。《大雪无乡》中的镇长陈凤珍、《九月还乡》中的村长兆田、《大厂》中的厂长吕建国、《黄坡秋景》中的黄大发、《分享艰难》中的孔太平都是富有时代感和立体感的典型形象。作家将改革的阵痛、时代的阵痛、社会的阵痛和人类的命运有机地结合在一起，多层面地描写主人公在转型期的心理、性格和行为上的矛盾与变化。这些主人公呈现出丰富的心理和人性内涵，作品将他们塑造得栩栩如生。

最后，新现实主义作家致力在艺术构建上追求无技巧痕迹的境界。他们试图消除主观叙述的技术痕迹，使小说与生活的本色相对应。小说文本呈现出生动的画面和细腻的生活细节，时代感和现实感通过这些当下的"画面"和"细节"得以凸显。这些作品不仅无痕地捕捉了时代的表象，还通过真实而深入的描写展示了社会底层人物的艰难，以及人性的复杂。它们以真实和生动的方式呈现了社会中被忽视或边缘化的群体，如贫苦农民、下岗工人、基层官员。这些作品深入挖掘这类人群的生活状态、内心矛盾和情感体验，以鲜明的形象和细腻的叙事展示了他们在现实中所面临的挑战和困境。

与此同时，新现实主义作品还注重对社会问题的触碰和深刻剖析。它们以冷静的眼光和敏锐的洞察力，直击社会的不公平、腐败、利益冲突等问题。作家通过对这些问题的揭示和批判，引发读者对社会现实的思考和关注。这种批判性的态度和揭露社会弊病的勇气，使这些作品具有了独特的社会意义。

### （四）新世纪小说创作（2000年至今）

新世纪的长篇小说创作如同新世纪的社会生活一样宽阔丰厚，滚滚向前。社会经济的快速发展和思想观念的剧变推动着文化创造的勃兴与超越。

在延续乡土文学优良传统的同时，一批作家以精湛的笔墨勾勒出了乡村新旧转型时期的斑驳画卷。贾平凹的《秦腔》通过描写商州、秦岭一带农村的新变与旧貌，展现了农民与土地之间深沉的情感。周大新的《湖光山色》以温和恬淡的笔调，反映了当代农村女性争取独立与尊严的艰辛与喜悦。铁凝的《笨花》以历史回望为背景，通过平凡的乡野平民和广阔的乡村生活展现出较大的包容性，彰显了民族的仁义、正气、自尊和自强的精神品格。

同时，对革命历史和革命战争的重述也展现出新的风姿。黄亚洲的《日出东方》通过讲述中国共产党的成立，生动地书写了中国革命史上的重大事件。徐贵祥的《历史的天空》在诠释战争、权力和政治的同时，聚焦人性、欲望和命运的交织。都梁的《亮剑》反映了从抗日战争到中华人民共和国成立时期，部队所展现的人性尊严。邓一光的《我是我的神》独具特色地描写了与共和国命运息息相关的革命者及其后代的命运和心路历程，既真实可信又扣人心弦。

对知识分子题材的深入开掘同样是新世纪以来当代文学的重要特征。宗璞的《东藏记》以女性的温情笔调，生动展现了国立西南联合大学（1946 年撤销）知识分子在战火逆境下胸怀家国天下的境界，讴歌了一代人的坚忍坚守和博大胸襟。刘醒龙的《天行者》讲述了一群基层民办教师在 20 世纪 90 年代的辛酸经历，表现了乡村教育的艰辛与挑战。史铁生的《我的丁一之旅》通过串接不同时代、不同人物的爱情故事，展现了丰富而多样的人生轨迹。李佩甫的《生命册》刻画了一个从乡村走向城市的知识分子形象，探索了在时代巨变面前迷失方向的可能性，具有强烈的内省性。

这一时期，城市题材的小说创作得到了新的发展。作家以敏锐的洞察力和生动的笔触揭示了城市生活的方方面面。毕飞宇的《推拿》通过描写盲人的爱恨情仇，表达了他们同样需要被尊重和关注。金宇澄的《繁花》试图以历史与现实的交织来重新构建上海普通民众的生活状态。苏童的《黄雀记》关注人在成长过程中的迷茫、激情、浮躁、单纯、怯懦和善良，令人难以忘怀。陈彦的《装台》描写了城市底层的小人物，他们承受着生活的重压，却始终保持对自身价值和生命尊严的希望。作家在展现这些人物生活的同时，不忘将世情的烟火与人生的多彩相互交融，折射出人性的温暖与光辉。

在网络文学和科幻小说方面，阿耐的《大江东去》以现实主义手法描述了改革开放进程中中国社会经济形态的变化，呈现了不同人物命运纵横交错的社会图景。刘慈欣的《三体》通过将过去、现在和未来紧密联系在一起，探讨了对希望与人性的执着追求，展现了科幻文学的力量和魅力。

新世纪的小说创作还注重以制度运行和经济变革为背景展开叙事。陆天明的《省委书记》、柳建伟的《英雄时代》、张平的《抉择》及周梅森的《至高利益》等作品，通过让每个社会成员自觉承担社会责任，展现了社会矛盾和社会治理过程中各方势力的较量，塑造了三代省委书记的形象，具有现实主义魅力。何香久的《焦裕禄》描写了贫苦孩子艰难求生的故事，探究了焦裕禄与土地、家乡的关系，展现了贫困家庭子弟成长为基层领导的过程。

此外，新世纪的小说创作还涉及边疆地区。迟子建的《额尔古纳河右岸》通过一位老妇人的视角，深情书写了鄂温克族人口式微、艰难繁衍的大爱大痛，讴歌了与命运抗争的顽强精神。范稳的《水乳大地》塑造了具有不同信仰和文化的人物，展现了多民族混居、多文化冲撞与融合的必然趋势。杨志军的《藏獒》描写了藏獒之间和人与藏獒之间的种种矛盾，通过矛盾的消除宣扬和平、忠诚的理念，以此赞美为草原和平做出牺牲的人与藏獒，展现出豪迈悲凉的风格。姜戎的《狼图腾》描写了内蒙古草原牧民在特殊的政治文化氛围中，努力维护草原生态平衡的故事。

从这些优秀的长篇小说中，人们可以看到现实主义仍然是当代文学创作的主流。文学作为一种创造性的精神活动，以其特异性、精神超越性和审美创造性在新世纪得到了新的发展。

# 第一章　鲁迅及其小说创作

## 第一节　鲁迅文学成就及小说艺术分析

### 一、鲁迅的生平和文学成就

#### （一）鲁迅生平简介

鲁迅，原名周樟寿，后改名周树人，字豫山，后改字豫才，1881 年 9 月 25 日出生于浙江绍兴的一个官僚地主家庭。后来，家境逐渐衰败。他年轻时，受到了进化论、超人哲学及博爱思想的启发。1902 年，鲁迅赴日本留学，最初在仙台医学院学医，后来转向文艺事业，期望能够改变国民精神。

1905—1908 年，他参加革命党人活动，撰写了《摩罗诗力说》《文化偏至论》等论文。其间，鲁迅曾回国依照母亲的意愿结婚，妻子名叫朱安。1909 年，鲁迅与弟弟周作人合译《域外小说集》，介绍国外文学。同年回国，在杭州和绍兴担任教师。

辛亥革命后，鲁迅历任南京临时政府和北京政府教育部部员、佥事等职，同时在北京大学和北京女子师范大学（现为北京师范大学）等学校任教。1918 年 5 月，鲁迅首次使用笔名"鲁迅"，发表了中国现代文学史上第一篇白话小说《狂人日记》，为新文化运动奠定了基础。在五四运动前后，鲁迅参加《新青年》杂志工作，成为新文化运动的领军人物。

1918—1926 年，鲁迅陆续创作出版了小说集《呐喊》《彷徨》、论文集《坟》、散文诗集《野草》、散文集《朝花夕拾》、杂文集《热风》《华盖集》《华盖集续编》等专集。1936 年 10 月 19 日，鲁迅因肺结核在上海逝世，数万上海市民自发举行公祭、送葬，葬于虹桥万国公墓。1956 年，鲁迅遗体迁至虹口公园，墓碑由毛泽东题字。

鲁迅的诸多作品被编入中小学教材，如《从百草园到三味书屋》《孔乙己》《阿 Q 正传》《药》《祝福》《记念刘和珍君》等。鲁迅的著作还被翻译成超过 50 种语言，包括德国、俄罗斯、英国、日本、法国等国的语言，满足世界各地读者的阅读需求。在中国，鲁迅纪念馆和鲁迅博物馆分布在广州、上海、厦门、北京等城市，鲁迅的深远影响不言而喻。

放弃医学转向文学，鲁迅以思想启蒙来唤醒沉睡的中国人，被誉为"民族魂"，同时是"文化革命"的领军人物，杰出的思想家、革命家和文学家。毛泽东对鲁迅的评价较高：鲁迅是中国文化革命的主将，他不但是伟大的文学家，而且是伟大的思想家和伟大的革命家。他坚定顽强，没有奴性和媚骨，这是殖民地与半殖民地民众最宝贵的品格。鲁迅是在文化战场上，代表全民族的大多数，向着敌人冲锋陷阵的最正确、最勇敢、最坚决、最忠诚、最热忱的空前的民族英雄。鲁迅的方向，便是中华民族新文化的方向。他的一生可以说是对"横眉冷对千夫指，俯首甘为孺子牛"精神的生动诠释。

在人生的旅程中，总会经历无数波折，鲁迅的生活亦然。他人生中的第一个转折发生在 13 岁那年，曾是京官的祖父因科举舞弊入狱，不久后患病多时的父亲离世，昔日富有的家庭衰败。鲁迅幼小的心灵蒙上了阴影。从此，年少的鲁迅担起家庭的重任，照顾母亲和兄弟姐妹，背负起生活的压力。昔日的他曾是众人仰慕的小"公子哥儿"，关爱满满。

然而，家道中落，人们不仅改变了立场，更展示出世俗的目光和冷漠的言辞。世态炎凉，给鲁迅幼小的心灵留下了不可抹去的创伤，邻里之间的巨变让他深切地感受到当时社会中人们缺少真心与关爱。"势利眼"是对那时人们较贴切的写照：推崇富人，看轻贫民。鲁迅在《呐喊》自序中也曾哀叹："有谁从小康人家而坠入困顿的么，我以为在这途路中，大概可以看见世人的真面目。"

鲁迅对底层民众的深切关怀源自他少年时期家庭变故后的亲身体验。他曾在农村外祖母家居住过一段时间，充分体验了底层百姓的生活。祖父的入狱使鲁迅不得不暂居乡下外祖母家避风头。正是在那时，他与乡村的孩子们共享"偷"豆子煮食、同游观社戏等美好时光。与这群孩子在一起，他感受到了更多的关爱与温暖。这段美好的回忆，这份真挚的关心与问候，都被鲁迅以文字的形式生动地再现出来。

**（二）鲁迅的从教经历与创作生涯**

1.鲁迅的从教经历

鲁迅的求学之路始于1886年进入周家私塾读书。在课余时间，鲁迅阅读了许多杂书，激发了他对图画书的兴趣。1898年春天，鲁迅在家学习八股诗文，并在家中私塾的指导下进行练习。同年5月，鲁迅离开绍兴前往南京，考入江南水师学堂。在南京求学期间，鲁迅不仅在课堂上取得了优异的成绩，还自发地接触了新思想，翻阅了严复翻译的《天演论》等新兴学术书籍。1902年1月，鲁迅以一等第三名的成绩从矿路学堂毕业，并于同年3月离开绍兴前往日本留学。

在日本求学期间，鲁迅先后就读于弘文学院和仙台医学专科学校。然而，在日本求学的过程中，鲁迅对中国民众的精神状况产生了忧虑。他认为，中华民族要想实现振兴，必须从改变人们的心灵和观念开始。因此，鲁迅毅然决然地放弃了医学，投身于文学和教育事业。

鲁迅回国后，开始了他的教学生涯。他先后在南京、北京、广州等

地的大学和中学担任教职，传授知识，培养新一代的学子。鲁迅在教学
过程中，倡导实事求是的精神，反对陈旧的教育观念，提倡新教育。他
认为，教育是培养具有独立精神和思考能力的新一代的关键。鲁迅在教
育工作中积极推行实践教育，鼓励学生参与社会实践，培养他们的创新
能力和实践能力。在课堂教学中，鲁迅强调启发式教学，注重引导学生
独立思考，激发学生的学习兴趣。此外，鲁迅还关注教育的民主性，主
张平等对待学生，尊重学生的个性和发展需求。

　　除了从事教育工作，鲁迅还积极参与文学创作和翻译工作。他的文
学作品具有强烈的现实主义特色，以深刻的社会洞察和激进的民族觉醒
为主题。他的作品如《狂人日记》《呐喊》《药》，都以犀利的笔触揭示
了当时社会的丑恶现象，展现了对民族精神觉醒的强烈呼唤。同时，鲁
迅翻译了许多外国文学作品，如《斯巴达之魂》，为中国读者提供了更
广泛的视野。

　　鲁迅对教育事业的投入不仅体现在他的教学工作中，还体现在他通
过文学创作影响了广大读者。鲁迅坚信，教育和文学是改变民族命运的
关键，他用自己的实践证明了这一观点的正确性。正是鲁迅的努力，为
中国教育事业的发展和民族精神的觉醒做出了重要贡献。

　　2.鲁迅的创作生涯

　　（1）鲁迅的小说。鲁迅的小说创作主要集中在 1918—1936 年。他的
作品主要反映了当时中国社会的矛盾和问题，尤其关注底层人民的生活
困境和精神状态。鲁迅通过对底层人物的刻画，揭示了当时中国社会的
种种弊端，呼唤人们觉醒和自强。

　　1918 年 5 月，《狂人日记》发表，标志着鲁迅小说创作的开始。此
后，鲁迅陆续创作了一系列具有深刻社会意义和现实主义特色的短篇小
说。其中，1918—1922 年，鲁迅创作了多篇脍炙人口的小说，如《阿 Q
正传》《孔乙己》，这些作品后来被收入《呐喊》一书。《阿 Q 正传》《孔

乙己》塑造了两大经典形象，阿Q是鲁迅笔下的一个具有代表性的小人物形象。他虽然贫穷、无知，但骄傲自大，总是自欺欺人。阿Q代表了当时社会中那些无力改变命运，却又麻木不仁、自暴自弃的人。孔乙己是一个受人嘲笑的落魄书生，他的知识和才华无法改变他自己的悲惨命运。这个形象揭示了当时社会对知识分子的歧视和冷漠，以及知识分子在社会中的无奈地位。

1922—1926年，鲁迅又创作了一批具有高度现实意义的短篇小说，如《祝福》等，这些作品被收入《彷徨》一书。其中"祥林嫂"形象深入人心，祥林嫂是一个在当时社会中遭受重重压迫与苦难的农村妇女。她的悲惨命运展示了当时社会对于弱势群体的压迫，以及人们对悲剧故事的冷漠和嘲笑。

1927—1936年，鲁迅继续进行小说创作，但相对较少。在这期间，他完成了《故事新编》等作品。

（2）鲁迅的散文。鲁迅在创作小说集《彷徨》和《呐喊》时，还发表了散文诗集《野草》以及散文集《朝花夕拾》。这两部作品分别于1927年和1928年发表，属于同一时期的作品。《呐喊》和《彷徨》以冷峻的笔触描写了当时社会的状况，旨在唤醒沉睡的民众，而《朝花夕拾》则是鲁迅温馨的回忆，对美好事物和人物的怀念。百草园、三味书屋这些给鲁迅带来无尽乐趣的地方，幼年时期的保姆、少年闰土和在日本留学时帮助过鲁迅的藤野先生，以及童年的庙会等都是鲁迅美好的回忆。这些记忆让人感觉，在那充满冷漠的社会里，依然有一些温暖的事物存在，让人们不会对这个世界失去希望。这些事物温暖鲁迅的心灵，滋养他的生命。在这些散文中，鲁迅巧妙地将抒情、叙述和议论融为一体，展示了他的艺术成就和文字魅力。与《野草》中的迷幻境界不同，《朝花夕拾》给人一种清新的感觉，如同天空中不断变化的云彩，开创了中国现代文学史上"独语体"散文的先河。

（3）鲁迅的杂文。鲁迅的创造精神体现在他的杂文中。尽管杂文在中国古今都容易找到，但鲁迅的杂文与众不同，因为他能把杂文作为战斗的武器，像一把锋利的匕首，直刺当时中国的病灶。用鲁迅的话说，他的杂文写作主要关注"文明批评"和"社会批评"，深刻揭露了封建宗法制度和封建礼教"吃人"的虚伪本质。并从社会进化论的角度倡导社会解放、家庭解放和妇女解放。鲁迅的杂文不仅记录了鲁迅战斗的一生，还记录了当时社会的思想和文化变迁。在当时的中国社会，知识分子要创造新文化，必然面临来自各个阶层的阻力和冲击。而鲁迅的杂文正是在这种恶劣环境中诞生的，自然会受到来自不同阶层的贬低和怀疑。尽管如此，鲁迅在五四运动开始后，勇敢地拿起笔，对旧文化进行反击。随着杂文文体的成熟，鲁迅的杂文逐渐得到了一些人的认可，他也真正意识到了自己所写的杂文的力量，并开始了持续不断的杂文创作。

在鲁迅的观念中，杂文就像一根敏锐的神经，能够敏感地察觉有害的事物，并对其进行反击。这有助于新文化和新思想的产生，为新文化创造有利的成长环境。鲁迅一生共创作了 15 部杂文，包括《热风》《坟》《华盖集》《华盖集续编》《三闲集》《伪自由书》《二心集》《准风月谈》《南腔北调集》《花边文学》《且介亭杂文》《且介亭杂文二集》以及《且介亭杂文末编》等。在这些杂文中，鲁迅将目光转向社会的各个层面，揭示了不同的社会现象，对那些不合理的社会现象进行了无情的揭露。他的杂文中有痛苦的呐喊、细致的分析、果断的选择、机智的幽默、尖锐的批评、热情的鼓励及亲切的赞赏。他的笔锋锐利，形式多样，文采丰富，激情四溢。

鲁迅敢于展示自己的喜怒哀乐，为中国文学的发展开辟了一条宽广的道路。因此，鲁迅既是杂文的奠基人，也是开创者，他在杂文史上具有不可替代的地位。

### （三）鲁迅的思想

#### 1.进化论思想

鲁迅是一位伟大的思想家和革命家，其早期思想深受进化论的影响。进化论思想之所以成为鲁迅思想的核心组成部分，是出于他对达尔文学说的研究与认同。唐弢在《琐忆》第一部分中，描述了鲁迅曾怀着对进化论的信仰，热爱并关心青年一代的成长。然而，进化论逐渐暴露出其局限性，导致鲁迅在新文化运动中感到迷茫和沮丧。但随着时间的推移，鲁迅在共产党人的影响下，逐渐转向马克思主义理论，将阶级论用于对青年群体的分析。

进化论作为一种自然科学理论，曾被鲁迅视为反对封建专制和外国列强的思想武器。他坚信进化论能帮助他战胜陈旧的思想，引领青年一代走向更美好的未来。然而，在实际的社会分析和斗争中，进化论的局限性逐渐显现。经过深入思考，鲁迅逐渐认识到，用进化论来解决中国革命的基本问题是不够的。

在接触到马克思主义理论之后，鲁迅逐渐摆脱了对进化论的过度依赖，开始用阶级论的观点对青年进行科学的分析。这使得他对青年的看法更加全面，不再一概而论。他认识到，人的思想是复杂的，需要用更加科学和深刻的方法来分析。

尽管鲁迅对进化论的看法发生了变化，但他对青年一代的热爱和关心始终如一。他坚定地致力教育和引导青年走向光明，努力防止他们堕入黑暗。这种对青年的深刻关爱，体现了鲁迅作为一位思想家、革命家博大宽广的胸怀和高尚的品质。

#### 2.心灵革命与个性解放

鲁迅在日本留学时，最初立志从医学领域寻找拯救中国民众的良方，然而后来转向文学创作。这一思想转变非孤立产生，是受到西方尼采（Friedrich Wilhelm Nietzsche）的代表作品《查拉图斯特拉如是说》的启发。可以说，尼采的思想对鲁迅早期心灵革命、个性解放和反对传统观念的形成发挥了重要作用。在《文化偏至论》中，鲁迅主张振奋物质，张扬精神，尊重个体，摒弃多数。在当时的历史背景下，强调精神和个性的重要性对"抵制陈规"的积极意义十分明显。在许多散文中，鲁迅赞美"精神界之战士""真的勇士""叛逆者"和"闯将"等形象。在他的小说与散文作品里，鲁迅塑造了"狂人""疯子""过客"和"这样的战士"等角色，这些角色既表现出强烈的反抗精神，又表现出孤独和寂寞，尼采的思想在这些作品中表现得尤为鲜明。

然而，鲁迅对尼采的思想既有肯定又有批判。他主张精神自由成长，反抗陈规；但他对受压迫者的同情心也是显而易见的。鲁迅不仅摒弃了尼采思想中的消极方面，还采取了批判和改革的思维方式。他认为，尼采所设想的"超人"是以牺牲大众为目的的垄断资产阶级的理想人物，视自己为天生的压迫者和统治者，而大众仅仅是他"超越的垫脚石"。而鲁迅笔下的"狂人""疯子"和"勇者"等，并非牺牲大众，而是为了大众。鲁迅曾表示，《狂人日记》中的"狂人"与尼采的"超人"相去甚远。

3. 反帝反封建的民主主义思想

在鲁迅思想的演变过程中，始终贯穿着无产阶级革命理念，这也是他与其他民主主义者的不同之处。

首先，他能够运用阶级观点去认识社会本质。在五四运动时期，提倡白话文、反对文言文以及反抗封建迷信成为当时文化的主流。然而鲁迅却能从历史发展进程中揭示出当时中国的历史既是"人吃人"的历史，也是压迫和被压迫的历史。他将中国几千年的历史划分为两个阶段，一个是人民"渴望成为好奴隶而未能如愿"的时代，另一个是人民"暂时安坐奴隶地位"的时代。同时，鲁迅揭示这一历史事实的目的就是号召人们改变历史，要"清除这些吞噬者"，推翻这个"吃人"的"宴席"，摧毁制造这个"宴席"的"厨房"——几千年的阶级社会,以创造历史上从未有过的"第三样时代"(《坟·灯下漫笔》)。换言之,要创造一个中国人民当家作主的时代。这种思想已具有一定的阶级内涵。

其次,他在社会观察和斗争中融入了阶级分析方法。1919年5月,鲁迅在《现在的屠杀者》中批判封建余孽林纾等"雅人",指责他们明明生活在现代,呼吸现代空气,却偏要顽固地拥护腐朽的教条和僵化的语言,轻蔑现代。他们是现代的屠杀者,杀死"现在",就等于杀死"未来"。在这里,他运用了阶级斗争观点揭示了反动统治阶级的残暴本质。在1925年前后,鲁迅在与顽固派的抗争中进一步指出,反改革者对改革者的毒害从未间断,手段之恶劣已无以复加。"但若与狗奋战,亲手打其落水,则虽用竹竿又在水中从而痛打之,似乎也非已甚。"(《坟·论"费厄泼赖"应该缓行》)。这种对社会改革和社会斗争的观点已具有无产阶级思想因素。

最后,鲁迅在论述社会问题时,运用了唯物观念。五四运动后,鲁迅从经济权是其他政治、社会、家庭权力的基础这一唯物观点出发,主张经济是最关键的。自由虽然不能用金钱购买,但可以为金钱而卖掉。(《坟·娜拉走后怎样》)这便揭示了一个具有普遍意义的真理:只有社会解放,才能找到自由的出路。在《伤逝》中,鲁迅以丰富、深刻的艺术形象表现了爱情不能凭空存在,必须依附于社会,只有在社会解放的基础上,爱情才有可能持久。

关于天才的产生,鲁迅也有自己的独到见解。他在《未有天才之前》中指出,天才并不是森林荒野中自生自长的怪物,是由可以使天才生长的民众产生、长育出来的。所以没有这种民众,就没有天才。鲁迅从客观环境出发,探寻天才产生的条件,这正是唯物主义关于天才的观点。

4.马克思主义哲学思想

1927年10月,鲁迅离开了广州,来到上海,结束了他的教育生涯,全身心投入文学创作中,开启了他一生最辉煌的斗争历程。1928年,鲁迅与郁达夫共同创办了《奔流》月刊，加入了共产党的外围组织——革命互济会。同年，鲁迅就无产阶级革命文学问题与创造社和太阳社展开了激烈的辩论，并提出了许多有深度的观点。在争论过程中，鲁迅先后翻译并出版了《文艺政策》（苏联文艺政策文件汇编）、《艺术论》等著作。鲁迅通过对这些作品的评价和运用，逐渐掌握了辩证唯物主义和历史唯物主义。他指出马克思主义是最为清晰的哲学，许多过去看似复杂的问题，在马克思主义观点下，变得明朗了。（摘自《李霁野回忆鲁迅先生》）1930 年，鲁迅加入了"中国自由运动大同盟"，成为发起人之一。1930 年 3 月 2 日，鲁迅参与发起并成立了中国左翼作家联盟，担任常务委员。从此，鲁迅步入了革命之路，为中华人民共和国的解放进行了一系列的政治斗争和文学活动，成为中国文化事业的领军人物。

## 二、鲁迅小说艺术分析

鲁迅在创作小说时，具有强烈的社会责任感，将小说视为启蒙民众、唤醒国人的有力手段。尽管如此，他并未忽视小说的文学艺术特质。从《呐喊》到《彷徨》，再到《故事新编》，鲁迅始终追求小说艺术的创新与完美，充分展示了他在艺术上的创造力。《呐喊》一经出版，茅盾即给予高度评价："在中国新文坛上，鲁迅君常常是创造'新形式'的先锋；《呐喊》里的十多篇小说，几乎一篇有一篇新形式，而这些新形式又莫不给青年作者以极大的影响，许多人纷纷跟进尝试。"（茅盾《读〈呐喊〉》）现代小说作为一种新的小说形式，其发展和成熟离不开鲁迅的创新和示范。具体来看，鲁迅小说艺术的成就和特点可以概括为以下几个方面。

### （一）成功运用多种叙事方法

鲁迅是中国现代文学的奠基人，他的小说创作成功地运用了多种叙事方法。这些方法丰富了文学表现手法，提高了作品的艺术价值，使他的作品具有深刻的思想内涵和鲜明的现实意义。

1.非全知叙事手法

中国古代小说主要采用全知全能的叙事手法，叙述者如同上帝般了解每个角色的内心世界，掌握着小说中所有不为人知的秘密。然而，在现代小说中，为了反对和补充全知叙事，非全知叙事被广泛应用于作家的创作中。鲁迅作为非全知叙事的先驱，巧妙地运用这种叙事手法，丰富了现代小说的叙事艺术。非全知叙事可分为限制叙事和纯客观叙事两种类型。

（1）限制叙事手法。在限制叙事中，叙述者所知道的信息与特定角色所知的一样多，叙事者采用这个特定角色的视角进行叙述，对于角色所不知道的事情，叙述者无权进行叙述。这种叙事方法有助于增强故事的真实感和紧张感，使读者更容易产生共鸣。叙述者可以是一个人，也可以是多个人轮流担任。限制叙事既可以采用第一人称，也可以采用第三人称。在鲁迅的小说中，《狂人日记》《孔乙己》《一件小事》《故乡》《祝福》《在酒楼上》《孤独者》和《伤逝》都采用了第一人称限制叙事。例如，在《狂人日记》中，鲁迅采用了第一人称限制叙事的方式，讲述了主人公"狂人"因为病态的想象而陷入对现实世界的恐慌和困惑。这种叙事方式使读者能够深入"狂人"的内心世界，感受他的恐惧与无助。

第一人称叙事是鲁迅小说的一大特点，第一人称叙事作品中，叙事和抒情紧密相连，通过情感的表达与故事的叙述相互补充，打破了小说只能"讲故事"的限制。例如，在《故乡》中，作者通过"我"的视角描写了故事情节的同时，展示了"我"对故乡的思念与感慨。鲁迅的小说中也有第一人称叙事描写的知识分子的自我反思，如在《在酒楼上》《孤独者》和《伤逝》等作品中，鲁迅以知识分子"我"的视角，对自身的悲剧命运进行探讨和反思。这些作品透露出作者对知识分子自身缺陷的深刻剖析和对命运的无奈。鲁迅的第一人称叙事作品中，主观情感体验十分强烈。在《孔乙己》中，虽然"我"的身份并非知识分子，但他的回忆仍然充满了对孔乙己不幸命运的同情和愧疚，以及对酒客冷漠无情的愤慨。这种叙事方式使得作品充满了诗意的氛围感。在《故乡》和《祝福》中，"我"作为知识分子回到故乡，直接面对辛苦劳作的农民，展示了社会现实的残酷，以及知识分子与农民之间的隔膜。这些作品通过第一人称叙事模式传达了鲁迅的启蒙思想。

而《白光》和《高老夫子》则使用第三人称限制叙事。在《白光》和《高老夫子》这两部小说中，鲁迅通过第三人称限制叙事的方式，聚焦于主人公的视角，展现了他们内心世界的细腻变化。在《白光》中，鲁迅通过主人公陈士成的视角进行叙述，将读者带入陈士成落榜后狂乱的心理世界。整个故事中，陈士成在梦境和现实之间徘徊，心情狂躁不安，病态地追求梦中的白光。第三人称限制叙事的方式让读者更加贴近陈士成的内心，体会他的挣扎和无奈。在《高老夫子》中，鲁迅以高尔础的视角展开叙述。故事通过高尔础在上课前的慌怯、课堂上的手足无措以及课下的恼羞成怒等场景，展现出他的纠结和无能。这种叙事方式使得读者能够更加深入地了解高尔础的心理状态，从而更好地体会鲁迅对所处时代和社会现象的讽刺。

通过这种第三人称限制叙事的方式，鲁迅成功地引导读者进入主人公的心理世界，使得故事情节更加引人入胜，同时增强了讽刺效果。这种叙事方法有效地凸显了鲁迅作品的社会批判意义，表达了他对时代的关注和思考。

（2）纯客观叙事手法。鲁迅在小说中还运用纯客观叙事手法来描写人物的内心世界。纯客观叙事手法指的是不从叙述者的角度阐述人物内心活动，而是通过描写人物自身的行为来刻画其内心世界。当作者在小说中使用这种叙事手法时，会用大量的篇幅来描写人物的言语、行为等主观的"表演"，不会直接讲述人物的内心活动，也不会对人物的"表演"给予正面的评价，这种情况下，读者在阅读文章时只能透过这些外部行为自行推理人物真实的感受和内心活动。这种叙事手法与戏剧舞台上的人物表演有一定的相似性，一些小说理论家也会将其称为"戏剧性叙事方式"。鲁迅的《示众》《肥皂》和《起死》都是纯客观叙事的典范，通过这种叙事方式，鲁迅达到了讽刺社会现象的目的。在《示众》中，鲁迅以一场示众为背景，通过描写观众的观看行为，展现了当时社会的荒诞和人性的扭曲。鲁迅没有深入剖析观众的心理，而是通过他们的言行来传递讽刺意味。这种纯客观叙事方式使讽刺更加含蓄，让读者在感受作者对社会现实进行鞭挞的同时，有空间去思考和反省。《肥皂》则通过简洁的对话和人物动作描写，揭示了封建卫道士四铭肮脏的内心世界。鲁迅通过人物间的对话，揭示了四铭的虚伪和道貌岸然的外表，使得读者对他有了更深刻的认识。这种纯客观叙事让讽刺更加犀利，也使读者能够自然地感受到作者对这种虚伪表象的批判。这两部作品中的纯客观叙事与鲁迅对讽刺艺术的自觉追求密不可分。正如鲁迅在《中国小说史略》中赞扬吴敬梓的《儒林外史》，他指出这种纯客观叙事中隐含尖锐的讽刺艺术。鲁迅在自己的作品中也成功地运用了这种叙事方式，以此来揭示社会问题，批判时代弊端。人们通过这些作品，可以看到鲁迅对讽刺艺术的独特见解。

2. 全知叙事手法

除了上述叙事手法，鲁迅还运用了全知叙事手法。《阿Q正传》是鲁迅的一部经典作品，全知叙事在这部小说中发挥了重要作用。全知视角赋予了叙述者时空转换能力、对人物内心世界的深入剖析以及根据艺术需要调整视角的自由。在《阿Q正传》中，鲁迅以叙述者"我"的身份，以夹叙夹议的方式，公然对阿Q的种种行为评头论足。这种全知视角让叙述者能够自由地进入阿Q的内心世界，深刻地揭示了阿Q可笑行为背后的原因。叙述者在讲述阿Q的故事时，不仅把阿Q这一形象塑造得栩栩如生，还通过他的形象揭露了当时社会的弊端。根据艺术表现的需要，叙述者不仅能随时把视角限定在阿Q身上，深入揭示他的心理意识，还能从更宏观的角度去审视阿Q的世界。这种叙事方式使阿Q的形象更加丰满，有助于增强讽刺效果。

总之，《阿Q正传》中的全知视角赋予了叙述者独特的优势，使作品在艺术表现上更加丰富和立体。全知叙事在这部作品中的成功运用与它的喜剧风格和讽刺艺术有着内在联系。通过这种叙事方式，鲁迅成功地展示了阿Q的形象，以及他所代表的那个时代的种种问题。

### （二）开创了现代短篇小说的艺术形式

#### 1. 使短篇小说有了自身的结构特征

古代短篇小说常常忽略对时代、环境、任务、性格的描写，以压缩的形式来展现长篇小说的内容。鲁迅在短篇小说叙事上别具一格。

首先，鲁迅的小说多采用横截面切割结构方式，尤其是短篇小说，这样做能使小说结构更加鲜明。例如，短篇小说《孔乙己》中只简单描写了孔乙己在咸亨酒店的几个生活场景，就好像将其一生都展现得淋漓尽致。《风波》则将地点限定在七斤家门口的土场上，时间仅为吃饭那一会儿。《药》只有三个场景片段。这种结构方式使短篇小说更加简练、紧凑，具有较强的艺术表现力。

其次，鲁迅的小说善于从纵向切入一个人的一生。例如，短篇小说《阿Q正传》《祝福》就运用了这种方式，从纵向将主人公的一生进行详细的刻画。但总的来讲，鲁迅的根本目的是将人物塑造得更完美，描述内容仅是人物一生中的一些较具代表性的小片段。这种写法使鲁迅的短篇小说在刻画人物时更具深度和广度。

最后，在视角的选择和运用上，他通过某一角度恰到好处的表现，使人物形象更加生动鲜明。例如，在《孔乙己》中，鲁迅以酒店小伙计的视角来表现孔乙己的一生，通过看到的几幕生活场景，深刻地呈现了孔乙己的性格和命运。这种视角的选择和限定为现代短篇小说的结构方式提供了新的可能性。

#### 2. 对历史小说的尝试

在《呐喊》和《彷徨》之外，鲁迅还勇敢尝试了历史小说创作，如

《故事新编》。这部历史小说集的写作特点有别于其他小说，最显著的一点就是鲁迅在写这部小说集时很大程度上保持了历史的真实性和准确性，却又跳出了历史史实的局限，将真实的、严肃的历史史实与虚拟的、滑稽的现实结合在一起，在尊重真实历史文献资料的基础上创作出了有"现代性"的庄子、老子、宴之敖、墨子、大禹、后羿、女娲等人物形象，展现他们的真实精神。同时，在这些主要人物之外，鲁迅不局限于文献记录，大胆地虚构了一些穿插的喜剧人物，如《补天》中女娲两腿之间的"那顶长方板的"和《理水》中文化山上的学者，这些都是鲁迅受现实启示而创造出来的。这些角色往往以"小丑"的身份，说着滑稽的现代话，进行自我揭示。虽然鲁迅将自己这种写作方式称作"油滑"，并进行自我反省，但正是这种"油滑"的手法让他能够自由地穿梭于古今之间，以杂文的形式讽刺现实的丑恶。

鲁迅的历史小说《故事新编》还体现了"新历史"意识，主要表现在以下几个方面。

（1）超越意识形态。新历史小说不再是某个阶级或意识形态的代言工具，而是作家独立自主地表达自己的历史观。在《故事新编》中，鲁迅摆脱了传统历史观念的束缚，以全新的姿态和理念书写历史。

（2）世俗化的英雄形象。新历史小说中的英雄形象不再是高高在上、超脱尘世的存在，而是平凡、世俗的个体。在《故事新编》中，鲁迅通过消解和还俗手法，重新塑造了女娲、大禹等传统英雄人物，使他们更加接近现实。

（3）反讽和戏仿的叙事策略。鲁迅在《故事新编》中运用反讽、戏仿等叙事手法，巧妙地解构了传统历史小说中庄重、严肃的叙事风格。这种轻松幽默的表达方式使作品具有更强烈的新历史意识。

（4）虚构和现实主义相结合。鲁迅在《故事新编》中，通过虚构的手法来还原历史，并以世俗化的眼光、民间的立场和现实主义精神来重新解读和书写历史。这种对历史原典的重新诠释，使作品具有更深刻的历史意义。

　　鲁迅的《故事新编》在新世纪仍受到学界的高度关注，成为研究热点。学者从文化、神话、现代性等多个角度来探讨作品，进一步证实了《故事新编》中新历史意识的独特价值和影响力。

# 第二节　《呐喊》《彷徨》中的悲剧艺术

## 一、《呐喊》《彷徨》概说

### （一）《呐喊》概说

　　《呐喊》这部小说集收录了鲁迅于1918—1922年所作的14篇短篇小说，如《狂人日记》《孔乙己》《药》《阿Q正传》和《故乡》等，生动地展示了从辛亥革命前后至五四运动时期的中国乡村与城镇的风貌。这些作品深入剖析了辛亥革命前后至五四运动时期的中国社会现实，总结了辛亥革命的历史教训，揭示了封建宗法制度和礼教制度虚伪与残忍的本质，剖析了沉默的中国心灵，批判了民族的劣根性。

　　1.《呐喊》的成书过程

　　20世纪初，中国正遭受世界列强的侵略，国家动荡，人民生活艰苦。领导革命的孙中山逐渐确立了推翻清朝统治的目标。辛亥革命深入人心，鲁迅意识到革命的重要性，用自己的语言和表达方式回应革命，随后爆发了五四运动。

　　1911年，辛亥革命成功推翻清政府的专制统治，成立了中华民国临时政府。1912年，鲁迅进入南京临时政府教育部，后随政府迁至北京。但辛亥革命并未完成反帝反封建的使命，各派军阀瓜分了革命果实，战乱不断，民生凋敝。鲁迅原本希望为教育事业革新贡献力量，但无所作为,内心倍感孤独与痛苦。

1915年9月,《青年杂志》(后改为《新青年》)创刊,标志着新文化运动的开始。《新青年》杂志编辑钱玄同邀请鲁迅为该杂志写稿。鲁迅从1917年的俄国十月革命中看到了"新世纪的曙光",这场革命的胜利将马克思列宁主义传播到了中国,极大地鼓舞了鲁迅。他相信,只要"呐喊",就有希望唤醒"熟睡"的人,也有摧毁黑暗的"铁屋"的希望。鲁迅答应了钱玄同的邀请,开始撰写文章。他对《新青年》的编辑团队充满敬意和赞赏,同时认为他们"可能会感到孤独"。因此,他决定"呐喊",为了安慰那些在寂寞中奋进的勇士,让他们勇往直前。1918年5月,鲁迅在《新青年》上发表了第一篇白话小说《狂人日记》,接着又连续创作了多篇短篇小说。到了1923年,鲁迅将1918—1922年创作的15篇小说收于《呐喊》一书,但《补天》这篇后来被收录到《故事新编》中。鲁迅曾表示:"既然是呐喊,则当然须听将令的了。"因此,《呐喊》是听革命先驱的将令的作品,也是致力五四运动时期的反帝、反封建以及新民主主义革命的"忠诚文学"。

2.《呐喊》中的主要人物

(1)狂人。在《狂人日记》中,"狂人"是一个具有象征意义的文化人物,代表着最早觉醒的反叛者和革新者。这个形象是鲁迅通过双层结构和具有"双象性"特征的艺术手法塑造的。这个形象具有两层含义:第一层含义是,这是一个存在心理和生理病态的人,精神失常只是其病症表现,而这种疾病是在他受到迫害后产生的;第二层含义是,这个人在受到压迫后反封建意识觉醒,成为反封建的战士和抗争者。这两层含义都围绕"吃人"这一核心开展,两者相互渗透、相互依赖、相互交织、相互重叠,将"病狂"和"清醒"以特殊的艺术形式融合在一起。

(2)孔乙己。在《孔乙己》中,主人公孔乙己的形象较具代表性,整个作品的内容都是以他为核心展开叙述的。根据描叙人们可以看出他虽然身着长衫,满口之乎者也,但仍然是真诚、善良的人,因此可以说,孔乙己只是封建思想的受害者，是受到封建科举制度迫害的知识分子。随着封建社会的结束，科举制度废除，但孔乙己仍不愿与劳动者为伍，处境尴尬。他因贫困去偷窃，后来又因偷窃被人打断了腿，最后被黑暗社会无情吞噬。孔乙己的观念和意识已经被封建教条全部侵蚀，几乎丧失自我，最后也没有觉悟。鲁迅对他充满同情和悲悯，但仍然将他视为封建科举制度的牺牲品并深切谴责。

（3）阿Q。在《阿Q正传》中，主人公阿Q的形象深入人心，他性格矛盾，总是自我安慰，可谓是旧中国人的代表。鲁迅曾说阿Q具有农民的朴实、愚蠢，又有游手好闲者的狡猾。一方面，阿Q是一个被剥削的善良农民，身处封建社会的他长时间受封建主义的侵害和影响，思想上形成了一定的"圣经贤传"理念，但自身仍然保留着保守、狭隘的小生产者理念。另一方面，阿Q虽是农民，但家中无地，为了生活只能帮人干活求生存，因此成了四处游荡的游手好闲者。此外，阿Q虽四处为家，但他既瞧不起与自己生活在同一地方的乡下人，也瞧不起城里人，这一点是中国封建社会农民所不具备的特殊性格。而且他的性格从最初的自尊、自大到后来的自轻、自贱再到最后的自尊、自大，这一点是典型的半殖民地半封建社会环境下产生的。阿Q的"精神胜利法"是他较具代表性的特征。

（4）七斤。在《风波》中，主人公七斤的形象较具代表性，他指代的是当时无数缺乏民主意识的农民。七斤在当地以见多识广著称，甚至受到众人的尊敬和优待。然而，当他听说皇帝即位的消息后，他的沮丧、他对妻子的责备以及对女儿发泄怒气，实际上暴露了他麻木、胆怯、愚昧和庸俗的本质。

（5）闰土。在《故乡》中，鲁迅将闰土这样一个生活在严苛封建等级制度下、遭受无数苦难的现实农民形象展现得淋漓尽致。鲁迅通过描述两个不同时期的闰土的具体形象，直观展现了当时中国农民的悲惨、凄凉、多灾多难的命运。闰土在少年时期的形象是机智的、勇敢的、纯真的、活跃的、健康的，聪明伶俐，无忧无虑，好似每时每刻都生机满满。但在30年后笔者再见闰土时，发现此时的闰土变得自卑、早衰、迟钝、沉默、麻木和呆滞。

（6）华老栓。在《药》中，华老栓是生活在封建社会的普通劳动人民，他勤勤恳恳工作以维持一家人的生活，善良、勤俭节约却又因视野所限愚昧无知，是统治者"愚民政策"下诞生的典型代表。他地位不高，为了治好儿子的病，节衣缩食，用积攒下来的钱买药救自己的儿子。但是，他迷信、无知、愚昧、麻木，深信人血馒头一定能治好儿子的病，甚至为能够买到这种"药"而欣喜。在买药过程中，他会害怕，但时刻保持对刽子手的恭敬，反而对死去的革命者视若无睹。华老栓的悲惨形象会让读者对其遭遇表示同情，但也会对其愚昧无知感到惋惜，进而让读者清楚感受当时封建统治者是如何对待农民的。

### （二）《彷徨》概说

#### 1.《彷徨》的成书过程

《彷徨》这部作品集收录了鲁迅在1924—1925年所写的11篇短篇小说，包括《祝福》《在酒楼上》《伤逝》等。这些作品展现了鲁迅坚定不移地抵制封建主义的精神，是中国革命思想的镜子。作品主要涉及农民和知识分子两类题材，前者以《祝福》和《示众》为代表，后者以《在酒楼上》和《孤独者》为代表。整部小说集充满对生活在封建压迫之下的农民和知识分子"哀其不幸，怒其不争"的关怀。在广阔的历史背景下，作者通过叙述人物命运来传递情感。

《彷徨》是鲁迅的第二部短篇小说集，在《孤独者》和《伤逝》未独立发表之前，其余9篇都曾在北京和上海的杂志及报纸副刊上刊登过。写作时期正值五四运动落潮，新文化运动内部分裂，鲁迅一方面因"成为散兵游勇，无法组织起阵"而感到孤独和荒凉，另一方面总结过去经历，寻求新的战友，部署新的斗争。《彷徨》便是在这样的历史背景下诞生的。由于五四运动后，新文化阵营开始分裂，曾经参与过运动的人有的选择隐退，有的晋升，而鲁迅却如同孤军奋战一般迷茫与彷徨，这正是本书书名的由来。

2.《彷徨》中的主要人物

（1）祥林嫂。祥林嫂是《祝福》中的主要人物，她是一个普通的劳动妇女，勤劳、质朴、顽强、善良，可谓当时中国农村妇女的缩影。她的一生十分悲惨，尝试过改变，却没有效果，最终在封建地主"年年如此，家家如此，今年也如此"的欢庆"祝福"声中被黑暗吞噬，这种悲惨的境遇与地主燃放鞭炮、杀鸡宰鹅、祈求上天的场面形成鲜明对比，更衬托出这个悲惨的世界。

祥林嫂是社会劳动妇女的形象，她勤恳工作、努力生活，但不断遭受鄙视、迫害、践踏，甚至逐步丧失一个人最基本的权利，逐渐被封建迷信和封建礼教所吞噬。

（2）吕纬甫。吕纬甫是《在酒楼上》中的核心角色。他曾经作为英勇的战士出现，但在多次受挫后变得丧气。作者对吕纬甫的遭遇既表达了深切同情，又尖锐地批评了他对现实采取"敷衍应付"和"模糊不清"的消极态度。鲁迅将吕纬甫的人生观作为与反封建斗争的对立面加以揭示，同时寄托了其对知识分子作为革命力量的殷切期待。鲁迅认为，吕纬甫在新旧交替时期，放弃了鲜明的反封建立场，人生态度变得无奈消沉，这实在让人失望且不值得效仿。

（3）青年作家。青年作家是《幸福的家庭》中的主角。他为了谋生撰写了一篇关于"幸福的家庭"的文章。尽管他不是时代的先进青年，但作为权宜之计的"自暴自弃"反衬出他一贯的正直品质和严肃的创作态度。这一点在他构思"幸福的家庭"的地点选择上也显露无遗。他没有无视现实，随意将其安置在某个省、市，也没有违心地说它在某处某地，而是不厌其烦地逐个省、市进行选择，并不苟且。最后，他使用西洋字母代替作品中地名，冒着可能导致稿件被拒、使家人面临饿肚子的危险，依然决定将"幸福的家庭"所在的地方叫作"A"。这一决定正体现了他对文学作品真实性原则的维护。

（4）四铭。四铭是《肥皂》中的主人公，是一个接受过西方教育的封建知识分子，他道貌岸然，背后暗藏着一肚子的男盗女娼，是一个十足的伪君子。四铭十分重视自己的家庭，将其视作自己生活的中心，热爱妻子和儿子，会让孩子上学堂，但在关心背后也会对妻子和儿子表达自己的不满。例如，他会在发现儿子一直坚持练习八卦拳时对其进行表扬，也会因儿子查不出单词含义而暴跳如雷；会爱护妻子，也会因妻子用言语戳破他一系列举动背后暗藏的秘密而紧张。显然，他较为重视妻子和儿子，即使妻子耳后常年有污垢，孩子支支吾吾不说话。但这种重视背后暗藏的是恐惧，他害怕失去。无论是妻子的爱还是儿子的敬畏都是他生活中重要的东西，一旦失去，家庭的温暖和秩序也会消失不见，这些才是他在乎的东西。

## 二、《呐喊》《彷徨》中的悲剧内容

### （一）悲剧题材

#### 1."人吃人"的现状

《狂人日记》是鲁迅创作的一部具有深刻社会意义和美学价值的小说。这部作品通过一个"狂人"的视角，深刻揭示了封建礼教对人们思想的毒害，展现了一个"吃人"的社会。在这部作品中，鲁迅运用了真实性的美学原则，使得"狂人"的形象塑造得更加丰富、生动和有力。

首先，鲁迅通过"狂人"的猜疑和错觉，深刻地展示了一个"疯子"在社会中遭受的种种不公与歧视。例如，小说中描述的赵贵翁的眼色，小孩子的窃窃私语：

今天全没月光，我知道不妙。早上小心出门，赵贵翁的眼色便怪：似乎怕我，似乎想害我。还有七八个人，交头接耳的议论我，又怕我看见。一路上的人，都是如此。其中最凶的一个人，张着嘴，对我笑了一笑；我便从头直冷到脚跟，晓得他们布置，都已妥当了。

我可不怕，仍旧走我的路。前面一伙小孩子，也在那里议论我；眼色也同赵贵翁一样，脸色也都铁青。我想我同小孩子有什么仇，他也这样。忍不住大声说，"你告诉我！"他们可就跑了。

我想：我同赵贵翁有什么仇，同路上的人又有什么仇；只有廿年以前，把古久先生的陈年流水簿子，踹了一脚，古久先生很不高兴。赵贵翁虽然不认识他，一定也听到风声，代抱不平；约定路上的人，同我作冤对。但是小孩子呢？那时候，他们还没有出世，何以今天也睁着怪眼睛，似乎怕我，似乎想害我。这真教我怕，教我纳罕而且伤心。

说"咬你几口"的女人以及围观者对"狂人"的讥讽：

最奇怪的是昨天街上的那个女人，打他儿子，嘴里说道，"老子呀！我要咬你几口才出气！"他眼睛却看着我。我出了一惊，遮掩不住；那青面獠牙的一伙人，便都哄笑起来。陈老五赶上前，硬把我拖回家中了。

鲁迅用上述语句形象地、深刻地刻画出了人们是如何对待"疯子"的，让人感触颇深。

其次，鲁迅在《狂人日记》中使用了寓意这种相当传统的描述形式，借助"狂人"的"疯言疯语"来阐释主题。这种借助"狂人"言语展现内在思想的方式不仅更具真实性，还能借助暗示将作品内涵完整传递给读者。作者用这些饱含真挚、带有深沉意味的描述，充分阐释自己的内在意图。鲁迅强调真实性在文学创作中的重要性，认为只有真实的声音才能感动中国的人和世界的人，才能同世界的人共同生活。这其实是一种态度，对文学认真负责的态度，鲁迅试图借助社会使命意识来让读者感受真实的社会。《狂人日记》中作者通过真实的描述从特殊的角度揭示了旧社会礼教对人的迫害，用一个"狂人"的悲剧反映出生活在当时社会的人民的悲惨。从艺术层面上讲，这种方式是借助生活中带有特殊美学意义的悲剧现象来阐述艺术，实现艺术升华，其中蕴含了艺术家特殊的情感体悟以及对当时历史的沉痛思考。

《狂人日记》中对悲剧元素的运用，使其文学价值得以升华。鲁迅描写"狂人"所经历的种种痛苦和折磨，不仅反映了社会中普遍存在的不公与歧视，还表达了对国民悲剧的关切和反思。在这个过程中，鲁迅成功地将现实生活中的悲剧现象转化为具有美学意义的艺术悲剧，使作品在艺术性与思想性上达到了较高的境界。

2.麻木不仁的贫苦农民

（1）愚昧、麻木不仁的农民命运。鲁迅的小说中塑造了一系列愚昧、麻木不仁的贫困农民形象，展现了农民的命运。闰土是典型的封建社会农民，在封建制度的压迫和剥削下，由少年时的"英雄"逐渐变成麻木、愚昧、颓唐的中年"木偶人"。他的命运反映了封建制度对农民的压迫和剥削，以及封建迷信对人们精神世界的侵蚀。少年闰土活泼机智、勇敢善良，给人留下了美好而深刻的印象。但随着时间的推移，他的生活境况并未改善，甚至变得更加困苦。贫困使他变得自卑，曾经的灵气消失，由机敏变得迟钝。封建社会等级制度的压迫，使他失去了与人平等的地位，迫使他在等级社会中找到自己的位置，并认同礼教文化。闰土把摆脱痛苦的希望寄托在神的保佑上，这是封建迷信对他精神的影响。当其他人询问他想要哪些东西时，他直接提出要香炉，这个举动表现了他深受封建迷信的影响，几乎丧失自我。由此可见，当时的统治者在农民的肉体和精神上都进行迫害，可谓灵魂肉体双重摧残。

原本聪明伶俐的闰土在封建主义、帝国主义的精神压迫和肉体摧残下逐渐丧失自我意识，从健康完整的人逐渐变成空洞迷信的木偶。他被一张无形的网束缚住，其悲惨结局早已注定。

（2）落后、不觉悟的农民命运。在鲁迅的小说中，还塑造了一批落后、不觉悟的农民形象，其中较具代表性的是阿Q，阿Q代表了旧民主主义革命时期落后、尚未觉悟的农民。他的命运反映了统治阶级在经济上剥削劳动人民的同时，在精神上麻痹他们，使他们成为生产机器。阿

Q 的落后和不觉悟表现在多个方面。他因循守旧，排斥与旧传统不符的事物。

阿 Q 的自卑与自负并存，他在精神上寻求安慰，却又欺软怕硬。例如，当他被人捉弄并抢走洋钱时，他打自己的嘴巴，仿佛是在惩罚别人，从而在精神上取得优势。当他在强者面前受欺负时，他寻找弱者报复，以抵消自己所受的屈辱。在无法摆脱痛苦时，他选择忘却，以减轻自己的压力。阿 Q 的命运在很大程度上是由统治阶级对他的精神麻痹造成的。他的大脑被"精神胜利法"的毒针刺入，使他陷入了麻木不仁的境地。封建统治阶级利用这种手段使自身的统治更加稳固。

阿 Q 的形象揭示了封建统治阶级的残酷性和腐朽性。他的命运充满了矛盾和悲剧，他既是一个因循守旧、自卑自负的农民，又是一个在旧社会下挣扎求生的可怜人。阿 Q 虽然用精神胜利法来安慰自己，但这并没有改变他在社会中的地位，反而使他变得更加落后和不觉悟。

### 3. 劳动妇女的命运

（1）《祝福》中祥林嫂的悲剧。祥林嫂是当时中国农村劳动妇女的典型形象。她的悲剧源于多方面，包括封建礼教、封建迷信，甚至还包括她自身的挣扎和抗争。

祥林嫂勤劳、善良、简单、顽强，但在当时的社会，这些品质并没有为她赢得生活的尊严和权利。相反，她成了被践踏、迫害、鄙视甚至被封建礼教和封建迷信吞噬的人。祥林嫂深受封建礼教的毒害，虽然她将礼教视为神圣，但礼教剥夺了她的灵魂和身体。祥林嫂的悲剧也与她的主观愚蠢有关。她的抗争和挣扎带有浓厚的封建礼教和封建迷信色彩。她为了维护自己的"贞节"，反对再婚，甚至以"出格"的方式抗争。她为了赎回所谓的"罪孽"，将自己的财物捐献给庙宇。在封建礼教和封建迷信的泥潭中，祥林嫂进行了一场无法改变命运的斗争。

祥林嫂的悲剧在于，尽管她努力挣扎，但她无法脱离悲剧的苦海。

在当时社会的压迫下，她的挣扎最终使她走向了死亡的深渊。

（2）《明天》中单四嫂子的悲剧。单四嫂子代表了当时社会典型的底层劳动妇女形象，她失去了丈夫，要靠织布来养活自己和孩子。然而，她的命运并非只受外部环境的影响，她自身的依赖性和怠惰思维也是重要原因。

在孩子生病后，单四嫂子的怠惰思维开始显露。她先寻求神灵的帮助，然后寄希望于"明天"，认为孩子会自然康复。在这些方法都无效后，她拿着全部家当去找"何小仙"求诊。尽管"何小仙"的表现充满了"装神弄鬼"的意味，但单四嫂子仍没有怀疑"何小仙"的诊断和药方。最终，单四嫂子的孩子因未能得到及时有效的治疗而离世。

单四嫂子的悲剧在于，她习惯依赖，缺乏独立思考的能力。她过于信赖神灵和"何小仙"，而忽视了寻求正规医疗救治的途径。这种怠惰思维导致她在关键时刻无法做出正确的决策，最终付出了孩子生命的代价。

4.知识分子的"无根性"

知识分子的"无根性"指的是当时知识分子在面对传统文化和现代文明的冲突时，往往陷入思想上的迷茫和价值观的困惑。在鲁迅的作品中，这一现象得到了深刻的体现。不仅有《孔乙己》中的孔乙己，还有《伤逝》中的子君和涓生这些知识分子，他们所经历的困惑和挣扎，都是在特定历史背景下，知识分子所面临的现实困境的具体写照。

孔乙己是一个深受科举制度毒害的知识分子。他曾将科举考试作为自己一生的追求，至死不悔，但结局并不如人意，他名落孙山，只能在社会底层厮混。此时的他并未放弃自己读书人的高傲，仍然认为自己是一个真正的读书人，比其他人地位更高。正是这种"无根性"的表现，使得孔乙己成了时常被人嘲弄的对象，而他却不自知。

在《伤逝》中，子君和涓生这两位知识分子同样面临"无根性"的困境。当子君选择了某种文化理想，却不能在自己的生活中实现这种文化理想之时，她为了生计而屈服于现实，变成了庸碌的家庭妇女，重回了封建社会束缚女性独立意识的牢笼。这种"无根性"的表现，使得她在涓生的眼中逐渐变得庸碌，最终走向了悲剧的结局。涓生则是一个矛盾重重的知识分子，他在追求理想和现实之间挣扎。他试图摆脱传统的束缚，追求真挚的感情和自由的生活。但在面对现实的压力时，他不得不选择放弃自己的理想和爱情。涓生最终带着对子君的愧疚，面对自己的自私和懦弱。这种"无根性"的表现，使得涓生在现实与理想之间迷失，陷入了无尽的悲哀。

这些知识分子的"无根性"，实际上是一种时代的无奈。在面对传统文化和现代文明的交会时，知识分子往往陷入两者之间的纷扰与困惑。他们试图摆脱传统的束缚，寻求新的文化理念和价值观，但又往往在现实压力下无法坚定地追求这些理念。这种"无根性"表现出知识分子在精神世界上的摇摆不定，以及他们在寻找新的信仰道路上的无力。在当时的社会环境中，知识分子面临封建传统、家庭观念、乡规民约等多重压力，在传统与现代的冲击中，往往难以找到一个可以依靠的价值支撑。这种"无根性"的状态，导致他们在现实与理想的夹缝中挣扎，最终走向悲剧。然而，正是这种"无根性"，使得知识分子具有更强烈的自我反思和自我批判的能力。他们在思想和行为上的摇摆，有时候也成了推动社会进步的动力。知识分子正是在这种"无根性"之中不断思考和实践，逐渐寻找到新的价值观和信仰。

### （二）悲剧精神——"把有价值的毁灭给人看"

鲁迅作为中国现代文学的奠基人，其悲剧精神也值得关注。鲁迅尊崇的摩罗诗人，以及他所关注的生命悲剧行动，为人们提供了理解鲁迅悲剧精神的重要线索。他的悲剧精神源于他对人类生存悲剧的觉察、对悲剧行动的执着追求，以及对有价值事物的毁灭所带来的痛苦。在鲁迅的作品中，无论是小说、散文还是其他文学形式，都能看到这种悲剧精神。

在鲁迅的小说中，人们可以看到许多具有悲剧性质的人物和事件。例如，《阿Q正传》中的阿Q，《狂人日记》中的狂人。这些作品中的人物的悲剧，正是鲁迅对悲剧精神理解的具体体现。鲁迅对悲剧的关注，与尼采（Friedrich Wilhelm Nietzsche）和黑格尔（Georg Wilhelm Friedrich Hegel）的观点有所不同。鲁迅关注的是人性，关注的是生命精神。他认为，悲剧的价值在于展示有价值事物的毁灭，而喜剧行动则是将无价值的事物撕破给人看。在鲁迅看来，操纵悲剧的并非终极真理，而是那些富有人性的观察者和思考者，他们的责任就是发掘有价值的东西，并将这些价值的毁灭展现给观众。这种观点使得鲁迅的悲剧精神更具现实意义，给人以深刻的社会思考。

在鲁迅的作品中，不仅有悲剧行动，还有许多诸如黑色幽默、讽刺和隐喻的表现手法。这些手法都是为了更好地展现悲剧精神。例如，在《孔乙己》中，鲁迅通过孔乙己的悲惨遭遇展示了一个知识分子在封建社会中的无奈与挣扎。孔乙己受尽欺凌和嘲笑，最后走向悲剧性的结局，展现了生命的脆弱和个体的无助。在《祝福》中，祥林嫂的一生充满了坎坷与不幸，她在世俗的压迫下不断追求幸福，却又屡次受到命运的打击。在鲁迅笔下，祥林嫂的悲惨遭遇揭露了当时社会的弊端，使人深感悲剧之重。这些作品中的悲剧精神，不仅体现在鲁迅对人物命运的关注上，还表现在他对社会现象的揭示方面。在鲁迅的小说中，黑色幽默、讽刺和隐喻等手法为悲剧精神的传达提供了艺术支持。鲁迅在展示悲剧精神的同时，通过这些手法撕破了那些无价值的社会现象，让人们看到了悲剧背后的真实面貌。

鲁迅的悲剧精神在他的散文中也得到了充分体现。在《从百草园到三味书屋》中，鲁迅对童年时光的回忆充满了对那个时代的无奈和悲哀。而在《故事新编》中，鲁迅以故事的形式讲述了一个又一个令人心酸的悲剧，使读者深感生命的无常与无奈。

鲁迅在创作悲剧时一直遵循一个原则，即"把有价值的毁灭给人看"，这个原则甚至被鲁迅奉为人生信条，他的创作都以此为核心。正因如此，鲁迅所创作的文学作品都可视为带有悲剧精神的剧本，他希望借助价值破灭作品蕴含的内在精神唤醒沉睡中的人们，成为挡住黑暗的闸门。这扇黑暗之门并非有形的实体之门，而是鲁迅诞生于其中、成长于其中并力求摧毁的封建文化劣质。这种劣质文化反映了封建时期的恶根，人们就是在这种虚伪道德、文化体系所编织谎言的长期影响下一步步沉沦的。那些游走在编织大网边缘的先驱者，因为看到过外面的世界，走上了正确的、前进的道路，但由于这"网"早已在经久岁月间与整个民族紧密结合，根深蒂固，先驱者只能通过各种举动冲破网的束缚、跳出网的局限，为后来者担当指引。从这一点上看，他们的行为价值万金，他们应该接受人民的热爱和祝福，但实际情况刚好相反，毁灭是他们的最终命运，摧毁他们的恰恰是他们竭尽全力救助的人民。鲁迅通过描写这些人物的悲惨命运，展现他们在已知前方死路的情况下仍然坚持原来的选择。鲁迅就是一个这样的人。

总有人在阅读完鲁迅创作的作品后表示文章内容太过沉重、阴郁，但这种沉重与鲁迅个人没有任何关系，虽然鲁迅本人也曾明确表示自己总是背负着一种特殊的沉重感，但这种沉重更多是作为先驱者的命运所决定的。只是他的精神悲剧观让这些情感得以展现。他的悲剧观包含三个层面：一是有价值的，二是毁灭，三是展现给人看。

1.有价值的

何为有价值的？这关乎人们的人生意义和行为。作为一个关心人文精神的作家，鲁迅思考着全民族及全文化的价值观。他希望为陷入困境的中华民族找到时代的最强音去呐喊，让民族走出泥淖。值得庆幸的是鲁迅找到了，中华民族那时的出路就是推崇科学、民主，主张人性自由的西方文明。鲁迅虽然欣喜但并没有盲目引用，因为他对自己的民族有着非一般的热爱，他希望能还原中华民族人民的本来面目。正因如此，鲁迅并没有和当时普通的知识分子一样以文化导师的身份高居尊位，也没有成为不断向外人展示自己政治目的的炫耀者，更没有画地为牢固守在一个圈子内充当雅士。根据鲁迅后来发表的辩论史可以知晓，他虽然没有交到几个真正的朋友，但一直坚持自己的追求、表达自己的爱。

鲁迅生活的年代处于比较混乱的阶段，大多数人是迷惘的，这促使鲁迅在思考问题时不得不以尖锐为出发点，但他又不能脱离时代，以局外人的身份谈论——人类与灵魂的彼岸这一哲学领域的终极问题。他作为时代的先驱者只能通过不断行动为人们提供引导，同时不断思索行动者最终的命运，这些虽然紧迫但其价值不可估量。他以作家的身份刻画了无数行动者的形象，并为其安排最终的命运，这个过程其实就是在刻画自己。

在鲁迅的作品中有许多人一开始就在行动，属于行动的先驱者，如魏连殳、吕纬甫、"狂人"。《孤独者》中的魏连殳有深爱的人，他以真实的方式生活，却被他所爱的群众扼杀，最后他对群众发起了报复。《在酒楼上》中的吕纬甫在青年时就到城隍庙中拔掉了神像的胡子，立志要摒弃旧事物，但为了生活，他成了一名师者，他不再对母亲的怨叹表示强烈反对，而是为死去的弟弟迁坟，最后在酒楼上公然宣称人们的一生与苍蝇较为相同，在绕一圈后就会重新回到原点。《狂人日记》中的"狂人"曾努力找寻可以摆脱束缚的道路，但在将目光转向周边环境时发现到处都遍布着"吃人"，只能像精神病一样苟延残喘，后来发现自己也可能吃过人，内心崩溃，表示不能容忍"吃人的人"，也发出了"救救孩子"的呐喊。他们本身具有一定价值，但因自己丧失对生活的追求，最终迷失自我。还有一部分人是在行动之后转变为先驱者的，如《这样的战士》中的战士、《过客》中的过客、《复仇》中的复仇者，他们原本只是普通人，但在面对生活的无力以及群众的迷惘时，他们毅然决然站出来，将自身的无力之爱摒弃，然后高举大刀朝着醉生梦死和虚幻梦想砍去。身陷网中的人无法对网进行破坏，只能在网中缓慢爬行，甚至看不到一丝光明。在这种情况下，有一群人从第一次失败中走了出来，奋力前行，虽然有些人被历史淹没，但成功走出来的人变成了更有力的行动者、更坚强的先驱者，他们用顽强的战斗、坚实的步伐开辟了一条路，建造了无法被淹没的阵地和堡垒，价值不可估量。

当然，鲁迅的作品中还存在大量无知、迷惘、需要被解救的群众，他们数量庞大，潜在价值较大。他们在作品中扮演的角色是迫害先驱者、破坏价值的人，每当读者因深切感触赞美先驱者时总会顺便批评愚昧的群众。但是，鲁迅对这些人具有十分复杂的感情，这也是鲁迅作品中先驱者会存在精神和情感纠结的根本原因。从某种程度上讲，群众不仅仅是价值需求的发起者，还是价值的承载者，如果时代没有群众，那先驱者的价值也不会存在。这个问题比较深刻，人们只有从深层角度理解问题，才能真正把握先驱者精神和命运的焦虑性与壮烈性。

2. 毁灭

鲁迅是一位深受尼采影响的作家。尼采关于悲剧的理论在鲁迅的创作中得到了继承与发展。鲁迅对于悲剧的理解早已脱离单纯的审美，即悲剧不再是单纯引发观众恐惧或同情以及让人欣赏的形式。鲁迅作品中的悲剧常采用的手段就是毁灭，借助这种手段让人直面自我破碎。对鲁迅来讲，戏剧的悲喜其实都分属毁灭的一种，只是体裁和形式不同。

毁灭在鲁迅的作品中主要有三种表现形式。第一种是对无价值的毁灭。对于这类作品，鲁迅更善于使用批判，将其具备的无价值的盲目和欺骗进行揭示，然后摧毁。比如，《阿Q正传》中的阿Q，鲁迅通过讽刺阿Q的语言将他盲目和虚伪的面目揭开，暴露在大众的视野中。第二种是对有价值的毁灭。这类作品因为具有"有价值的"思想，毁灭才引起强烈反响。例如，《伤逝》中的子君、《药》中的夏瑜，他们的目标是有价值的，他们为了实现目标不断追求，最终在追求的过程中遭遇毁灭。

他们被深爱的人伤害，如同被钉在十字架上的耶稣基督一般，充满悲痛与绝望。第三种是在明知毁灭将至的情况下，仍然选择拥抱毁灭。例如，《复仇》中的复仇者、《过客》中的过客，他们都在追逐生命的道路上遭遇了毁灭和死亡，他们没有退缩，反而选择了拥抱。根据鲁迅作品的内涵可以清楚知晓他是如何对待这三类毁灭的：对待第一类毁灭的态度是无情，对待第二类毁灭的态度是惋惜，对待第三类毁灭的态度是向往，由此可见，鲁迅更追求第三类毁灭。这三类毁灭展现了鲁迅的生存毁灭感，都是他想让读者以及后人明白的生存的答案。

对鲁迅来讲，毁灭只是另一种生存方式。如今，阅读鲁迅作品的人越来越多，但总有一些人会在读后指出鲁迅作品中蕴含沉沦之意、无力之感，这些感觉是正确的，但部分读者只是了解到鲁迅留给读者的真实答案，没有领悟鲁迅在答案背后暗藏的积极生存方式。这种方式其实就是第三类毁灭，即人们虽然无法控制自己如何死去，但人们可以主动拥抱死亡，选择毁灭，从另一个角度来讲就是人们如果坐视死神收割生命，不如主动拥抱死神，将其转化成自己的力量。

3. 给人看

鲁迅的悲剧观中，给人看这一要素并非简单的观赏性展示，而是一种深层次的精神交流。他强调给人看的目的不仅仅是满足人们的消遣和审美需求，更是向观众展示真实的时代、社会和自我。鲁迅通过悲剧这一艺术形式，试图唤起人们的生存毁灭感，以达到一种精神层面的愉悦感。当鲁迅提到给人看时，他并非指悲剧行业中艺术家为观众展示的审美表演。相反，他追求一种生存毁灭感，希望观众在对毁灭的展示中能够经历一次心灵的毁灭。这种毁灭不是被动的受害，而是让观众在毁灭中主动反思自身。鲁迅抓住了悲剧艺术的核心，即人类精神的探索。他认为，悲剧给人看的价值不仅仅是审美的观赏，更应该是对自我精神的思考，对人类精神困境的启示。

鲁迅的悲剧作品一直坚持给人看的基本准则，这是悲剧艺术家主动的姿态，是其精神上的拥抱。他的第一选择是直接将观众的精神毁灭，然后再将散落的精神碎片一一捡起，重新拥抱，这个过程就像一位走在人类精神道路上的苦行僧，身上背负着人世间的罪与罚。当然，鲁迅并不是悲剧艺术家，但他是具备精神悲剧意识的艺术家，他的作品在时代背景下，以民族和人们的精神困境为切入点，深入研究精神与生存的问题。鲁迅的悲剧观试图唤起人们的生存毁灭感，让观众在心灵的毁灭中找到属于自己的精神出路。

在鲁迅的作品中，给人看这一悲剧要素深入人心。例如，在《阿Q正传》中，阿Q的悲剧形象揭示了当时社会的荒诞性，让读者在毁灭的过程中反思自己的精神困境。在《狂人日记》中，"狂人"内心的挣扎揭示了传统观念和伦理的束缚，以及个体在这个桎梏中的无奈与毁灭。通过这些作品，鲁迅展示了给人看的悲剧深意，让读者在感同身受的毁灭过程中，反思自身的精神追求。同样，在《药》中，小镇青年夏瑜在为救父亲而赴死的悲剧经历中，展示了旧社会中人性的扭曲和道义的沦丧。这一场景让读者深刻体验到生存毁灭感，引发读者对自我精神的审视。而在《伤逝》中，子君为了对抗家庭的压迫和世俗的束缚，最终走向毁灭。这个悲剧故事使读者在心灵的震撼中思考如何在现实困境中寻找精神出路。

鲁迅的悲剧观强调给人看的深意，使得他的作品具有强烈的现实意义和思考价值。他的作品不仅仅是为了消遣和审美，更是为了唤醒人们的精神觉悟。这一观点在鲁迅的小说中得到了充分体现，使得他的悲剧观成为中国现代文学史上的重要财富。

## 三、《呐喊》《彷徨》中的悲剧艺术表现

### （一）《呐喊》《彷徨》中的横截面结构和悲剧结尾

在《呐喊》《彷徨》中，鲁迅运用横截面的结构形式进行叙述，展现

了鲁迅超强的感悟力以及叙事驾驭能力。鲁迅在作品结尾处总是会选择使用悲剧形式，这样既能让小说主题得到升华，又能让读者感受到强烈的感染力。

1.横截面结构

《明天》和《孔乙己》作为鲁迅的两部脍炙人口的小说，其横截面结构形式在给作品赋予悲剧效果方面起到了关键作用。在《明天》中，作者通过三个横截面展示了单四嫂子在宝儿病中、病重至死去及宝儿被埋葬后的心境变化。而在《孔乙己》中，鲁迅采用的是第一人称的横截面结构形式，即从"我"的视角出发，描述孔乙己的悲惨命运。

在《明天》中，通过三个横截面结构，人们可以清晰地看到单四嫂子的希望一次次被残酷现实击碎。

第一个横截面，单四嫂子发现宝儿病得很严重，通过各种方式希望宝儿的病能够好转。

第二个横截面，宝儿因病情太过严重抢救无效死去，单四嫂子只剩下害怕、惶恐，不希望也不想面对这样的事实，只想着宝儿能在第二天完好地在她面前活蹦乱跳。

第三个横截面，宝儿被埋葬，此时的家中只有单四嫂子一人，周边十分寂静，甚至是孤寂，这让她真正意识到宝儿已经死了，只有自己一个人活着了，此时的单四嫂子只想早点睡，与宝儿在梦里相见，何等的凄凉。

从开始的期待宝儿的病好转，到不愿面对宝儿死去的现实，最后在宝儿被埋葬后的悲痛中接受了事实。这种结构形式使得单四嫂子的情感挣扎在短短两天三夜的时间里得到了高潮式的展现，深刻揭示了妇女的苦难与丧子的悲哀。

与之相应，《孔乙己》则通过第一人称的横截面结构形式增强了悲剧的真实感。作品以一个与孔乙己毫无关系的人——"我"的视角叙述整个故事，以一些琐事和侧面为线索，向读者展示了孔乙己的可悲与凄凉。例如，茴香豆的情节、穿长衫站着喝酒的情节等，虽然看似平凡琐碎，却在咸亨酒店中形成了充满悲剧性的横截面。这种真实感所带来的悲剧效果与鲁迅所选择的结构形式密不可分。

2. 悲剧结尾

《故乡》和《孤独者》这两部作品都以悲剧结尾形式升华了主题，并且具有强烈的艺术感染力。这种结尾不仅仅加深了作品的主题深度，还将悲剧情感提升到一个新的高度。

在《故乡》的结尾，鲁迅通过描写一幅明亮的圆月和碧绿的沙地的画面，展现了主人公十分怀念自己与闰土在儿时积攒的深厚友谊，同时十分讨厌闰土在长大后对礼教和阶级的顺从，对闰土感到绝望。但在看到自己的儿子和闰土的儿子之间的友谊后又在绝望中生出一丝丝希望和期盼。鲁迅在结尾处使用如此美好的描述就是将自己与闰土的美好回忆、悲惨现实，以及对双方儿子未来的希望融于一体，进而表达自己的沉痛之情。

而在《孤独者》的结尾，鲁迅通过刻画主人公魏连殳内心的挣扎和长嗥，深刻地展现了他的悲剧命运。这"长嗥"中包含了复杂的情感，传达了魏连殳梦醒后无路可走的可悲、被扭曲的灵魂中的愤恨和悲怆。这种灵魂发出的凄厉惨叫，使得主人公的悲剧命运愈发明显。

（二）《呐喊》《彷徨》中的环境氛围

1. 意象烘托

鲁迅善于通过状物和风俗画洞察和把握时代的脉络，狗、月亮、乌鸦等意象都曾在鲁迅作品《彷徨》和《呐喊》中反复出现，这些意象都带有一丝阴冷之意，营造出一种悲凉的意境，充分阐释作者的创作意图。此外，鲁迅将作品的背景用智慧、严谨的语言隐藏在叙事当中，全方位展现了人世间以及旧社会的悲惨。

自古以来，乌鸦都被不少人当作不吉利的象征，这一点在鲁迅的作品中表现明显。每当人们在阅读鲁迅作品时，遇到描述乌鸦的场景，总会不由自主生出一种悲凉之情。例如，《药》的结尾处，鲁迅就描写了清明节的寒冷以及高居秃树之上的乌鸦，使整个画面被悲凉笼罩，宛如人真的处于阴冷、窒息的环境当中，更突出夏瑜的悲哀和世人的冷漠。

月亮在鲁迅的作品中也是一个充满悲凉意境的象征。自古以来，文人墨客喜欢用月亮来表达自己的忧思情怀。月亮意味着黑夜，与文章的背景和基调是一致的。在《呐喊》《彷徨》等作品中，鲁迅通过月亮的形象营造了独特的凄清意境，使得文章的情感更加丰富。

狗在鲁迅的作品中常常用来烘托恐怖和悲凉的氛围。在《狂人日记》中，狗的形象贯穿全篇，狗的存在被认为是恶势力的代表。宁静的黑夜突然被狗叫声打破，反衬出当时环境的沉闷和压抑。在《明天》的结尾处，有"另有几条狗，也躲在暗地里呜呜的叫"这样的描写，这句话进一步强化了单四嫂子的丧子之痛。由此可见，狗这一普通形象不仅使文章的情感表达更为丰富，还能使文章的意境更为深沉。

2.叙事空间艺术

鲁迅善于运用叙事空间以及人物情节来营造环境，这一点在《呐喊》与《彷徨》中表现得尤为明显。鲁迅将特定的社会和时代背景巧妙地融入作品中，使得读者能够深刻体会到当时沉重、压抑的社会环境。通过叙事空间和人物情节的照应，鲁迅成功地渲染了悲剧意味，增强了作品的艺术感染力。

在叙事空间方面，鲁迅以鲁镇、S城、咸亨酒店等地作为主要的叙事空间，这些地方与作品中的人物命运紧密相连。例如，咸亨酒店是孔乙己凄凉离去的地方，而鲁镇则是祥林嫂悲剧始终无法摆脱的空间。当读者看到这些地方时，自然而然地感受到孔乙己和祥林嫂的悲哀人生，从而使作品的悲剧意味更加浓烈。

在人物情节方面，鲁迅的作品中，各篇小说的人物情节互为构成因素，形成了强大的凝聚力。例如，《狂人日记》中提到的杀人犯和生痨病的人用馒头蘸血的情节，正好成为《药》的背景。鲁迅通过这种伏线千里、环环相扣的构思，使各篇之间形成了紧密的联系，使读者在鲁迅的叙事悲剧思想中，更加深入地感受到当时社会的沉重和压抑。

此外，鲁迅的一些作品中还有他自己性格上的折射，如《孤独者》《在酒楼上》《祝福》《故乡》，这些作品的悲剧由于有鲁迅的参与，韵味和感染力显著提升。鲁迅的作品《风波》与《头发的故事》的故事情节都是以辫子为中心发展的，《头发的故事》的主题经过进一步发展后就是《风波》的内容，这充分展现了鲁迅高超的叙事技巧。

**（三）《呐喊》《彷徨》中的语言艺术**

在语言方面，鲁迅的小说有着独特的语言风格，概括起来就是集冷峻深沉、激愤抒情、幽默诙谐于一身，运用调侃、讽刺、幽默等叙述手法，将人物的形象刻画得生动逼真，从而展现鲁迅的精神、个性和人格。

*1. 表现人物形象的语言*

鲁迅在刻画人物形象时运用了生动、形象、含蓄和富有感情的语言。在《呐喊》《彷徨》中，人们可以看到鲁迅通过简洁、细腻的心理描写，使得人物形象栩栩如生，引人入胜。

在《呐喊》《彷徨》中，鲁迅通过对人物外貌、言语和行为的描写，勾勒出了一系列成功的人物形象。例如，《孔乙己》中关于主人公孔乙己的描述：

孔乙己是站着喝酒而穿长衫的唯一的人。他身材很高大；青白脸色，皱纹间时常夹些伤痕；一部乱蓬蓬的花白的胡子。穿的虽然是长衫，可是又脏又破，似乎十多年没有补，也没有洗。他对人说话，总是满口之乎者也，教人半懂不懂的。①

―――――――――――――――

① 鲁迅.鲁迅全集：第1卷[M].北京：中国文联出版社，2013：458.

　　鲁迅通过简单的几句话，从衣着和外貌上，将孔乙己的穷酸相表露无遗，为全文的情感打下基调。在《在酒楼上》中，鲁迅通过吕纬甫与"我"的对话，揭示了当时知识分子的迷惘循环状态，突显了他们空虚、慵懒和软弱的灵魂。

　　"这以前么？"……"无非做了些无聊的事情，等于什么也没有做。"

　　……可不料现在我自己也飞回来了，不过绕了一点小圈子……

　　以后？——我不知道。你看我们那时豫想的事可有一件如意？我现在什么也不知道，连明天怎样也不知道，连后一分……①

　　以上几句，是对从前、现在及以后的概括，如同苍蝇在半空中飞了一大圈，最后又落到起点一样，没有一点生机和意义。

　　鲁迅的语言具有强烈的感染力，使读者在阅读过程中能够深刻地体会到人物的情感和命运。在《阿Q正传》中，鲁迅通过简短的句子，形象地描写了阿Q与小D打架的场景：

　　……四只手拔着两颗头，都弯了腰，在钱家粉墙上映出一个蓝色的虹形，至于半点钟之久了。

　　"好了，好了！"看的人们说，大约是解劝的。

　　"好，好！"看的人们说，不知道是解劝是颂扬还是煽动。

　　然而他们都不听。②

　　鲁迅通过上述几句简短的话，将两人对峙的情况描述得十分详细，这个场景是如此的可笑，又是如此的可悲，反衬出当时看客的冷漠无情。

　　2. 寓情于景的语言

　　鲁迅在叙述时经常会将主观情绪融入对客观景物的描写中，实现人景的融合。在《故乡》中，作者运用寓情于景的手法，通过对景物的描写反映出主观情感，使人与景相互融合，进而强化作品的情感内涵。他

---

① 鲁迅．鲁迅全集：第1卷 [M]．北京：中国文联出版社，2013：26.

② 鲁迅．鲁迅全集：第1卷 [M]．北京：中国文联出版社，2013：530.

以视觉为起点，细腻地描写景物，使其充满情感，传达出对故乡的思念和内心的矛盾。例如，《故乡》中的这几句话：

> 渐近故乡时，天气又隐晦了，冷风吹进船舱中，呜呜的响，从篷隙向外一望，苍黄的天底下，远近横着几个萧索的荒村，没有一些活气。我的心禁不住悲凉起来了。

鲁迅通过渐近故乡时的景物描写，传达出一种凄凉悲怆的情感。荒村的冷清、萧索，以及冷风呜呜的声音，构成了一幅破败的故乡画面，同时表达了鲁迅心中沉郁的情感。这些景物的描写与作者内心的情感融为一体，使读者感受到故乡与"我"之间的疏离和陌生，油然而生的悲情更加浓烈。

此外，《祝福》中对雪的多处描写也起到了寓情于景的作用：

> 雪花落在积得厚厚的雪褥上面，听去似乎瑟瑟有声，使人更加感得沉寂。

这里，瑟瑟的雪花声与四周的安静、内心的孤独相呼应，使得凄凉感愈发强烈。

3.含蓄的语言

"只有那暗夜为想变成明天，却仍在这寂静里奔波""忘却了一切还是幸福，倘使伊记得些平等自由的话，便要苦痛一生世！"[1]阅读鲁迅的文字，人们能深切感受到他悲悯与愤慨的情怀，仿佛内心暗藏的激流正等待喷发。"人能从他人或自己生活的外部细节中洞察到某种内在意味深长的东西，从这种生活的外部缺陷中洞察到代表最朴实无华的人生真谛的内在美质。这样的洞察力能唤起触动心灵的感情，深刻同情的感情。"[2]这句话阐述了一个道理，通过描写自己或他人或生活的外部细节，文学作品可以让人们发觉这些人或事物蕴含的深刻内涵，同时从生活外部存

---

① 鲁迅. 鲁迅全集：第 1 卷 [M]. 北京：中国文联出版社，2013：479.

② 波斯彼洛夫. 文学原理 [M]. 北京：生活·读书·新知三联出版社，1985：266.

在的缺陷中发现人生真谛蕴含的质朴内在美。这种强大的洞察力能深入人心，勾起人的同情心。鲁迅擅长运用独特的语言风格深刻展示这种情感，让人在阅读过程不由自主地就会对主人公的悲惨命运充满同情。

除此之外，鲁迅在文字运用方面还具有特殊的技巧。例如，在《高老夫子》《狂人日记》中的部分语言呈现断续不连贯的状态，这既符合所描述人物的特点，又为读者提供更多的想象空间。

# 第三节　《故事新编》中的反讽艺术

## 一、《故事新编》概说

《故事新编》是鲁迅所著的一部历史小说集，收录了他在1922—1935年创作的8篇历史小说。这部作品首次出版于1936年1月，后来被收录在《鲁迅全集》第一卷中。本书以神话为主题，想象丰富，包含了鲁迅以远古为背景的作品，被认为是一部"神话、传说与史实的演义"的总集。作为一部具有开创意义的小说集，《故事新编》被誉为"中国现代历史小说的开山之作"。它不仅继承了中国古代喜剧传统，还在历史小说创作中融合了古今错杂的笔触，展现了鲁迅独特的文学风格和深刻的历史观照。

《故事新编》重新编写了一些神话故事和历史故事，作品时间跨度比较长，作品内容涉及的最早时代是神话时代，最晚时代是20世纪30年代，所以作品包含了众多"神话故事""古人逸事"以及现代人的实际生活。

### （一）《补天》简介

《补天》描述了女娲创造人类并修补破裂的天空的故事。在这个过程中，女娲付出了较大的努力和牺牲，最终因过劳而离世。作品通过女娲的劳动美和创造美，展示了劳动的伟大。

（二）《奔月》简介

《奔月》讲述了神话人物后羿和嫦娥的故事。后羿因擅长射箭而名扬天下，但最终因过度捕猎导致生活艰难，嫦娥因无法忍受这样的生活而吞服金丹飞升。作品通过后羿正直勇敢的性格描写了一名勇士孤独的内心世界。

（三）《铸剑》简介

《铸剑》以干将铸剑和儿子复仇为主线，展示了具有传奇色彩的情节：眉间尺在父亲被杀之后，勇敢走上复仇之路，维护正义，最终消灭了残暴的国王。这部作品强调了伸张正义的重要性，以及勇气和智慧在克服困难中的作用。

（四）《理水》简介

在《理水》中，鲁迅以大禹治水的传说为背景，通过各种场景展示了大禹的形象。为了治理洪水，大禹舍弃了家庭，与百姓共度艰难时刻。作品描写了大禹的英勇形象，强调了他在治水事业中做出的重要贡献和为民奉献的精神。

（五）《采薇》简介

《采薇》讲述了伯夷和叔齐在乱世中试图保持内心平静的故事。虽然他们努力远离世俗纷扰，但仍难以避免外界影响。最后，本以仁义自诩的贤人试图捕杀母鹿获取食物，但最终鹿逃跑，两人因饥饿而死。

（六）《出关》简介

《出关》描述了老子离开函谷关的经历，以及与孔子的对话。在西行途中，老子的消极态度和"无为而无不为"的思想得到了强调，展示了对老子哲学和传统道家思想的反思。

（七）《非攻》简介

在《非攻》中，墨子冒险前往楚国，劝说楚王停止侵略宋国。虽然墨子与这场战争无直接关系，但他关心百姓的苦难，勇敢地前往楚国进行劝说。墨子成功说服楚王后，松了一口气。

（八）《起死》简介

《起死》以庄子的寓言为基础，通过独幕剧的形式进行演绎。庄子表面上宣扬"衣服可有可无"，但实际上以拜见楚王为借口拒绝脱下衣物。面对一个执着的大汉，洒脱自然的庄子束手无策，求助于巡士，却险些被当作罪犯逮捕。

## 二、《故事新编》中的反讽艺术

《故事新编》中文字描写滑稽，体现了作家的智慧与强大的文字驾驭能力，且其反讽艺术亦是《故事新编》的一大特色，体现在语言及结构的反讽上。

### （一）语言反讽艺术

1.语言承担的功能相异造成的反讽

鲁迅在创作《故事新编》的过程中，会主动在新文本语境中沿用旧文本的语言，这样导致了语言承担的功能发生变异，从而产生反讽效果。以《起死》为例进行分析：

庄子（……拱两手向天，提高了喉咙，大叫起来：）

至心朝礼，司命大天尊！

天地玄黄，宇宙洪荒。日月盈昃，辰宿列张。

赵钱孙李，周吴郑王。冯陈褚卫，蒋沈韩杨。

太上老君急急如律令！敕！敕！敕！

庄子吟诵的咒语包含了《千字文》中的"天地玄黄，宇宙洪荒。日月盈昃，辰宿列张"和《百家姓》中的"赵钱孙李，周吴郑王。冯陈褚卫，蒋沈韩杨"。这两段文字原本在儒家典籍中具有教化指导的意义，但在咒语的语境下，它们的语义功能被削弱，而声调和节奏成了重要的元素。

通过这种语言变异，鲁迅营造了一种反讽效果，使得旧文本的教化指导作用消失，突显了对道家先圣和儒家经典的讽刺。这种运用旧文本语言在新语境下产生反讽效果的手法，丰富了作品的内涵和表现力，展现了鲁迅独特的创作风格。

2.语体特征发生变异造成的反讽

鲁迅在创作《故事新编》的过程中，也会在白话文中插入文言文，这会改变整个作品的语境，甚至引发文章段落语体特征变异。这种特殊的变异会扭曲语言内部的结构，从而呈现反讽的特殊效果。

以《出关》为例，一方面，鲁迅将文言虚词实词化，如将"夫六经"中的"夫"表述为"这玩意儿"。这样的转换不仅降低了经书的地位，还将哲学思辨降格为民间俗语。另一方面，鲁迅用民间俗语代替文言词，如将"乌鹊孺，鱼傅沫"翻译为"鸦鹊亲嘴，鱼儿涂口水"。

鲁迅通过这种语体特征的变异，创造了一种反讽效果，表现了对传统文化和观念的批判。这种手法使作品具有强烈的讽刺意味，增加了作品的深度和表现力，展示了鲁迅独特的创作风格。

3.语言与说话主体身份的背离造成的反讽

鲁迅在《故事新编》中还善于将出自旧书的语言转化为讲述的语言进行叙述，这样的讲述语言放在了与其语言特征不相符的人物身上，这样语境发生了较大的变化，使得语义与文本发生偏离，从而形成了反讽。

《采薇》之中，农妇阿金讲述伯夷、叔齐之死有一段这样的叙述：

"老天爷的心肠是顶好的，"她说。"他看见他们的撒赖，快要饿死了，就吩咐母鹿，用它的奶去喂他们。您瞧，这不是顶好的福气吗？用不着种地，用不着砍柴，只要坐着，就天天有鹿奶自己送到你嘴里来。

可是贱骨头不识抬举，那老三，他叫什么呀，得步进步，喝鹿奶还不够了。他喝着鹿奶，心里想，'这鹿有这么胖，杀它来吃，味道一定是不坏的。'一面就慢慢的伸开臂膊，要去拿石片。可不知道鹿是通灵的东西，它已经知道了人的心思，立刻一溜烟逃走了。老天爷也讨厌他们的贪嘴，叫母鹿从此不要去。您瞧，他们还不只好饿死吗？那里是为了我的话，倒是为了自己的贪心，贪嘴呵！……"

这段话最初见于汉代刘向编纂的《列士传》。这段文字如下：

……遂隐于首阳之山，不食周粟，以薇菜为粮。时有王糜子往难之，曰："虽不食我周粟，而食我周木，何也？"伯夷兄弟遂绝食七日。天遣白鹿乳之。径由数日。叔齐腹中私曰："得此鹿完啖之，岂不快哉！"于是鹿知其心，不复来下。伯夷兄弟俱饿死也。[①]

鲁迅在《采薇》中用农妇阿金的口吻重新讲述了《列士传》中记载的伯夷、叔齐之死的故事，将原本的文言文用白话文重新叙述，更是对故事进行艺术加工，更显粗俗。此时叙述主体和语言之间的身份出现分离，再加上《采薇》中所用语言反转了旧文内容的意思，表现了更为浓郁的挖苦、反讽之意。这样做既保证了历史的真实性，也消除了史实的神圣性，将历史真实面貌用现代语言重新阐述，更对村妇诋毁、诽谤他人及幸灾乐祸的行为表达了强烈的谴责。

### （二）结构反讽艺术

#### 1.时间结构的反讽艺术

《故事新编》表现出鲜明的荒诞效果，这一效果在很大程度上得益于时间结构的古今杂糅，使得文本的结构呈现出反讽的艺术形态。这种处理方式展现了作家对历史经验的悲剧性重复感与循环感的认知，对中国历史和当时社会状态的深刻批判。以书中的《奔月》为例，原来的"奔月"描述的是洪荒时代神人后羿与美女嫦娥的神话故事，如今的"奔月"

---

① 袁珂．中国神话史［M］．北京：北京联合出版公司，2015：223.

却是后羿和嫦娥生活在现代世界的故事。在这个设定中，后羿和嫦娥住在拥有众多奴仆的大宅院，吃着炸酱面，闲暇时还会下馆子、打麻将。作者通过这种时序颠倒和怪相环生的手法，营造了一种光怪陆离的艺术效果。这种时间处理方式打破了古代与现代之间的界限，让正统的历史传说呈现出荒诞的面孔。

在这种独特的时间结构中，鲁迅传达了一种对历史的感慨。他认为时间并非直线式的上升，而是一种圆周式的运动。这种观念使得《故事新编》能够在古代与现代之间自由穿梭，将两者紧密联系在一起。这种古今杂糅的时间结构展现了历史荒诞的一面，使人们重新审视历史，从而深入地批判了中国的历史和当时的社会。此外，这种时间结构的反讽艺术还体现在对历史事件的重新解读上。通过对古代传统文化、历史事件及神话传说的现代化处理，作者以荒诞性的艺术手法揭示了历史的荒谬，挑战了正统历史观。这种对历史的反讽揭示出历史并非单一的、不可更改的，而是可以在不同的历史时期和文化背景下被重新解读和反思的。

2.空间结构的反讽艺术

小说《故事新编》中的空间结构反讽艺术以多视角叙事为主要特点，作者通过转变事物的观察角度，从不同层面、不同方位展现、描写事物。这种多焦点相结合的叙述方式使文本的叙述空间呈现出反讽的特征，通过对人物、事件和价值观的多视角展示，形成了一种强烈的批判力量。以《出关》中老子到函谷关的描写为例，鲁迅通过多视角展示了不同人对老子这一人物的不同认知。首先，从关尹喜的角度来看老子，他认为老子是一位有学问的先生，具有利用价值；其次，切换到账房和书记的视角，老子变成了一个只会念些无价值学问的可笑老头；最后，视角再次回到关尹喜身上，此时的老子对他来讲不再是一个有用之人，而是一个只值五个饽饽的老作家，自然也无须热情。这种特殊的视角转变带有强烈的反讽意味。

这种空间结构的反讽艺术不仅仅局限于人物描写，还表现在对事件、价值观和历史观的多视角展示上。鲁迅通过在不同的空间中展示人物和事件，揭示了现实世界中的荒诞、矛盾和反差。这种空间结构的反讽艺术对历史中具有先哲地位的人物和世俗世界进行了强烈的批判。

在《故事新编》中，这种空间结构的反讽艺术使得文本具有了一种戏谑、颠覆性的特征。鲁迅通过对人物、事件、价值观和历史观的多视角展示，挑战了传统的道德观念和历史观，使得读者在欣赏文学作品的同时，对现实世界进行了深刻的反思。

# 第二章 茅盾及其小说创作

## 第一节 茅盾文学成就及小说艺术分析

### 一、茅盾的生平和文学成就

#### （一）茅盾生平简介

茅盾，原名沈德鸿，字雁冰，1896 年出生于浙江桐乡乌镇一个开明的封建地主家庭。他的父亲沈永锡具有维新思想，熟悉西方自然科学。茅盾的一生颇为传奇，他是 20 世纪 30 年代较具代表性的作家，被誉为"二十世纪的巴尔扎克"和"二十世纪的别林斯基"。

1913 年，茅盾进入北京大学预科学习。

1916 年，他辍学进入商务印书馆工作。

1920 年，茅盾曾主持《小说月报》"小说新潮"编务，后成为该刊主编。

1921 年，他与郑振铎等人共同组织发起文学研究会，并成为中国共产党的第一批党员。茅盾一直是新文化运动的积极拥护者和参与者，提倡"文学为人生"的艺术主张。

20 世纪 20 年代后期，茅盾经历了社会动荡时期的最复杂的人生一幕。他为了调整心态，走出低谷，开始致力小说创作，完成了从文艺理论家、批评家到作家的身份转变。

1927年，茅盾发表了第一篇小说《幻灭》，并使用了茅盾这个笔名。此外，他还用过玄珠、郎损、德洪、东方未明等笔名。

中华人民共和国成立后，茅盾曾担任中华人民共和国文化部（现中华人民共和国文化和旅游部）部长、中国文联副主席、中国作协主席等职务，还曾任《人民文学》主编。他一直致力撰写文学评论，奖掖和扶持文学新人。1981年3月27日，茅盾在北京逝世，享年85岁。在遗嘱中，他要求恢复党籍，捐出25万元，设立"茅盾文学基金会"，每3年评一次"茅盾文学奖"，以鼓励长篇小说的创作。

茅盾的一生可谓丰富多彩，他先后从学生到编辑、理论家、批评家，再到作家，最后成为中华人民共和国重要的文化领导人。他的作品体现了深刻的思想内涵和精湛的艺术技巧，在中国现代文学史上留下了独特的一笔。

### （二）茅盾的创作分期

茅盾的创作可分为两个阶段：1927—1937年和1938—1949年。

第一个阶段，即1927—1937年，是茅盾在文学创作方面取得重要成就的10年。在大革命失败后的孤独、苦闷、彷徨、寂寞中，茅盾开始创作小说。这一阶段的作品主要包括《蚀》三部曲（《幻灭》《动摇》《追求》）、《虹》《野蔷薇》《子夜》《路》《三人行》和《林家铺子》等。这些作品主要描写了大革命前后的社会人生，以及大革命后的幻灭、愤激，同时反映了中国民族资产阶级的命运。在这一阶段，茅盾通过刻画知识分子在大革命中的沉浮，揭示了他们在特定历史过渡时代的尴尬处境和复杂心理，以及在特殊历史阶段的生存状态。

第二个阶段，即1938—1949年，是茅盾创作中文艺性与政治性紧密结合的时期，茅盾的创作进入了丰收期。这一阶段的作品有《腐蚀》《霜叶红似二月花》《走上岗位》、剧本《清明前后》、散文《风景谈》和《白杨礼赞》等。这个阶段的题材不断扩大，茅盾通过作品揭露了国民党统治的黑暗。例如，《腐蚀》是用日记体描写国民党特务机关的特务生活，深刻地展示了国民党统治下的黑暗面。

总之，茅盾的两个创作阶段各具特色。第一个阶段主要关注大革命前后的社会人生和知识分子的命运，深入挖掘了知识分子在特定历史时期的心理和处境；第二个阶段则紧密结合政治性，扩大题材范围，揭露了国民党统治的黑暗，体现了茅盾对现实的密切关注和对正义的坚定追求。这两个阶段共同构成了茅盾丰富多彩的创作生涯。

### （三）茅盾的创作内容

茅盾的创作包括小说、散文、童话、戏剧、国学研究、文艺理论等内容（表 2-1）。

表 2-1　茅盾的创作内容

| 分　类 | | 代表作品 |
| --- | --- | --- |
| 小说 | 长篇小说 | 《子夜》《虹》《霜叶红似二月花》《霜叶红似二月花续稿》《第一阶段的故事》《锻炼》 |
| | 中篇小说 | 《蚀》（含《幻灭》《追求》《动摇》）<br>《劫后拾遗》《一个人的死》《少年印刷工》《三人行》 |
| | 短篇小说 | 《报施》《创造》《大鼻子的故事》《农村三部曲》（含《春蚕》《秋收》《残冬》） |
| 散文 | | 《白杨礼赞》《风景谈》《卖豆腐的哨子》《人造丝》《全运会印象》 |
| 童话 | | 《寻快乐》《大槐国》《负骨报恩》《千匹绢》《兔娶妇》《海斯交运》 |
| 戏剧 | | 《清明前后》 |
| 国学研究 | | 《庄子选注》《淮南子》《〈红楼梦〉（洁本）叙订》《楚辞选注》 |
| 文艺理论 | | 《小说研究ABC》《欧洲大战与文学》《神话杂论》《中国神话研究ABC》《骑士文学ABC》《现代文学杂论》 |

## 二、茅盾小说艺术分析

### （一）善于进行社会剖析

茅盾具有社会学家气质，其创作特点在于善于进行深刻的社会剖析。他的小说具有强烈的社会剖析色彩，反映了他深厚的社会科学理论修养以及参与政治实践活动的经历。茅盾在创作过程中往往理论先行，用马克思主义的阶级分析和反映论的观点进行文学上的现实主义创作。他的作品不仅反映了当时的社会现象，还深入挖掘了社会现象背后的阶级关系和历史发展趋势。

在小说创作中，茅盾将自己的观察、理论阅读和社会实践经历融会贯通，使作品具有较高的思想性和艺术性。以《子夜》为例，小说中的各种人物和事件，如吴老太爷、吴荪甫及工人运动，都是茅盾对现实生活的细腻观察和理论思考的结果。茅盾通过这些具体的人物形象和情节，展示了民族工业在帝国主义压迫、世界经济恐慌和农村破产环境下的困境，以及工人阶级和民族资产阶级的经济政治斗争。这些剖析不仅符合马克思主义的原理，还与中国革命的实际情况紧密相连。

在《子夜》这部作品中，茅盾以文艺家和科学家的精神，对社会现象进行深刻剖析。他在实事求是的基础上，对当时的瞿秋白盲动主义进行了深刻的反省。此外，茅盾通过描述民族资产阶级的前途渺茫，揭示了民族资产阶级在半殖民地社会中的动摇性。这种阶级分析不仅揭示了当时中国社会的真实面貌，还为人们了解历史发展提供了有力的启示。茅盾的创作动机并非简单的灵感冲动或想象，而是一种在实际生活基础上产生的分析的渴望。他的作品在形式和内容上充分表现了这种渴望。他的创作过程既是对生活的再现，也是对社会现象和历史发展的理论分析。茅盾善于运用社会科学理论指导自己的文学创作，使作品具有丰富的思想内涵和深刻的现实意义。

茅盾的社会剖析特点体现在以下几个方面。

1.对社会现象的敏锐洞察力

茅盾的作品具有强烈的现实主义色彩。茅盾对社会现象的观察细致入微，深入社会各阶层的生活状态。这使得茅盾的作品具有真实感和生活气息，能够让读者深入了解当时社会的真实面貌。

2.对阶级关系的深刻揭示

茅盾善于运用马克思主义的阶级分析观点去剖析社会现象背后的阶级关系。他的作品深刻揭示了封建势力、民族资产阶级、工人阶级等各阶级之间的矛盾与冲突，揭示了当时中国社会的阶级斗争状况。

3.对历史发展趋势的洞察力

茅盾在作品中展现了对历史发展趋势的敏锐洞察力，他关注中国社会的历史发展过程，对各个历史阶段的特点和矛盾进行了深刻剖析。这使得他的作品具有较强的历史意义，为人们理解和把握历史发展提供了宝贵的经验。

4.对人物心理的细腻刻画

茅盾在作品中注重对人物心理的刻画，尤其是对特定历史过渡时期知识分子复杂心理的刻画。他通过丰富的心理描写展现了人物在社会变革中的心灵变化，使作品具有较高的心理真实性和艺术感染力。

（二）善写重大题材

茅盾的小说宛如一部部波澜壮阔的纪录片，表现的是真实的历史瞬间，人们从小说中总能了解时事政治的信息。茅盾小说善写重大题材，主要表现在以下几点。

1.紧扣时代脉搏

茅盾的创作紧扣时代的脉搏，力求反映时代风貌。例如，他的第一个三部曲《蚀》及时地反映了大革命的真实情况，而《虹》则展示了五四运动时期到"五卅"时期的社会生活和历史动向。这些作品都以时代为背景，展示了不同时期的社会变迁。

2. 关注历史事件

茅盾的作品往往以重大历史事件为创作素材，揭示了这些事件对社会和人民生活的深远影响。例如，《子夜》《林家铺子》以及《农村三部曲》等作品，生动地反映了 20 世纪 30 年代初期到中期中国从城市到农村的广阔的社会生活。

3. 马克思主义立场

茅盾作为一位革命作家，始终站在马克思主义的立场上，反映现实、揭示社会的本质，服务于无产阶级革命事业。例如，《第一阶段的故事》《腐蚀》等作品，反映了中国人民抗日的热情，并抨击了国民党政府的黑暗统治。这些作品展现了茅盾深厚的马克思主义理论修养和高度的社会责任感。

4. 真实反映社会风貌

茅盾的作品力求真实反映社会风貌，从经济、政治生活的各个层面展示了 20 世纪 20 年代后期到 40 年代后期的中国社会。这些作品不仅具有丰富的思想容量和社会价值，还能挖掘出深刻的历史意义，为读者提供了一份珍贵的时代历史纪录。

与茅盾同时期的作家也在作品中掺入历史事件，但茅盾善写重大题材的特征具有独特性，与同时期的鲁迅相比，两位作家在诸多方面呈现差异。一是在叙述焦点上，茅盾关注的是时代风云和重大题材，他的作品以重大历史事件为背景，展现了不同时期的社会变迁。而鲁迅则更注重个体的命运和人性解剖，揭示国民性的弱点；他的作品中对时代风云的描写相对较少，历史事件通常作为故事背景出现。二是在描述方式上，茅盾的作品在描写重大事件时更注重展现广泛的社会生活，通过不同角度的叙述，力求真实地反映时代风貌。而鲁迅的作品则以个人视角展现历史事件，更多关注人物内心的挣扎和思考，以及社会现象对个体的影响。三是在立场上，茅盾站在马克思主义的立场上，反映现实、揭示社会的本质，服务于无产阶级革命事业。而鲁迅虽然也关注社会现实，但他的作品更多地表现了对传统文化和封建社会的批判，以及对民众的教育和启蒙。四是在写作风格上，茅盾的作品以宏大的叙事和丰富的情节为主，展现了社会风貌和历史变迁。而鲁迅的作品则以简练的笔触和深刻的内心描写为主，传达了强烈的讽刺和批判意味。

**（三）茅盾小说中的史诗特征**

茅盾小说中的史诗特征主要表现在以下几个方面。

**1.历史画卷形式叙述**

茅盾的作品以宏大的历史事件、史诗的品格和开阔的视野展现了一幅宏大的历史画卷。茅盾小说的史诗特征主要体现在历史画卷形式的叙述上，他通过细致入微的观察和对社会理论的驾驭，为人们呈现了一幅幅波澜壮阔的历史画卷。

以《子夜》为例，茅盾通过对经济、政治和日常生活的描写，反映了 1930 年 5 月至 7 月的上海乃至中国的重大事件以及普通百姓的生活情景。在经济方面，茅盾主要关注民族资本家与买办资本家之间的竞争，以及资本家与工人之间的斗争。在政治方面，虽然军阀混战并没有被正面描写，但人们仍然可以看到其对当时经济的影响以及社会各方对战争的真实态度。在日常生活方面，茅盾从饮食、娱乐、恋爱到公债交易、农民暴动、工人罢工等方面进行了详尽的描写。

茅盾的第一部长篇小说《蚀》，为人们展示了 20 世纪 20 年代后期，中国大革命时期的历史画卷。他的视野从上海转到武汉，从省城转到乡下，横来纵往，国之大事和民之生息几乎无所不包。每一个人物，如静女士、慧女士、强连长、方罗兰、孙舞阳、王仲昭、章秋柳，都是茅盾小说画卷之上多姿多彩的风景点。

抗战时期，茅盾创作的小说，如《第一阶段的故事》《腐蚀》，更是一幅幅抗战时期的历史画卷。民众的抗日热情、日寇的凶残无道及国民党政府的腐败无能，都在茅盾的小说里得到了具体形象的展现。

茅盾对时代风云的捕捉，使得他的小说具备了历史文本的特征。可以说，茅盾小说是历史文本的具体展开，每篇故事都是时代人物的真实写照。而茅盾"大规模描写中国社会现象"的魄力，使他有意愿，也能够展开对社会经济、政治、文化乃至风俗等的描写。这样，他的小说仿佛一幅幅活动着各色人物、发生着各种事件的历史大壁画。

茅盾以其独特的叙事风格和对历史事件的深刻理解，将个体的命运与时代风云紧密联系在一起，为人们展示了一幅幅较具史诗性质的历史画卷。这些画卷不仅包含了壮丽的场景和激烈的冲突，还融入了茅盾对历史和人性的深刻思考。因此，茅盾小说的史诗特征不仅体现在宏大的叙事和丰富的情节上，还体现在作品对历史的理解、对人性的探讨以及对社会现象的深刻洞察上。

2. 具备历史文本特征

在风云变幻时期，茅盾及时捕捉大事件、大潮流，这使得他的小说具备了历史文本的特征。茅盾通过一篇篇故事，将大时代下人物的呼声表现出来，"大规模描写中国社会现象"，对社会经济、政治、文化、风俗等全方位展开记述，这样茅盾的小说里呈现出囊括各种历史事件、各色人物的大叙事模式。

茅盾的小说承载着历史的使命，是由他采用多彩之笔泼墨而成的，茅盾将历史的瞬间还原到小说故事情节中，记录了社会生活的各个方面，促使这一时期的作品具有史诗特征。

3. 多重小说情节

多重小说情节也是茅盾小说史诗特征的重要表现，下面以《子夜》为例进行分析。

（1）历史时代特征。《子夜》以20世纪30年代的上海为背景，反映了那个时代政治、经济和文化风貌。茅盾通过对各个阶层和角色的描写，展示了一幅具有时代特征的社会画卷。

（2）主线与支线并重。在《子夜》中，茅盾将吴荪甫与赵伯韬的竞争和屠维岳同工人的斗争作为主线，同时围绕益中公司的筹建、家庭纷争、恋爱问题等多个支线展开，使得小说的情节错综复杂，具有史诗般的气魄。

（3）社会风俗的描写。在《子夜》中，茅盾通过多重情节展示了当时上海风俗画卷的一部分，包括家庭、社会、经济和政治生活的各个方面。这些看似独立却又环环相扣的情节共同构成了一个纷繁复杂的都市生活场景，具有风俗史的意义。

（4）结构紧密，情节穿插。茅盾在《子夜》中巧妙地将各种情节有机地融合在一起，如同编织蛛网一般，既严密又灵活。在故事推进过程中，茅盾并不急于揭示结果，而是巧妙地穿插其他生活方面的情节，使得整部小说呈现出一种张弛有度、错落有致、摇曳多姿的韵律，符合上海都市生活的多样性和复杂性。

另外，茅盾还在《追求》中塑造了四类人物：脚踏实地的半步主义者，如王仲昭；企图以教育改革社会者，如张曼青；对现实感到失望而欲自杀的青年，如史循；较具争议的女士，如章秋柳。这四类人物代表着不同类型的青年知识分子，他们共同构成了不同的、多重的故事情节，清晰客观地反映着社会生活。

4. 塑造了系列人物形象

茅盾在小说中塑造了众多的人物形象，按其类型可以分为两大类，一类是民族资本家，另一类是时代新女性，这两类人物形象成为当时两大人物形象代表，深深地影响着读者。

（1）民族资本家。茅盾在其小说中成功地塑造了一系列具有典型性的民族资本家形象。这些形象反映了民族资本家在中国现代社会的历史命运，以及他们面临的种种挑战和困境。在这些人物中，吴荪甫和赵伯韬无疑是较为成功的。人们通过分析这两个人物的特点，可以更加深刻地理解茅盾作品中对民族资本家的刻画。

吴荪甫与赵伯韬分别代表了中国民族工业资本家和买办金融资本家。吴荪甫的形象体现了民族工业资本家在反帝反封建斗争中的两面性，既有反对压迫的意愿，又在工农运动威胁到自身利益时反对进步事业。在个性方面，吴荪甫具有强烈的事业心、进取心和冒险精神，表现在他对自己事业的投入和发展上。然而，他在处理人际关系和面对工农革命运动时，却表现出刚愎自用、色厉内荏的一面。

与之相反，赵伯韬是一个典型的买办金融资本家，他以美国金融资本家为后台，与军政界有紧密联系，因而形成了骄横傲慢的态度。他的性格体现了当时中国买办资产阶级的共有特征，即荒淫无耻和放纵。这一点在他的生活作风和与他人的交往中得到了充分体现。

（2）时代新女性。茅盾小说中的时代新女性形象是在中国社会历史变革背景下出现的，这些人物具有传统与现代观念的矛盾冲突和独特的个性特征。茅盾笔下的时代新女性主要有两种类型：一是以静女士、方太太为代表；二是以慧女士、孙舞阳、章秋柳为代表。这两类人物在性格、思想和行为上有很大差异，反映了作者对时代变迁中女性地位和命运的关注与思考。

以静女士、方太太为代表的这一类女性具有东方女性的传统特征，温婉、善良、怯弱、内向，但她们受到西方思潮的影响，自我意识开始觉醒。她们在面对现实生活中的矛盾和挑战时，表现出小心翼翼、优柔寡断的态度，面对理想和现实落差往往产生幻灭之感。静女士的幻灭代表了那个时代一般人对于革命希望的幻灭。方太太则是一位在精神上脱离时代激流的女性，对现实生活的追求表现得较为消极。茅盾对这一类人物的描写是充满同情的，但也揭示了她们在面对社会变革时的无力与无奈。

与此相对，慧女士、孙舞阳、章秋柳这一类时代新女性则具有更为鲜明的个性和现代精神。她们受到西方现代思潮的影响，性格大胆、举止开放，追求享受和刺激，展现出活跃的生命力。她们在茅盾的小说中是打破沉闷空气、让人眼前一亮的人物。这些女性对旧社会产生强烈的叛逆情绪，热衷于拥抱现代文明。《子夜》中的张素素就是一个典型的例子，她在街头游行过程中展现出自由、开放的现代风姿，与传统保守的风气形成鲜明对比。

茅盾在塑造慧女士、孙舞阳、章秋柳等这一类新女性时，更加注重塑造的偏爱和自己的审美理解。然而，茅盾并没有将这些人物的命运塑造得过于乐观。他清楚地认识到，在那个女性在整体上不能自主、经济上不能独立的时代，以及在男性权力普遍存在的背景下，这些新女性的结局很可能充满悲剧性。例如，《子夜》中的林佩瑶最终告别了五四运动时期的青春浪漫，成为男人的玩物。

茅盾小说中的时代新女性形象是对那个时代女性在思想观念、性格特点和命运选择上的生动写照。这些形象具有鲜明的时代特征，展现了作者对时代变迁中女性地位和命运的深刻关注与思考。茅盾对这两类新女性的刻画，既充满同情和关爱，又具有深刻的现实主义精神，为人们展现了一个真实、多样且充满活力的女性世界。

# 第二节　长篇小说《子夜》中的语言艺术

## 一、《子夜》创作背景及内容梗概

### （一）《子夜》创作背景

《子夜》的创作背景与当时中国社会性质的论战密切相关。在当时，关于中国社会性质的论战主要涉及三个观点：首先，有人认为中国社会仍然是半殖民地半封建的性质，工人和农民是革命的主力军，革命领导权应该由共产党掌握；其次，有人主张中国已经走上了资本主义道路，因此反帝和反封建的任务应该由中国资产阶级承担；最后，有人认为中国的民族资产阶级可以在既反对共产党领导的民族、民主革命运动，又反对官僚买办资产阶级的夹缝中生存和发展，从而建立欧美式的资产阶级政权。

在这种历史背景下，当时的文学领域亟需一部能够准确分析中国现状和出路的划时代作品。作为一名执着于"文学表现人生"创作主张的作家，茅盾通过创作《子夜》来回应这种需求。基于这种社会现实、政治需求及作者立场等因素，茅盾构建了《子夜》的主题：揭示以吴荪甫为代表的民族资产阶级"企业王国"的最终失败。这一主题表明，中国并未走上资本主义道路，民族资产阶级也无法引领中国革命。这暗示着中国的最终出路应该通过无产阶级领导的工农群众的革命来实现。

### （二）《子夜》内容梗概

在 20 世纪 30 年代的中国，虽然民众生活困苦、战乱不断，但上海这个大都市展现出了截然不同的景象。这里生活繁华，明争暗斗不断，各种人物纷纷附势趋炎。

吴荪甫经营着一家丝厂，带着他乡下的父亲吴老太爷来到上海躲避战乱。复杂多变的都市风光让一直居无定处的吴老太爷大受刺激，最终猝然离世。吴家办理丧事期间，上海社交圈的名流纷纷前来吊唁。他们在客厅聚集，谈论战事、商讨生意、进行社交活动。投机倒把的买办资本家赵伯韬找到吴荪甫和他的姐夫杜竹斋，拉拢他们合资结成公债"多头"，试图在股票交易中压低买入价，提高卖出价，从而获得暴利。杜竹斋心中犹豫不决，赵伯韬便向他透露了利用金钱操纵战局的计划。于是，吴荪甫、杜竹斋、赵伯韬三人合作成功。

由于金融公债市场的混乱和投机行为阻碍了工业发展，实业家孙吉人和王和甫推选吴荪甫与各方实力派合作，成立一家银行，作为金融流通机构，并期望在未来将大量资本投入交通、矿山等产业。这正好符合吴荪甫的野心和冒险精神。他喜欢与具有远见的人共事，而对那些毫无生气的资本家则毫不留情地出手。很快，益中信托公司应运而生。

此时，吴荪甫的家乡双桥镇发生农民暴动，导致他在乡下的部分产业受损。工厂内部罢工此伏彼起，使吴荪甫心烦意乱。为应对罢工工人，他任用了一个有胆识、有心机的年轻职员屠维岳。屠维岳先是暗中收买罢工领头人姚金凤，成功瓦解了工潮的组织；然而当事情败露后，姚金凤被视为资本家的走狗，罢工潮再度兴起。这时，屠维岳建议吴荪甫假装开除姚金凤，提拔泄露内情的女工。如此一来，姚金凤的威信得以恢复，工人反而不愿接受对她的处罚。随后，作为让步，吴荪甫收回成命，撤销对姚金凤的处罚，同时为安抚女工，给予她们一天的假期。吴荪甫依照计划行事，果然平息了罢工风波。

与此同时，交易所的斗争也日益激烈。原本联手的吴荪甫与赵伯韬，却成了对立的竞争关系。益中信托公司成为吴荪甫与赵伯韬抗衡的力量，形成了赵伯韬为"多头"与益中公司为"空头"的角斗局面。赵伯韬觊觎吴荪甫的产业，打算在他资金短缺之际吞并其产业。经过几轮较量，益中信托公司亏损八万元后暂时停摆。此刻，吴荪甫的资金日益紧张，他开始剥削工人劳动和扣减工资。新一轮罢工来袭，屠维岳分化瓦解工人组织的手段失效，吴荪甫陷入了内外交困的境地。

赵伯韬计划向吴荪甫的银行投资，控制其股份。吴荪甫决定拼一把，他甚至将自己的丝厂和公馆都抵押作公债，以求一搏。他终于意识到在中国发展民族工业是何等艰难。个人利益的顾虑使他不得不卷入买空卖空的投机市场。公债的情势危急，赵伯韬操纵交易所的管理机构刁难卖空方吴荪甫。濒临绝望的吴荪甫把仅存的希望寄托在杜竹斋身上。然而，在关键时刻，杜竹斋背叛了吴荪甫，转向赵伯韬一边。最后吴荪甫彻底破产了。

## 二、《子夜》中的语言艺术

《子夜》作为一部优秀的长篇小说，是久经岁月考验的成功之作。在过去的 70 多年里，众多读者都表达了对这部作品的喜爱，作品独特的文学语言以及丰富的思想内容更是被众人推崇。这部小说之所以有名是因为它创作出一幅宏大的历史画卷，具有重大的意义和深远的影响，这一画卷中包含的内容十分丰富、结构错综复杂、人物形象繁多、事件层出不穷。这部小说获得的成果与作者的能力是分不开的，尤其是作者娴熟的文字运用技巧和敏锐的洞察能力。《子夜》的语言艺术主要表现在以下几个方面。

### （一）富有个性化的人物语言

《子夜》中描写了 70 多个角色，包括社交名媛、投机商、反动军官、封建遗老、资本家、股票交易所经纪人、靠利息过活的诗人、空谈理论的大学教授等。这些角色的个性特点主要通过他们的言辞来展示。例如，吴荪甫说话专横、尖刻且强硬；赵伯韬言谈老辣、狂妄并且粗鄙；杜竹斋犹豫不决，言辞优柔寡断；屠维岳语言流畅自如，其中隐含讽刺；周仲伟善于说话，话语狡猾且圆滑；张素素直言不讳；范博文说话多带消极颓废的意味；李玉亭谈话时常显得担忧恐慌；张阿新说话犹如风雷，言辞痛快；朱桂英沉稳厚重，言语真挚。这里来分析吴荪甫的语言。

吴荪甫与屠维岳讨论工人罢工时的对话：

"什么！你也说'不一定'么？我以为你要拍拍胸脯说：我们厂不怕！——哎，维岳，'不一定'，我不要听，我要的是'一定'！嗳？"①

"什么！你是说会罢工么？还得三天才能解决？不行！工人敢闹事，我就要当天解决！当天！——也许？也许什么？也许不止三天罢？"②

① 茅盾．子夜 [M]．北京：人民文学出版社，1994：354.
② 茅盾．子夜 [M]．北京：人民文学出版社，1994：354.

"我不管什么总同盟罢工！我的厂里有什么风吹草动，我就是干干脆脆只要一天内解决！"①

"罢工也好，不罢工也好，总同盟罢工也好，我的主意是打定了！下月起，工钱就照八折发！等丝价回涨到九百多两的时候，我们再说，——好了，你去罢！我不准你辞职！"②

"不！不！一天也不！"③

"不管你怎么办，明天我要开工！明天！"④

吴荪甫劝杜竹斋入伙投资公债市场的对话：

"竹斋！一定招呼老赵拒绝！"⑤

"不行！竹斋！不能那么消极！"⑥

"……竹斋，一定不能消极！叫老赵拒绝！……竹斋，告诉老赵，应当尊重我们的债权！"⑦

"没有危险！竹斋，一定没有危险！……哪怕老赵手段再灵活些，也扳不过来！竹斋！这不是冒险！这是出奇制胜！"⑧

"万万不会！"⑨

吴荪甫对费小胡子汇报家乡情况的回答，即便家乡人推崇他为百业领袖，他的言语如下：

"什么镇上太平不太平，我不要听！厂，铺子，都是我开办的，我要收歇，就一定得收！我不是慈善家，镇上市面好或是不好，我就管不了，

① 茅盾.子夜 [M]. 北京：人民文学出版社，1994：355.
② 茅盾.子夜 [M]. 北京：人民文学出版社，1994：357.
③ 茅盾.子夜 [M]. 北京：人民文学出版社，1994：357.
④ 茅盾.子夜 [M]. 北京：人民文学出版社，1994：392.
⑤ 茅盾.子夜 [M]. 北京：人民文学出版社，1994：182.
⑥ 茅盾.子夜 [M]. 北京：人民文学出版社，1994：183.
⑦ 茅盾.子夜 [M]. 北京：人民文学出版社，1994：183.
⑧ 茅盾.子夜 [M]. 北京：人民文学出版社，1994：288.
⑨ 茅盾.子夜 [M]. 北京：人民文学出版社，1994：290.

不问是省里或县里来找我说，我的回答就只有这几句话！"①

吴荪甫在厂方、益中公司、公债市场三方面的压力下几乎透不过气来，强撑着与王和甫商谈工厂开半日工的事情时的言语：

"不，不！一点也不！我们谈下去！②

"不要紧！没有什么！那你们就开半日工！③

吴荪甫在与他人交谈时，言辞中总是夹杂着许多命令式、代表强硬态度、肯定性的词语，如"不""要""一定""立刻"等助动词或副词，这一点在其与费晓生、莫干丞、屠维岳等下属以及与杜竹斋、王和甫等人的交谈中可以看出。即使在与赵伯韬争斗的最后阶段，吴荪甫也毫不让步。这些带有强硬态度的言语充分反映了吴荪甫在对应场景中强硬的心理状态、地位以及性格。在作品后面，吴荪甫所用的语言和自身的性格虽然随着情境的变化和发展出现了一定程度的转变，但透过他言语的表层仍然可以看到他专横和固执己见的特点贯穿整部作品。

在《子夜》中，人物语言个性化表现得较为突出。除了吴荪甫、赵伯韬两个主要人物外，还有许多仅仅充当辅助描述的角色的特性同样十分鲜明。例如，冯云卿的小老婆角色，这个角色设定是上海人，所以在描写这一角色时将老上海人泼辣、刁悍，善于挑拨离间、威逼利诱的性格刻画得淋漓尽致。此外，作品不同人物在相互称呼时也十分讲究，商业巨头以及政客会称呼吴荪甫为"荪翁"或"三爷"，而诗人范博文虽然比吴荪甫年轻但直接称其为"荪甫"，之所以这样称呼原因有两点：一是两人是亲戚；二是范博文因为是诗人自视甚高，而且还有一点点神经质，浑然不在意称呼。作者在处理这种细枝时的详细程度充分展现他十分注重个性化描写。

---

① 茅盾 . 子夜 [M]. 北京：人民文学出版社，1994：274-275.
② 茅盾 . 子夜 [M]. 北京：人民文学出版社，1994：423.
③ 茅盾 . 子夜 [M]. 北京：人民文学出版社，1994：290.

（二）口语、文言、外语兼容并蓄

《子夜》中使用的语言类型很多，有口语、文言文，甚至夹杂着外语，这一点充分体现了茅盾的学识以及高超的文字驾驭能力。

1. 口语化语言

茅盾在《子夜》中使用了大量具有表现力的口语，这些口语大多简洁活泼、富有生命力。口语化的一大表现是其通俗性，《子夜》中的语言就很通俗，所使用的比喻都来自作者的自我生活体验。具体如下：

……都成了骑虎难下之势，我们只有硬着头皮干到哪里是哪里了！我们好比推车子上山去，只能进，不能退！①

人生的旅途中也就时时会遇到这种不作美的转换方向的风，将人生的小帆船翻倒！人就是可怜地被不可知的"风"支配着！②

由上面的话可知，作品中的口语不仅包含一般的口语词汇，还包含许多惯用语和俚语，如和盘托出、先发制人、大书特书、老生常谈、声色俱厉、羊毛出在羊身上、擅长捣乱不擅长建设、道高一尺魔高一丈、做一天和尚撞一天钟、小巫见大巫、摆事实讲道理、吃软不吃硬、化解矛盾为佳、英雄不吃眼前的亏、豆腐价钱卖成了肉价、在老虎嘴里讨好、不怕强敌只怕己方阵线出现裂痕等。下面以惯用语为例进行阐释。

惯用语是一种熟语，在日常口语中经常作为完整的意义单位出现。这种类型的口语主要是人们在日常生活中创作出来的、简洁明了的、通俗易懂的、风趣幽默的、能大规模传播的固定词语。在语言运用过程中合理地穿插惯用语不仅能让其与语境完美融合在一起，还能使作者的表达更加具体，效果极佳。作者在《子夜》中运用了大量的惯用语，且每一句都十分贴合对应人物的身份、地位、心理以及主要经历，使人物更加生动和个性化。

---

① 茅盾. 子夜 [M]. 北京：人民文学出版社，1994：290.
② 茅盾. 子夜 [M]. 北京：人民文学出版社，1994：156.

2.文言词句

《子夜》中有大量的文言词句，有的用在人物形象塑造上，有的用来反讽，有的用在人物语言上，使得《子夜》在语言上有了独特性。

那么，昨晚上对他开诚布公那番话，把市场上虚虚实实的内情都告诉了他的那番话，岂不是成了开门揖盗么？——"咳！众叛亲离！我，吴荪甫，有什么地方对不起了人的！"只是这一个意思在吴荪甫心上猛捶。①

在吴荪甫和赵伯韬进行生死局决斗时，吴荪甫的姐夫杜竹斋被吴荪甫视作翻盘的希望，因此杜竹斋的决定就显得无比重要。但是，杜竹斋在紧要关头放弃了他与吴荪甫之间的亲情，做出了能收获更多利益的"买进"行为，吴荪甫最终破产。吴荪甫悲痛欲绝，因为他曾对姐夫杜竹斋敞开心扉，有"八分把握"让姐夫倒向自己，谁知竟然"引狼入室"，最终"孤立无援"，破产收场，这一连三个成语，表明了吴荪甫的悲痛，也反映出杜竹斋唯利是图的性格，正如作品所说："什么企业上的远大计划都不中用；只有今天投资明天就获利的'发横财'的投机阴谋，勉强能够拉住他。"

《子夜》中的公文告示也是采用的文言形式，具体如下：

这是中华全国火柴业联合会通告各会员的公函，并附抄广东火柴行商业公会呈工商部的呈文。

径启者：本会迭据广东土造火柴行商业公会函称，据该省及香港报纸宣传，瑞典商瑞中火柴公司借款与我国……请为调查答复，以释群疑等情……吾国政府财政部有与瑞典火柴公司借款，默许种种权利之说，究否属实，请为探明示知等情……嗣经一再调查，知此项传闻，并未成为事实，但传说纷纷，如不有政府方面之确切表示，恐各会员难免疑

---

① 茅盾. 子夜 [M]. 北京：人民文学出版社，1994：274-275.

虑……并希查照为荷！①

3.外语成分融入小说语言中

《子夜》的语言中还加入了外语词汇，从而形成独特的语言风格。有的直接写外语词汇，或者对外语进行音译。具体如下：

如果我赢了呢？我可不愿意 kiss 你那样的鬼脸！②（英语：亲吻）

还有一个却不是人，是印在你心上时刻不忘的 poetic and love 的混合！③（英语：诗意与恋爱）

此外，《子夜》中诸如密司、密司脱、绯洋伞、麦歇曾、茄门等音译词也适时穿插。这样做不仅揭示了当时的中国社会正处于半殖民地的时代背景，把人物形象塑造得更完美，还能使整个语言表述充满乐趣，大大降低读者在阅读过程中的疲劳感。

**（三）追求细腻、传神**

茅盾在创作《子夜》的过程中对各个方面都有较高的追求，文字要细腻、传神，这种追求体现在环境描写、心理活动、情节安排、场面描写、人物刻画等方面。

1.环境描写

在《子夜》开篇，有一段上海外滩一带的景物描写：

太阳刚刚下了地平线。软风一阵一阵地吹上人面，怪痒痒的。苏州河的浊水幻成了金绿色，轻轻地，悄悄地，向西流去。黄浦的夕潮不知怎的已经涨上了，现在沿这苏州河两岸的各色船只都浮得高高地，舱面比码头还高了约莫半尺。风吹来外滩公园里的音乐，却只有那炒豆似的铜鼓声最分明，也最叫人兴奋。暮霭挟着薄雾笼罩了外白渡桥的高耸的钢架，电车驶过时，这钢架下横空架挂的电车线时时爆发出几朵碧绿的

---

① 茅盾 . 子夜 [M]. 北京：人民文学出版社，1994：463.

② 茅盾 . 子夜 [M]. 北京：人民文学出版社，1994：423.

③ 茅盾 . 子夜 [M]. 北京：人民文学出版社，1994：424.

火花。从桥上向东望，可以看见浦东的洋栈像巨大的怪兽，蹲在暝色中，闪着千百只小眼睛似的灯火。向西望，叫人猛一惊的，是高高地装在一所洋房顶上而且异常庞大的霓虹电管广告，射出火一样的赤光和青燐似的绿焰：Light，Heat，Power！①

这段描写生动地展示了那个时代上海外滩特有的都市风貌。在这段描述中，作者运用了独特的语言手法和技巧，使得景物描写具有鲜明的艺术特色。本书从以下四个方面分析这段描写的语言特点。

（1）作者在描写景物时运用了大量形容词性修饰成分。对于提到的每一事物，如风、水、潮、船只、暮霭、雾、钢架、电车、洋栈、霓虹灯管等，作者都为其加上了修饰词，这些细腻的描写使得读者能够更为生动地感受到外滩的景色。

（2）作者在描述中多用叠音词。上面的段落中使用的叠音词有刚刚、一阵一阵、痒痒、轻轻、悄悄、高高、时时等，这些词汇的运用不仅让作品更饱满，还让作品有一种独特的音乐美感。

（3）作者在描写中注重对动词的运用与锤炼。动词的巧妙运用使普通词汇具有更高的艺术价值。如"幻"一词，用于描述在夕阳余晖下，原本污浊的苏州河水显现出金绿色的景象。"挟"一词，描写了暮霭薄雾的立体动态感。还有"蹲"和"射"，也用得相当生动。

（4）作者运用富有形象性的修辞格。比喻、比拟等，使得景物描写更为生动形象。例如，"炒豆似的铜鼓声""暮霭挟着薄雾""浦东的洋栈像巨大的怪兽，蹲在暝色中，闪着千百只小眼睛似的灯火"以及"火一样的赤光和青燐似的绿焰"。这些修辞手法使得整段文字更加细腻且富有层次感。

2.心理活动

《子夜》在宏观叙事上具有史诗性特征，在微观上采用细腻的笔触剖

---

① 茅盾．子夜［M］．北京：人民文学出版社，1994：1．

析人物的心理活动。庄钟庆就曾评价《子夜》："笔势具如火如荼之美，醋姿喷薄，不可控搏。而其细微处复能委婉多姿，殊为难能可贵。"①《子夜》中描写心理活动的语言，是人物内心矛盾与内心斗争的真实反映。

四小姐蕙芳来到上海，不能适应上海的生活，茅盾是这样描述的：

而且她又无端想到即使自己不肯走这条绝路，她的专制的哥哥终有一天会恶狠狠地走进来逼她的。她的心狂跳了，她的手指尖冰冷，她的脸却发烧。她咬紧着牙关反复自问道："为什么我那样命苦？为什么轮到我就不应该？为什么别人家男女之间可以随随便便？为什么他们对于阿珊装聋装哑？为什么我就低头听凭他们磨折，一点儿没有办法！当真我就没有第二个办法？"她猛可地站了起来，全身是反抗的火焰。然而她又随即嗒然坐下。她是孤独的，没有一个人可以商量，没有一个人帮她的忙！②

四小姐蕙芳，这位封建闺秀和吴老太爷的"玉女"，起初无法适应上海大都市的生活而选择躲在屋内修养。然而，她终究难以忍受"清心寡欲"的折磨，内心的不满情绪逐渐积压至无法控制，如同电闪雷鸣般爆发。她的心急速跳动，手指尖冰凉，而脸却是热的。"为什么"的质问接连五次，犹如五颗子弹瞄准压制她的封建礼教和传统观念。这一系列质问展示了四小姐蕙芳在反抗之前的情感波动，为她"出走"埋下了伏笔。这段文字运用生动起伏的语言，真实地揭示了20世纪30年代初踏入大都市的封建闺秀所面临的精神困境。

3. 情节安排

《子夜》这部小说在语言驾驭情节方面表现出色，如吴荪甫的三条战线：

——家乡双桥镇的农民暴动。

---

① 庄钟庆 . 茅盾研究论集 [C]. 天津：天津人民出版社，1984：157.
② 茅盾 . 子夜 [M]. 北京：人民文学出版社，1994：514.

——裕华丝厂工人反对吴荪甫削减工资所引发的怠工甚至罢工现象。

——公债市场上的斗争。

作者巧妙运用语言将这三条线索串联起来，并分别清晰地叙述出来。作者不仅交代了故事的线索，使情节紧凑，结构精练完整，还在叙述中烘托出环境氛围，让读者身临其境。在驾驭情节方面，《子夜》通过细腻的描写，将各个人物的心理活动、情感波动及现实环境展现得淋漓尽致。这使得读者能够更加深入地理解人物的内心世界，同时加深对故事情节的理解。另外，作者还主动将自己做出的评判性分析穿插在叙述情节中，如吴荪甫被三条战线夹在其中所产生的郁闷之情。这种叙述方式既丰富了故事的层次，也使得读者更易于理解人物面临的困境以及他们所做出的选择。

吴荪甫闷闷地松一口气，就吩咐侍者拿白兰地，发狠似的接连呷了几口。他夹在三条火线中，这是事实；而他既已绞尽心力去对付，也是事实，在胜负未决定的时候去悬想胜后如何进攻罢，那就不免太玄空，去筹划败后如何退守，或准备反攻罢，他目前的心情又不许，况且还没知道究竟败到如何程度，则将来的计划也觉无从下手，因此他现在只能姑且喝几口酒。他的心情有些像待决的囚犯了。[1]

叙述片段由三句话构成，从第一句和最后一句中的"闷闷地松一口气""发狠似的接连呷了几口""像待决的囚犯"，以及第二句中的四个分句可以看出，叙事者与描写的人物思绪紧密相连。这种自我质疑与回应通过逐步引导、拓展思路，多方面细致的探讨，给出了评判性的解释，从而深化了读者对人物的认识。

4. 场面描写

《子夜》中描写了大大小小的场面，其中罢工场面较为逼真，且在言语中表现了明显的褒贬爱憎：

---

[1]　茅盾. 子夜 [M]. 北京：人民文学出版社，1994：195-196.

被压迫者的雷声发动了！女工们像潮水一般涌出车间来，像疾风一般扫到那管理部门前的揭示处……

"打工贼呀！打走狗呀！"

"活咬死钱葆生！活咬死薛宝珠！"

"工钱照旧发！礼拜日升工！米贴！"

愤怒的群众像雷一样的叫喊着……①

作者通过对被压迫者愤怒情绪的描写，成功打造了逼真的场景。这段话运用了生动的比喻，如"女工们像潮水一般涌出车间来，像疾风一般扫到那管理部门前的揭示处"。这些比喻形象地表现了女工们汹涌的情感和磅礴的力量，为读者展示了激烈抗议的场面。另外，直接引用了抗议者的口号："打工贼呀！打走狗呀！""活咬死钱葆生！活咬死薛宝珠！""工钱照旧发！礼拜日升工！米贴！"这些口号简练、有力，表达了群众对不公平待遇的愤怒与对平等权利的追求，进一步突显了抗议者的决心和勇气。作者通过"愤怒的群众像雷一样的叫喊着"来强调抗议者激烈的情感。这里的"愤怒"和"像雷一样的叫喊"传递了群众愤怒的情绪，进一步展示了这一场面的紧张与激烈。

5.人物刻画

《子夜》中的人物刻画颇为用心，作者在勾画人物的时候善于抓住人物部分特征不断强调，从而揭示人物的社会心理。具体如下：

紫酱色的一张方脸，浓眉毛，圆眼睛，脸上有许多小疤。②

他脸上的紫疤，一个一个都冒出热气来。这一阵过后，他猛的跳起来，像发疯的老虎似的咆哮着……③

吴荪甫早已跳起来了，像一只正要攫食的狮子似的踱了几步。④

---

① 茅盾.子夜[M].北京：人民文学出版社，1994：382.

② 茅盾.子夜[M].北京：人民文学出版社，1994：548.

③ 茅盾.子夜[M].北京：人民文学出版社，1994：58.

④ 茅盾.子夜[M].北京：人民文学出版社，1994：51.

他的尖利的眼光霍霍四射，在少奶奶的脸上来回了好几次：是可怖的撕碎了人心似的眼光。①

这么想着的吴荪甫，便觉得双桥镇的失陷不算得怎样一回了不起的打击了，他兴奋得脸上的疤又一个一个冒着热气……②

渐渐地两道尖利的眼光直逼到屠维岳脸上，这是能够射穿任何坚壁的枪弹似的眼光，即使屠维岳那样能镇定，也感得些微的不安了。③

《子夜》中的吴荪甫在胜利与失败中，不断兴奋、不断忧虑，有时他气定神闲，有时他急躁不安，这些心理状态和精神面貌通过语言表现出来。以上选文中作者运用语言描述了吴荪甫的脸型、小疤、暴躁的神情，运用比喻，如"老虎""狮子"，将不同处境下的吴荪甫进行了刻画，展现了吴荪甫复杂的性格。

# 第三节　短篇小说《林家铺子》中的结构艺术

## 一、《林家铺子》简介

《林家铺子》是茅盾短篇小说的代表作，小说塑造了"林老板"这个旧社会小商人的典型人物，充分展现了特定时代背景以及在该背景下的人物的命运，通过典型的叙事情节来表现社会意识以及时代主题，可以说《林家铺子》是现实主义小说的代表作。

### （一）《林家铺子》创作背景

20世纪初，中国正处于动荡不安的时期，面临着帝国主义的侵略和

---

① 茅盾. 子夜 [M]. 北京：人民文学出版社，1994：119.

② 茅盾. 子夜 [M]. 北京：人民文学出版社，1994：169.

③ 茅盾. 子夜 [M]. 北京：人民文学出版社，1994：58.

国民党的反动统治。这一背景对茅盾的创作产生了深刻的影响。作为一部短篇小说，《林家铺子》与茅盾的其他作品如《子夜》存在一定的联系。茅盾在《子夜》后记中提到，《子夜》的原计划包括"农村的经济情形，小市镇居民的意识形态"等内容。这些内容也出现在《林家铺子》等同一时期发表的短篇小说中，延伸了《子夜》中的基本观念：借助形象的特殊思想形式，揭示了在帝国主义侵略和国民党反动统治下，城乡经济的破产，人民群众的苦难生活和命运。

《林家铺子》原名《倒闭》，这一标题正是作品的主线。然而，在《申报月刊》的创刊号上发表时，因出版商认为创刊号上出现"倒闭"的题名不吉利，才改为《林家铺子》。《林家铺子》这一作品叙述了市镇小商人破产倒闭的必然结果，是对国民党"大鱼吃小鱼，小鱼吃虾米"社会现象的批判和探讨。值得一提的是，《林家铺子》在后世的评价和影响：1958年，该作品被改编为影视作品，产生了轰动效应，并形成茅盾小说改编电影的巅峰；1982年，在意大利都灵举办的"中国电影回顾展"上，电影《林家铺子》赢得了较高的评价。

**（二）《林家铺子》剖析**

《林家铺子》以细腻的笔触和复杂的人物关系，展现了当时中国小商人在帝国主义侵略和国民党反动统治下，面临的种种困境和无奈。茅盾在这部作品中以史诗格调的追求为特点，通过宏大的叙事手法，将20世纪30年代中国小商人悲剧命运呈现出来。在这一背景下，主人公林老板作为一个诚实本分的商人，在诸多困厄中挣扎求生。此时正值日军入侵，小镇上的经济形势严峻，林老板的铺子面临着债主逼债、股东抽股、欠账变呆账等种种危机。茅盾通过展现林家铺子的经济困境，揭示了当时小商人面临的严重困境，进一步暴露了国民党统治下的社会现实。

茅盾在《林家铺子》中刻画了丰富的人物性格以及不同人物的命运。小说中的主人公林老板，是一个勤劳、精明的商人，但在种种困境面前，始终无法摆脱命运的枷锁。《林家铺子》中人物的命运与性格，让读者深刻感受到了当时中国社会的混乱和人民群众的痛苦。除此之外,《林家铺子》中还展现了精湛的结构艺术。整部作品以一条主线贯穿始终,情节起伏有致,叙述环环相扣。茅盾通过前后呼应、有机联系的手法,使主线与副线相辅相成,结尾深化主题。这种结构艺术的成功使小说情节波澜起伏,曲折有致,让读者沉浸在故事之中。

值得注意的是,茅盾在《林家铺子》中通过第三人称叙述,展现出对客观世界的关注。他关注当时中国社会的政治、经济、习俗等各个方面,并将精力投入对人物、环境、事件的种种感知、理解和情感之中。这种客观的叙述态度使这部小说在结构艺术上取得了成功,展示出茅盾对周围世界的敏锐洞察力和深刻理解力。

## 二、《林家铺子》结构分析

《林家铺子》在人物塑造、性格刻画、语言风格、文化底蕴、思想深度、结构安排上别具一格,散文家、评论家朱自清这样评价《林家铺子》:"《林家铺子》写一个小镇上一家洋广货店的故事,层层剖剥,不漏一点儿,而又委曲入情,真可算得'严密的分析'。私意这是他最佳之作。""我们现代的小说,正该如此取材,才有出路。"结构安排上,《林家铺子》采取的层层剖剥的结构形式,为其增添了更多艺术色彩。

《林家铺子》在结构上呈现出以下几个特点。

### (一)层层剖剥与悲剧氛围塑造相结合

《林家铺子》中层层剖剥的结构形式与逐渐加深的悲剧氛围紧密相连,形成了这部作品的特点之一。作品的结构如同人体的骨架,正常的骨骼发育使人的五官和身材匀称,否则会出现畸形。作品结构亦然,作品的整体框架须与所呈现的内容一致,才能达到和谐的艺术效果。《林家铺子》以形象的特殊思想形式描写了20世纪30年代江南小城镇的小商人在多重压迫下走向破产的故事,因此茅盾在构思结构时,采用了分层剖析的方法,与作品所表现的悲剧氛围相契合。

《林家铺子》的时序限定在矛盾冲突最集中的春节前后，随着时间推移，矛盾逐步升级。然而，在结构上，茅盾巧妙地采用了逐层揭示的方式来展现。作品开头，林家铺子受到抵制日货风波的影响，出现了小小的艺术漩涡。尽管林老板在商会调解下获得了400元，允许将日货当国货销售，但生意仍然清淡。这种一波未平，一波又起的情节发展，直至上海的"一·二八"事变爆发。春节后，林家铺子推出了一元商品，吸引了许多从上海逃难的客人，创下了近十年来的新纪录。然而，这仅仅是开始，林老板的悲剧刚刚拉开序幕。这一元商品让林老板陷入更加悲惨的境地，最终导致林家铺子破产。

梳理《林家铺子》的结构层次发展情况，人们可以看到故事结构与整个作品的悲剧氛围紧密相连。逐层揭示，悲剧氛围越来越浓厚，直至林家铺子破产，悲剧落幕。《林家铺子》在结构艺术方面所表现出的这种特色，正是作家的高明之处。

### （二）起伏曲折，入情入理

在《林家铺子》故事结构构思之前，茅盾就在《我走过的道路》中提道："小市镇的小商人不论如何会做生意，但在国民党这大鱼吃小鱼，小鱼吃虾米的社会里，只有破产倒闭这一条路。"茅盾放弃了平铺直叙地演绎社会百态，选择将社会百态入情入理地表现出来。在作品的结构安排上，茅盾通过起伏曲折的情节，使作品具有丰富的故事性，深入剖析了社会现象。在《林家铺子》的情节设置上，茅盾巧妙地运用了曲折起伏的手法，使故事情节更加紧张、引人入胜。从林老板抵制日货时的冲击，到九折销售、一元商品的推出，再到债权人逼债，最后倒闭，构成了波澜起伏的情节结构。这些曲折情节的设置，不仅显示了社会现象的残酷，还揭示了人物命运的无奈。

茅盾始终保持对林老板的同情态度。林老板处在社会底层，在商业竞争中也是弱者。随着故事情节的发展，林老板的性格特点逐渐显现。茅盾精准地捕捉到了小城镇商人的特点，将林老板塑造成一个具有经商智慧的形象，他在商业竞争中施展浑身解数，招揽顾客。同时，林老板在对待债户方面，使用剥削、推诿等手段，用"吃虾米"的方式来维持自己的生存。这些描写符合小城镇商人的性格特点，人物形象合情合理。在面对国民党和商会的压榨时，林老板表现出胆小、忍气吞声的奴性，对国民党官吏的欺诈更是无力反抗。这种性格描写，并非茅盾认识不足，而是因为他尊重生活本来面貌。在当时的社会环境下，像林老板这样的人物是无法奋起抗争的，其也没有能力反抗。茅盾通过这种塑造，让林老板成为符合当时社会背景的真实人物形象，在艺术上是入情入理的。

除了对林老板的刻画，茅盾在作品中还通过其他人物形象的塑造，如朱三太、张家嫂和寿生等，展示了不同人物在社会背景中的不同表现。他们在故事情节发展过程中，都以独特的方式应对社会的压迫，这丰富了作品的人物层次。茅盾通过这些人物形象的塑造，进一步深化了对社会现象的揭示和批判。

（三）明线与暗线相结合

在《林家铺子》这部作品中，明线与暗线相结合的结构形式处理，成为其结构艺术的一大特色。在短篇小说中，情节线索的数量通常要求相对集中，以实现时空的合理搭配，展现美感。

在《林家铺子》的情节线索上，茅盾以林家铺子的衰落和倒闭为主线，描写了林家衰败、挣扎和倒闭的过程，这是作品的明线。与此同时，茅盾巧妙地设计了卜局长、党部黑麻子等暗线，这些暗线同样十分重要，因为明线中的衰败、挣扎和倒闭与暗线有着密切关系，受到暗线的牵制。尽管卜局长和黑麻子等人物没有直接出现在作品中，但人们能处处看到他们的身影，感受到他们在波澜起伏的情节中发挥的作用。茅盾在创作《林家铺子》时，对暗线的运用堪称成功，这与茅盾其他小说有所不同。

有人将这种结构艺术称作"一树千枝"，但其实这并不完全准确。《林家铺子》的结构清晰、条理分明，并没有像"千枝"那样复杂纷乱。

茅盾历来重视小说的结构艺术，他在 1945 年评论《春暖花开的时候》时说："我以为作者最大的失算在于未曾精密计划了全书的总结构。"[①] 他自己在创作《子夜》时，还专门列出了"总结构之发展"和"总结构之下"等专题。因此，茅盾无论是从理论上还是从实践上，都十分重视结构艺术。

　　《林家铺子》以林家铺子为主线，明暗线相结合的结构艺术，符合作品的实际情况。正因如此，朱自清对这种结构艺术给予了高度的赞誉。

---

① 　姚北桦，贺国璋，俞润生 . 姚雪垠研究专集［M］. 郑州：黄河文艺出版社，1985：455.

# 第三章　老舍及其小说创作

## 第一节　老舍文学成就及小说艺术分析

### 一、老舍的生平和文学成就

#### （一）老舍的生平与创作

老舍，原名舒庆春，是中国现代文学家。他的作品以描写市民生活和都市风情为主题，他被誉为描写市民生活的"铁笔"和"圣手"。从出生开始，老舍的成长历程就充满了艰辛和挑战，然而，正是这些经历塑造了他丰富多样的文学风格和独特的人格魅力。

1899 年，老舍出生在北京一个贫困的满族家庭。他的父亲是清朝的护军，但在八国联军侵华战争中阵亡。母亲马氏担负起了养家糊口的重担，靠做佣工和洗衣维持生计。尽管生活困苦，但老舍的母亲和"刘大叔"（宗月大师）给予了他极大的关爱和支持。在这种艰苦的环境下，老舍的性格逐渐形成，他内心既有着坚定的信念，也有着对社会现实的深刻洞察。

1905 年，老舍在"刘大叔"的资助下，得以进入私塾读书。后来，他先后转入两所小学继续深造。在这个过程中，老舍充分展现了他对知识的渴求和对学习的热爱。他在学校学到的不仅仅是知识，更是一种对生活的热爱和对未来的憧憬。

1913 年，老舍考入京师市立第三中学（现为北京三中）。然而，由于学费昂贵，半年后他转入北京师范学校继续求学。在这里，老舍广泛涉猎各学科知识，积累了丰富的社会阅历。这些经历为他日后的文学创作打下了坚实的基础。

1918 年，老舍从北京师范学校毕业后，开始了他的教育生涯。他曾任小学校长和劝学员等职务，积累了丰富的人生阅历。这段时期，老舍的经济状况相对富足，他对市民社会的日常风俗、各色人等的文化心态、价值取向、道德理想、行为模式有了更为深刻的了解。这些经历为他后来的文学创作提供了丰富的素材和深刻的人生体验。老舍开始关注社会底层人民的生活，尤其是那些生活在都市中的普通市民，他们的喜怒哀乐、梦想与挣扎成为他作品的重要主题。这种对市民生活的关注使他的作品具有独特的现实主义风格，他的作品深刻揭示了都市社会的各种矛盾和问题。

1919 年五四运动爆发，老舍因其社会地位和职业原因，以及浓厚的市民意识，成了这场运动的冷静观察者。尽管他没有参与其中，但五四运动让他产生了强烈的心灵震动："反封建使我体会到人的尊严，人不该做礼教的奴隶；反帝国主义使我感到中国人的尊严，中国人不该再做洋奴。"①同时，五四运动为他带来了全新的心灵体验和文学语言。相对富足的经济条件，曾使他一度迷失自我："我总感到世界上非常的空寂，非掏出点钱去不能把自己快乐的与世界上的某个角落发生关系。于是我去看戏、逛公园、喝酒，买'大喜'烟吃。"②这导致他身体状况恶化，甚至病重。病愈后，他皈依基督教。

---

① 老舍．老舍散文经典 [M]．北京：中国广播电视出版社，1999：514.
② 老舍．老舍散文集 [M]．长春：吉林出版集团股份有限公司，2019：75.

1921 年，他发表了第一部作品《她的失败》。

1922 年 9 月，他辞去劝学员职务，前往天津南开学校担任国文教员。在此期间，他创作了《小铃儿》。

1923 年，他返回北京，除工作外，还在燕京大学（1952 年中国高等学校院系调整时拆分）旁听英文课程，结识了英籍教授艾温士。

1924 年，在艾温士的推荐下，老舍前往英国任教，担任伦敦大学东方学院讲师。英国与他内心深处的京城故乡生活形成了鲜明的对比。

1926 年，老舍的第一部长篇小说《老张的哲学》发表于《小说月报》。这部小说起初署名舒庆春，后改为"老舍"，这是他首次使用这个笔名。接下来，《赵子曰》（1927 年）、《二马》（1929 年）也陆续在《小说月报》上发表。这些作品结合了他的生活经验和对现实生活的感悟，以喜剧形式传递出深刻的文化批判与心理批判，也初步展现了他早期幽默的创作风格。

1929 年夏，他结束了在伦敦大学的教职生涯。他在回国途中，游历法、德、意三国。后在新加坡停留，这一时期，他深感华人开发南洋的艰辛与历史功绩，因此开始筹划创作中篇童话小说《小坡的生日》。

1930 年回国后，他在 3 月完成《小坡的生日》创作。

1930 年 7 月，他前往济南任齐鲁大学（1952 年中国高等学校院系调整时拆分）国学研究所文学主任兼任文学院文学教授，并负责主编《齐大月刊》。

1931 年，他在齐鲁大学讲授《文学概论》，当年《小坡的生日》在《小说月报》发表，他同时开始创作以济南"五三惨案"为背景的小说《大明湖》。

1932 年 8 月，长篇小说《猫城记》开始在《现代》杂志连载。林语堂在上海创办《论语》后，老舍连续在该刊发表散文、讽刺诗和小说，成为重要的投稿人。

1933 年 8 月，《离婚》由良友出版社出版。

1934 年 1 月，小说《黑白李》在郑振铎、章靳以创办的《文学季刊》创刊号上发表。

1934 年 6 月，他辞去齐鲁大学教职，专心从事写作。

1934 年 9 月，长篇小说《牛天赐传》开始在《论语》上连载，短篇小说集《赶集》出版。同时，他搬至青岛，受聘于国立山东大学（现已发展为中国海洋大学、山东大学与青岛大学医学院），任中文系主任，讲授欧洲文艺思潮、外国文学史、高级作文等课程。

1935 年，《月牙儿》《断魂枪》《新时代的旧悲剧》等作品相继问世，短篇小说集《樱海集》出版，创作经验谈《老牛破车》发表在林语堂创办的《宇宙风》创刊号上。

1936 年，老舍在教书的同时搜集材料准备创作《骆驼祥子》，夏季辞去教学工作，全身心投入文学创作。

1936 年 9 月，《骆驼祥子》开始在《宇宙风》上连载，10 月，长篇小说《选民》（又名《文博士》）开始在《论语》上连载，同年短篇小说集《蛤藻集》出版。抗战爆发后，他为民族解放热情奉献，奔赴抗战中心武汉。

1937 年，《我这一辈子》发表，他开始致力通俗文艺创作。

1938 年 3 月，"中华全国文艺界抗敌协会"成立，老舍担任理事兼总务部主任。他为抗战奔走，团结许多爱国文艺界人士，通过创作宣传抗战。

1939 年 6 月，他参加全国慰劳总会组织的北路慰问团，历时半年，行程达 2 万余里。为配合抗战，他开始创作抗战戏剧，如《残雾》发表在《文艺月刊》上。

1940 年，他与宋之的合著四幕话剧《国家至上》，同时创作《张自忠》《面子问题》等剧作，创作长诗《剑北篇》（未完）记录西北之行。

1941 年 7 月，他发表《文章下乡，文章入伍》，主张创作为全面抗战服务。

1942 年,《大地龙蛇》话剧歌舞混合剧剧本在《文艺杂志》上发表,接着发表剧作《谁先到重庆》和《归去来兮》。

1943 年,他创作《王老虎》(与赵清阁、萧亦五合著)和《桃李春风》(与赵清阁合著)。

1944 年,小说《火葬》创作完成,长篇巨著《四世同堂》第一部《惶惑》也创作完成。

1945 年 5 月,《四世同堂》第二部《偷生》开始在《世界日报》的副刊上连载。

1946 年 3 月,应美国国务院邀请,老舍与曹禺一同赴美讲学。

1947 年 4 月,《微神集》作为中短篇集的第一本出版。

1948 年,老舍完成了《四世同堂》第三部《饥荒》的创作。

1949 年,他创作了英文长篇小说《鼓书艺人》,同年 12 月 9 日回到离别 3 年的祖国。

1950 年,中国民间文艺研究会(现为中国民间文艺家协会)成立,老舍担任副理事长。

1951 年,老舍被北京市人民政府授予"人民艺术家"的称号。

1953 年,老舍当选为全国文联主席,作协副主席。

1957 年,《茶馆》发表于《收获》第一期。

1966 年 8 月 24 日,老舍自沉于北京太平湖。

1978 年,老舍恢复"人民艺术家"的称号。他的墓碑上刻着他在抗战爆发前所写的一句话:"文艺界尽责的小卒,睡在这里。"

### (二)老舍的成就

老舍是中国现代文学史上拥有举足轻重地位的文坛大家,他的成就和贡献涉及多个领域,他是中国现代文学的杰出代表。

1. 文学创作方面的成就

从文学创作的角度来看,老舍的成就是举世瞩目的。他是一位高产的作家，在创作的过程中，他还始终保持着对生活的敏锐观察和深刻理解。在他的长篇、中篇和短篇小说中，他成功地展现了市民社会生活的各个方面，揭示了民族性格和文化传统背后的社会历史发展趋势和规律。这些作品成了研究中国现代社会和文化的重要素材，对后世产生了深远的影响。

老舍关注普通百姓的生活，他所塑造的一系列鲜明的人物形象，如祥子、虎妞、王利发、张大哥、马先生、程疯子、大姐婆婆等，都具有较高的艺术价值。这些人物在现代文学史的人物长廊中占据着重要的地位，成了深受广大读者喜爱的经典形象。此外，老舍的现实主义笔力和独特的幽默风格为我国文学史增添了宝贵的财富，为后来者提供了学习和借鉴的榜样。

老舍不仅是一位作家，还是一位深受人民敬爱的艺术家。他热情讴歌祖国，及时地反映出新时代的多彩生活，为人民提供了精神食粮。在这个过程中，他展现出了深厚的爱国主义情怀和对人民的关爱之情，成为我国知识分子的典范。

2. 文学语言艺术化方面的成就

老舍在文学语言的艺术化方面也取得了举世公认的成就。他自小生活在北京，熟悉并掌握北京话乃至北方方言，具有良好的语言根基和语言天赋。在创作过程中，他始终注重从北京土语中提炼生动活泼的文学语言，追求文学语言的规范化和艺术化。这使他的作品充满了独特的魅力，展现出一个极富价值的语言艺术世界。在中国现代文学史上，老舍的语言艺术独树一帜，为后来者树立了榜样。

正是这种对语言的敏感和对生活的热爱，使老舍的作品具有极高的艺术价值和历史意义。他的创作风格独特，既有对传统文化的传承，又有对现实生活的关注和挖掘。这种特点使老舍的作品在现代文学史上具有不可替代的地位。

此外，老舍还是一位杰出的教育家和评论家。他在散文、诗歌、评论、杂文和创作经验谈等方面也有所涉猎。这些作品既有深入浅出的分析，又有寓教于乐的趣味性，体现了中国文学的多样性。他的教育和评论成果为后世留下了丰富的研究资料，对推动中国文学的发展具有重要的历史意义。老舍在他的一生中，始终致力于文学事业，关注社会现实，关爱普通百姓，为人民提供精神食粮。他的成就和贡献是全方位的，涉及文学创作、语言艺术、教育评论等多个领域。这些成就和贡献使老舍成为中国现代文学的杰出代表，他为后世留下了丰富的文化遗产。

人民文学出版社在 1980 年出版了《老舍文集》16 卷。该文集收录了作者 1925—1966 年的文学作品，按照小说、戏剧、曲艺、诗歌、散文、论文、杂文等体裁和创作年代编排。第 1 ～ 9 卷收录了全部小说作品，包括长篇小说《老张的哲学》《赵子曰》《二马》《小坡的生日》《离婚》《牛天赐传》《骆驼祥子》《文博士》《火葬》《四世同堂》《鼓书艺人》《无名高地有了名》《正红旗下》《猫城记》共 14 部，以及《月牙儿》《我这一辈子》《柳家大院》《断魂枪》《上任》等中短篇小说共 64 篇。第 10 ～ 12 卷收录了 18 部戏剧，包括抗战时期的《残雾》《张自忠》《面子问题》《大地龙蛇》《谁先到了重庆》等，以及 1949 年以后的《龙须沟》《西望长安》《茶馆》《全家福》等。此外，还收录了曲剧、京剧和儿童歌剧《柳树井》《青霞丹雪》《青蛙骑手》等。第 13 卷收录了曲艺、新诗和旧体诗词作品。第 14 卷收录了作者在 1930—1964 年创作的抒情记事散文和幽默讽刺散文共 162 篇。第 15 ～ 16 卷分别收录了作者撰写的文艺理论著作和创作经验谈等。

## 二、老舍小说艺术分析

### （一）社会批判意识与文化批判相结合

#### 1.老舍小说中的社会批判意识

在老舍的创作生涯中，社会批判意识一直是他作品的重要主题。为了民主政治和国民的共同福利，每个人都应当肩负起双重责任——既要铲除旧的恶习，也要为创造新的社会与文化做出牺牲。在他的小说创作中，这种社会批判意识表现得尤为鲜明。

从老舍的第一部小说《老张的哲学》开始，社会批判意识就显现出来了。通过对市侩恶棍老张的描写，他揭示了军阀操纵下昏庸无能的政府。在《赵子曰》中，老舍通过赵子曰这一大学生的成长历程，揭露了军阀的残暴蛮横、草菅人命以及社会的黑暗。这部作品通过主人公的成长故事，表达了对旧社会的深刻批判。在《猫城记》中，老舍运用象征手法，揭露了社会的黑暗以及军阀的贪婪暴虐。而《月牙儿》则展示了男权社会下的女性悲剧。这部作品通过女主人公月牙儿的遭遇，表达了对旧社会道德沦丧的愤怒和不满。《骆驼祥子》更是通过主人公祥子三起三落的买车经历，揭露了旧社会如何将充满青春活力、乐观向上的年轻人逼迫成麻木、绝望、毫无生机的行尸走肉。这部作品通过祥子的命运沉浮，深刻地反映了旧社会的罪恶本质。在《我这一辈子》中，老舍的社会批判意识更具颠覆性。主人公通过自述，表现了对旧社会的强烈不满，期盼世界能够焕然一新。而《四世同堂》则揭示了国民党不抵抗政策给中华民族带来的灾难。这部作品通过一个家族的命运变迁，反映了旧社会政治腐化和民族危机。

2. 老舍小说中的文化心理批判

老舍小说在对社会进行批判的同时注重进行深层次的文化心理批判。老舍的创作受到了中西方历史现实以及文化差异的深刻影响。他通过反思国民性并批判传统的国民性，实现了对文化心理的剖析和批判。在他的小说中，批判的矛头直指中国人的文化心理特质：中庸哲学、官迷思想、尚空谈轻实践、守旧迂执、看客心态和轻商意识。除此之外，老舍还揭示了未来国人心理结构中亟须注入的要素：民族观念、国家意识、商业心态和人格价值观。他在解构传统文化心理的同时，对未来国人的文化心理特点进行建构，将理性启蒙的热情与民族振兴紧密结合。

（1）中庸哲学。中庸哲学是传统文化心理构成的内在支撑，它影响、制约着中国人的生命意识和社会行为，在这种处世哲学的基础上形成的文化心理和态度，给中国带来了灾难。老舍在《二马》中沉痛地指出："完全消极，至少可以产生几个大思想家。完全积极，至少也叫国家抖抖精神，叫生命多几分乐趣。就怕，像老马，像老马的四万万同胞，既不完全消极，又懒得振起精神干事。这种好歹活着的态度是最贱，最没出息的态度，是人类的羞耻！"

老舍的其他作品如《牛天赐传》中的牛老者、《离婚》中的张大哥都受中庸哲学影响，在长期的发展中形成了不思进取、安于现状的民族文化心理。

（2）官迷思想。官迷思想在中国传统社会的各个阶层和个体中产生了深远的影响，仿佛是与生俱来的。不论是老年人还是年轻人，市民还是士人，甚至是传统派或者西化派，官迷思想都根植于他们的内心。一旦有机会，它便会显现出来。对官迷思想的批判也是老舍小说所展现的重要思想内容之一。小说《老张的哲学》中的"老张"、《二马》中的"马则仁"、《新时代的旧悲剧》中的"陈先生"、《文博士》中的归国博士、《牛天赐传》中的"牛老太太"、《四世同堂》中的"冠晓荷"、《且说屋里》中的"包善卿"都痴迷做官。

（3）尚空谈轻实践。自魏晋以来玄学风气对中国人的文化心理产生了深远的影响，尚空谈轻实践。这种倾向在二十世纪二三十年代的中国社会各阶层，特别是所谓的青年知识分子身上体现得尤为明显。老舍针对此现象在《赵子曰》《二马》《猫城记》中均有深入探讨。例如，在《赵子曰》中，李景纯曾告诉莫大年："打算作革命事业是由各方面作起。学银行的学好之后，便能从经济方面改良社会。学商业的有了专门知识便能在商界运用革命的理想。同样，教书的，开工厂的，和作其他一切职业的，人人有充分的知识，破出命死干，然后才有真革命出现。各人走的路不同，而目的是一样，是改善社会，是教导国民；国民觉悟了，便是革命成功的那一天。"

（4）守旧迂执。守旧思想在当时中国民众的心理构成中占据着相当大的比重。在《牛天赐传》中，牛家的衰落除了受到帝国主义廉价工业品大量涌入的影响外，牛老者的经营理念也值得反思。若说老一辈如牛老者、牛老太太的守旧观念还情有可原，那么当青年一代仍然如此，就显得尤为悲哀了。在《骆驼祥子》中，祥子对银行的偏见也是造成他悲剧人生的原因之一。时代在变化，但国人的观念守旧，面对变革时死守所谓的传统，缺乏灵活应变的头脑，在瞬息万变的现实中难免遭受挫折。

（5）看客心态和轻商意识。看客心态和轻商意识分别在《猫城记》和《二马》中有所体现。前者是对鲁迅关于国民性批判的延伸，后者则是对商业文明的重新审视，特别是对轻商意识的批判。在《二马》中，李子荣对马威说："有了钱才会宽宏大量，有了钱才敢提倡美术，和慈善事业。钱不是坏东西，假如人们把钱用到高尚的事业上去。"

老舍在批判文化心理时，也尝试着运用现代的人文思想指导和关照新型的文化心理的建构。

老舍通过深入剖析中国传统文化心理，试图唤醒国民的民族意识、国家观念和人格意识。民族意识和国家观念在传统文化心理结构中的缺失以及屡战屡败的现实，严重挫伤了民族的自信和自尊。要实现民族复兴，就要倡导国民教育注重知识与人格的培养，以建立健全的人格为基础。在《赵子曰》中，李景纯的观点彰显了老舍对民族意识和国家观念的关注。他谴责中国人在英法联军烧毁圆明园、德国人掠夺天文台仪器时的冷漠态度，以及民众缺乏国家观念和民族尊严。在《二马》中，老舍强调"只有国家主义才能救中国"，进一步说明了他对唤醒国民民族意识和国家观念的重视。老舍在《猫城记》中对人格意识的讨论也体现了他对国民个体价值观的关注。国民失去人格就会导致国家失去国格。国民教育应当关注知识与人格的培养，包括真理教育以及社会各层面的人格教育。他通过小蝎的话告诫国民，良好人格的养成是解救中国的良方之一。

通过这些案例，老舍展示了他对唤醒国民民族意识、国家观念和人格意识的尝试。他深刻地反思了传统文化心理对国民的影响，并为未来国民的文化心理建构提供了思路。他将理性启蒙与民族复兴紧密联系在一起，为国民提供了一个明确的方向，以实现民族的振兴和繁荣。

**（二）塑造了形象鲜明的市民形象**

老舍的作品塑造了形象鲜明的市民形象，构建了宏大的"市民王国"。他通过创作广泛的市民形象，展现丰富多样的市民生活，成为中国现代文学史上杰出的市民社会的表现者与批判者。老舍的"市民王国"涵盖了社会各阶层，有洋车夫、剃头匠、唱戏的、说相声的等。这些形象生动地展示了市民社会的多样性和复杂性，为读者提供了一个了解市民生活的视角。概括起来，老舍小说中的市民形象可以分为五大类。

**1.老旧市民形象**

在老舍的小说中，老旧市民形象是以传统文化为背景塑造出来的。在这些作品中，人们可以看到许多这样的形象，他们具有浓郁的传统文化气息，但同时展现出一些负面特点。

在《牛天赐传》中，牛老者和牛老太太就是典型的老旧市民形象。他们生活在一个动荡不安的时代，面对社会的变革和挑战，依然坚守着自己的传统观念，不愿意改变。他们固守儒家的忠孝仁恕，道家的清静无为、知足常乐，以及释家的因果思想。虽然这些传统观念对中华民族性格的形成有着积极的作用，但同时限制了他们的思想和行为，使他们在面对现代社会发展的挑战时显得力不从心。

尽管如此，许多中国人依然沉溺于旧梦中，仍抱着旧日的理念与理想，在历史文化形成的惯性作用下，不自觉地继续前行。这些老旧市民形象中的愚昧守旧、知足畏葸、随波逐流、凌空蹈虚、不务实际等特点，都是传统固有文化所形成的心理特征与行为模式，时刻通过这些人物的行为表现出来。老舍在描写这些老旧市民形象时，用他独特的笔触将这些人生无意义的东西展现在读者面前，让人们自警自励，从而摆脱传统文化的束缚，适应现代社会的发展。

2. 带有"黑社会"色彩的人物形象

在老舍的小说中，城市里带有黑社会色彩的人物也是一个重要的群体。他们往往处于权力与民间的边缘地带，影响着社会的稳定与发展。根据他们的性格特点和行为表现，这些人物可以分为两类。

一类是丑恶的市侩、无赖。这些人物通常具有强烈的权力欲和控制欲，利用各种手段为自己谋求私利。例如，《老张的哲学》中的张明德、《骆驼祥子》中的刘四爷，以及《新时代的旧悲剧》中已退职的盐运使、现在的国学会会长钱子美等。他们都是地方上的实力派，具有一定的社会地位和影响力。他们诡诈圆滑，擅长利用权力和人际关系来达到自己的目的。这些人物代表了社会的阴暗面，他们的存在给周围的人带来了很大的压力和恐惧。

另一类是善良的人们。这些人物虽然同样生活在社会底层，但他们保留着中华民族的某些优良品质，如扶弱抑强、知恩图报等。例如，《老张的哲学》中的孙守备、《牛天赐传》中的王宝斋以及《四世同堂》中的金三爷等。他们在艰苦的生活环境中，努力维护正义和坚守道德底线，帮助弱者，对待朋友和亲人忠诚善良。

3. 青年形象

老舍塑造了两类反差较大的青年形象。

一类是盲目西化，肤浅沉迷的青年形象，如《赵子曰》中的赵子曰、周少濂、莫大年、武端、欧阳天风等人。这类人虽然是名正大学的学生，但他们不知道国家民族，不知道学问、责任、人格，满脑子的封建和钱权思想。

另一类是觉醒而深沉的青年形象，如《赵子曰》中的李景纯，觉醒后的赵子曰、莫大年，《二马》中的李子荣、马威等。《赵子曰》中的李景纯具有清醒的头脑和对中国现实深刻的认识，对国民缺乏国家观念感到痛心。他批判出风头、搞风潮的学生运动，主张学生要潜心求学、踏实做事，并对中国的未来抱有信心。

李景纯坚信中国未来的发展需要真正的专业人才，呼吁青年及早预备真学问，期待将来的政府成为给专门人才做事的机关。他痛斥只懂数典忘祖的官僚主义，认为只有由财政和市政的专业人士执掌相关职位，中国才能有所希望。尽管李景纯主张和平，但他是一个热血的中国青年，勇敢地为正义和真理而斗争。他刺杀军阀贺占元，虽然最终被捕，却毫不后悔。他的献身精神深深感动了赵子曰等人，促使他们幡然悔悟，痛改前非，并积极营救李景纯。

4. 城市知识分子形象

这一类典型代表是老李和祁瑞宣。在《离婚》这部作品中，老李是一个缺乏上进心、自甘堕落的人物。他的婚姻不幸，但又无法摆脱困境。夫妻间缺乏爱意，他却无法挣脱束缚。只能在无尽的烦恼中度过漫长的人生。在充满矛盾和钩心斗角的工作环境中，生活的无趣与精神的痛苦，以及心灵的疲惫让他感到窒息："这是生命呢？还是向生命致歉来了呢？""生命似在薄雾里，既不十分黑，也不十分亮，叫人哭不得笑不得。"《四世同堂》中祁瑞宣则在家庭困境和国仇家恨之间左右为难，同时承担着孝敬长辈的责任和为国家尽忠的民族大义。对于在传统文化中成长，又接受过现代教育的知识分子而言，这同样是沉重的责任与义务。

5. 挣扎在城市底层的劳动者形象

在《老张的哲学》中，有王德、李应和洋车夫赵四；在《骆驼祥子》中有祥子、二强子、小福子和车夫老马祖孙；在《我这一辈子》中有"我"和福海；在《月牙儿》中有母女二人；在《四世同堂》中有"小羊圈"胡同的大部分居民。这些都是这类人物形象的代表。他们的社会政治和经济地位较低，不得不出卖劳动力，甚至牺牲尊严来换取微薄的生活费用。他们曾对生活充满希望，希望通过诚实努力、安分守己或乐观向上的精神来实现自我价值，但在残酷的现实面前不得不低下头颅。他们的悲剧既是个人的悲剧，也是社会的悲剧。

**（三）记录市民社会风情**

老舍与同时期的作家相比，有明显的特色。老舍在记录市民社会风情方面有以下几个鲜明的特征。

1. 寓雅于俗

老舍的作品大多取材于市民生活，通过悲天悯人的心态观照市民阶层，并以现代人文意识、理性批判精神来表现市民的文化心理。这使他的小说既具有现实主义品格，又具有对现实的超越性，特别是在文化反省与批判上，以及在文化心理的反思上。这也是老舍的小说与其他通俗小说相比的高明之处。

2. 以幽默为突出特征的现实主义风格

幽默是贯穿老舍创作始终的特色，展现了作者对事物的洞察力，同时体现出作者的达观与平和。这使他的小说在记录市民社会风情的同时，为读者带来愉悦的阅读体验。

3. 具有浓郁的地方色彩——京味

老舍的小说在语言和风物描写上具有浓郁的地方色彩。他的小说语言朴素、平易、简洁、生动、传神，是从北京市民的口语中提炼而来的。此外，老舍作品的地方色彩还体现在对北京风物、特有场景的描写上，如四时八节的各种时令果品、节庆时的各色小玩意、小胡同、大杂院、宅门、车场等，让读者深入了解和感受北京市民的生活氛围。

4.丰富的民俗元素

老舍的作品中充满了丰富的民俗元素。他自幼生活在市民之中，对市民四时八节的民俗活动相当熟悉和喜爱。在他的小说中，民间传统的描写与记录是一个重要组成部分。例如，《赵子曰》中五月节的风情，描写小妞们发辫上绸子做的小布老虎、小苇笛等；《我这一辈子》中关于裱糊工艺的记录；《骆驼祥子》中刘四爷生日宴的描写；《四世同堂》中对中秋节风俗的叙述和对端午节民俗的描写等。这些都展示了老舍对民间风俗的独特眼光和深入挖掘，使读者在阅读作品的过程中感受到市民生活的丰富多彩。

# 第二节　《骆驼祥子》中的再现艺术

## 一、《骆驼祥子》创作背景

《骆驼祥子》是老舍的代表作品，具有重要的意义。《骆驼祥子》创作于1936—1937年，这一时期中国社会动荡不安、战乱频繁，人民生活艰难。这一背景为《骆驼祥子》提供了丰富的素材，使作品具有深刻的批判现实主义特色。这部作品不仅是老舍职业创作的"第一炮"，奠定了他从事职业创作的自信心，还为他赢得了国际声誉。

老舍的创作灵感来自朋友间的闲谈，朋友给他讲述了两个车夫的故事。一个经历了买车"三起三落"的悲剧命运，另一个被军队抓了，出逃成功，还偷牵了3匹骆驼回来。这些故事成为《骆驼祥子》的核心素材。老舍对这个故事产生浓厚兴趣，从1936年春天到夏天，他痴迷地搜集相关材料，多次改变祥子的生活和相貌。经过长期的材料搜集和艰苦构思，《骆驼祥子》问世。

《骆驼祥子》以农村青年祥子买车为线索，通过对勤劳、朴实、要强的个体劳动者堕落为既嫖又赌的懒汉与无赖的过程的描写，深刻批判了把人变成鬼的黑暗现实。该作品具有浓郁的悲剧风格和现实主义的批判力度，既是社会悲剧，又是个人（性格）悲剧。

## 二、《骆驼祥子》主题及人物形象的再现艺术

### （一）《骆驼祥子》主题的再现艺术

一方面，《骆驼祥子》揭示了社会的黑暗和残酷，反映了城市贫民在这样的环境下所承受的痛苦。另一方面，作品表达了在当时中国，个人奋斗和个人主义的失败命运是无法避免的。骆驼祥子作为一个有着美好人性、相信个人奋斗的劳动者，最终却因为残酷的现实和个人主义的愚昧而走向堕落和失败。这两个方面相互交织，共同构成了《骆驼祥子》的主题。

首先，《骆驼祥子》突出反映了社会的黑暗和残酷。祥子作为城市个体劳动者，一直处于社会底层，面临着种种不公与压迫。在祥子的一生中，无论是充满黑暗与罪恶的城市，还是敲诈勒索的侦探和恶劣的老板，都让他无法摆脱困境。祥子的悲剧不仅源于社会制度的不公，还源于城市小市民文化的腐化。这些都使努力奋斗的祥子，在残酷的现实面前最终走向堕落。

其次，《骆驼祥子》揭示了个人主义在当时中国失败的命运。祥子一直相信个人奋斗可以实现梦想，但他的梦想一再被现实打败。祥子的个人主义使他孤立无援，面对社会的黑暗，他无法联合他人共同抵抗。他的失败归根结底是个人主义在一个没有公道的社会中无法生存的必然结果。

### （二）祥子形象的再现艺术

老舍在《骆驼祥子》中塑造了一个血肉丰满的城市个体劳动者形象。这一形象是老舍批判现实主义的典型形象之一。

1.祥子的美好人性

祥子是一位典型的中国劳动者，他的美好人性在于他勤劳、诚实、坚忍、独立，有责任感和同情心。这些特质使他在人生的困境中表现出强大的生命力，成为值得尊敬和学习的人。

祥子的勤劳是他美好人性的重要体现。自幼长在农村的他，通过勤劳的双手创造了生活的奇迹。他进入城市谋生，不畏艰辛，始终保持着勤劳的品质。他有着强壮的身体和专一的个性：

他确乎有点像一棵树，坚壮，沉默，而又有生气。他有自己的打算，有些心眼，但不好向别人讲论。在洋车夫里，个人的委屈与困难是公众的话料，"车口儿"上，小茶馆中，大杂院里，每人报告着形容着或吵嚷着自己的事，而后这些事成为大家的财产，像民歌似的由一处传到一处。祥子是乡下人，口齿没有城里人那么灵便；设若口齿伶俐是出于天才，他天生来的不愿多说话，所以也不愿学着城里人的贫嘴恶舌。他的事他知道，不喜欢和别人讨论。因为嘴常闲着，所以他有工夫去思想，他的眼仿佛是老看着自己的心。只要他的主意打定，他便随着心中所开开的那条路儿走；假若走不通的话，他能一两天不出一声，咬着牙，好似咬着自己的心！①

在工作之余，他还为车厂擦车、扫地，并将这些看作娱乐。这种勤劳精神在很大程度上体现了他对生活的热爱和对未来的向往。

祥子的诚实和责任感也是他美好人性的体现。他认为靠出力流汗挣钱是"天下最有骨气的事"。在面对各种诱惑时，他坚守道德底线，对自己的行为有着较高的要求。他决不会逛"白房子"，并希望自己能够对得起将来的妻子。当他因曹先生的事情而被孙侦探敲诈时，他没有动用曹家的财物，这充分体现了他的责任感和诚实品质。

祥子要强坚忍，珍视独立的人格和自由，是他美好人性的体现。他

---

① 老舍.骆驼祥子·月牙儿[M].昆明：云南美术出版社，2018：8.

有着对未来美好生活的憧憬，希望能够实现自己的价值，过上更好的生活。在面对困难时，他不会轻易放弃，而是勇往直前，展现出坚定的信念和顽强的毅力。

此外，祥子的同情心也是他美好人性的体现。在生活中，他关心他人，为老马祖孙俩买肉包子充饥。这表明他不仅关注自己的生活，也关心周围的人，愿意为他们提供帮助。这种同情心和关爱他人的品质使他成为值得尊敬的人。

2. 祥子的个人主义

祥子是典型的个人主义者，他坚信只有通过自己的不懈努力，方能实现财富的积累与人生的转变。为了实现这一目标，他把买车视为人生最重要的事情，全心投入这一过程中。在经历了 3 年的艰苦努力后，他攒下了足够的钱，买到了自己的第一辆车，成了一名"高等车夫"。然而，好运并未持续太久，他的爱车在一次战乱中被迫卷入军队。幸运的是，他在逃离战场时牵回了 3 匹骆驼，重新开始了自己挣钱买车的道路。

尽管祥子付出了很大的努力，但他的积蓄在孙侦探的敲诈下化为乌有，买车的愿望再次破灭。与此同时，他在虎妞的诱导和逼迫下，被迫步入了婚姻。为了掌控祥子，虎妞出资为他买了一辆二手车。这一切似乎预示着生活的好转，但随着虎妞难产离世，祥子不得不卖掉车子，以料理虎妞的丧事。至此，祥子失去了他曾经拥有过的第二辆车。

在这个无情的世界里，祥子曾试图通过自己的诚实劳动来寻求幸福。然而，残酷的现实让他的希望屡次落空，接连不断的挫折与苦难让他意志消沉，最终走上了堕落的道路。昔日那个热情洋溢、积极向上、勇往直前的祥子，如今已被黑暗的社会所吞噬。这是一个没有公道的世界，无论他如何奋斗与挣扎，失败的命运似乎早已注定。个人主义成了祥子奋斗的内在动力，也是他走向毁灭的原因。他只关心自己的利益和未来的成功，把买车视为信仰和生活的全部。为了实现这个目标，他甚至不惜抢夺别人的生意，如同一只饿疯的野兽。然而，尽管祥子竭尽全力去实现这个目标，他依然无法摆脱失败的结局。在这个看似充满希望的社会里，祥子的悲剧反映了一个更为深刻的问题：个人主义在现实生活中的无奈与挣扎。他的失败既是个人主义的失败，也是整个社会制度和文化背景的悲剧。在这个世界上，充满了不公和黑暗，个体如何寻求生存和发展，成了一个永恒的课题。

3. 祥子的迂执保守，最后消沉堕落

祥子，一个充满愚昧、固执和终究走向堕落的人物。他的小农意识深深植根于自己从小生活的农村文化背景。这种小农意识导致他视野狭窄、思维僵化以及观念保守。他将车视为一片"活地、宝地"，而对于城市中的新兴事物如银行，他却认为是"骗局"。他坚信手中的现金才是可靠的财富，而账户里的钱不过是数字而已。尽管城市并不适宜他生活，他却执着地认为"他不能走，他愿死在这儿""他想不出比北平（现为北京）再好的地方"。这种愚昧和保守的观念给他带来了无尽的灾难。

刚进入城市时，祥子还能抵抗那些腐朽、落后的小市民文化对他的影响。然而，在城市生活中屡次受挫后，他逐渐走向堕落，特别是在小福子去世之后。他与虎妞的暧昧关系，以及与夏太太的纠葛，既是身体本能的冲动，也是小市民贪图便宜的表现。祥子为了金钱而背叛信仰、出卖灵魂，勾结车夫们干一些伤天害理的"勾当"。他成了没有信仰、没有灵魂的行尸走肉，堕落至吃喝嫖赌、懒惰狡猾的地步。正如文中所说：

人把自己从野兽中提拔出，可是到现在人还把自己的同类驱逐到野兽里去。祥子还在那文化之城，可是变成了走兽。一点也不是他自己的过错。他停止住思想，所以就是杀了人，他也不负什么责任。他不再有希望，就那么迷迷糊糊地往下坠，坠入那无底的深坑。他吃，他喝，他嫖，他赌，他懒，他狡猾，因为他没了心，他的心被人家摘了去。他只剩下那个高大的肉架子，等着溃烂，预备着到乱死岗子去。①

从这个角度来看，祥子的悲剧不仅是社会的悲剧，也是性格的悲剧。

在竞争激烈的生活中，祥子逐渐丧失了道德底线和人性，变得自私、冷漠，甚至狡诈。这种个人主义的追求让他在面对现实困境时，变得越来越无法自拔。

### （三）虎妞形象的再现艺术

虎妞是一位被封建文化所毒害、性格扭曲的女性。作为小说中的另一个生动形象，她几乎失去了女性特有的温柔与体贴，表现得泼辣粗俗，如同男人一般。在某种程度上，她成了父亲刘四爷称职的管家婆，她的生活中没有幸福可言。虽然虎妞拥有追求甜美爱情和美满婚姻的权利，但长期压抑的炽热情欲与急欲抓住青春的躁动心理驱使她采取威逼利诱的手段，占有了老实的祥子。虽然她在某种程度上关心祥子，但她试图在祥子身上找回失去的青春，极力掌控他，让祥子心生厌恶。

应该说，虎妞可悲的命运是由封建文化所造成的。她是一个受害者，但在无意识中接受这种文化所赋予她的一切，没有进行自我反省。更为悲哀的是，她将对命运的不满和憎恨转嫁给他人，成为制造和欣赏苦难的施虐者。长期压抑的心灵无法得到合理的释放，心理的扭曲在所难免。这具体表现在虎妞对祥子的疯狂占有，对小福子的羞辱玩味，以及通过偷窥来满足自己的欲望上。

虎妞的形象揭示了封建文化对个体心灵的毒害。她的扭曲性格既是受害者的无奈，也是施虐者的悲剧。在这样的环境中，她无法找到属于自己的幸福，只能在对他人施加痛苦的过程中寻求心灵的慰藉。

---

① 老舍. 骆驼祥子·月牙儿[M]. 昆明：云南美术出版社，2018：205.

# 第三节　《四世同堂》中的思想艺术

《四世同堂》以抗战时期北平沦陷区为背景，通过描写小羊圈胡同的故事来反映国家和民族的命运。小说以祁家四代为核心，展现了胡同里各种人物的生活经历，再现了在日本侵略者残暴统治之下，城市市民阶层从惊恐、求生到逐渐觉醒、反抗的过程。这部作品歌颂了沦陷区人民坚强不屈的斗争意志和抗战决心，同时反映了知识分子的善良、苦闷和奋起。可以说，《四世同堂》是一部以民族作家的血泪为笔墨创作而成的作品。

## 一、悲惨生活和觉醒之路

《四世同堂》表现了北平人民在日本侵略者奴役下的悲惨生活，描写他们历尽苦难，逐渐走上觉醒之路。

《四世同堂》通过对北平人民在日本侵略者统治下的生活进行刻画，反映了他们的艰难生活。在小说中，老舍以细腻而真实的笔触，描写了北平人民面对战争、贫穷和侵略者统治的悲惨生活，以及他们缺乏英雄气概和冒险精神的弱点。祁家四世同堂的生活和祁家人的思想代表了一些北平人民的真实情况。祁老太爷只关心家人的安危，不关心国家的命运；祁天佑只想通过操劳为家人谋得衣食，也没有关注国家的命运；祁瑞宣则被礼教束缚，无法自由地发挥自己的才华和能力。这些人的生活和思想都被侵略者所限制和压抑，他们面对生存的压力，只能默默地忍受痛苦和屈辱。此外，小说中也反映了其他普通北平人民的生活。李四爷、常二爷、小崔、孙七、刘师傅、程长顺、方六等人虽然也在惶惑中偷生，但他们对于日本侵略者的压迫已经感到不满和愤怒。他们的生活被统治者所掌控，谁也不知应该怎样才好，枪炮打碎了他们简单的希望和梦想。

老舍以清醒的现实主义态度直面耻辱的人生，不去粉饰它，如实地描写它。他所反映的普通百姓的许多弱点，是人们认识历史和人性的一面镜子。在日本侵略者的统治下，北平人民的生活艰难而凄惨，他们的思想和行动都受到了限制，但他们始终相信"善有善报，恶有恶报"。

《四世同堂》也呈现了北平人民缓慢而曲折的觉醒与反抗过程。小说中的北平人民，面对敌人的残暴掠夺，反抗的信念始终坚定。小说虽然没有展现有声有势的反抗行动，但逼真、细腻地描写了北平普通群众的亡国之痛和他们灵魂所受的凌迟之苦，体现了北平人民内心的挣扎与反抗以及不可征服的气节。

在小说的第一部《惶惑》中，钱仲石不愿当亡国奴，最终选择以死殉国，而钱诗人则决心投身抗战。祁瑞宣主张"还是打好"，并帮助弟弟祁瑞全逃出北平投入抗战的洪流。而胡同里的小崔、程长顺等人则每天争论战事情况，诅咒日本人，甚至小崔还痛打了一个坐车不给钱的日本兵。有气节的北平人民，在面对突如其来的灾难时，他们的反抗信念始终是坚定的。在小说的第二部《偷生》中，钱诗人脱下长衫成为抗战的斗士；祁天佑和常二爷不甘受辱，以死抗争；刘师傅将妻子托付给祁瑞宣，奔赴抗战一线。在小说的第三部《饥荒》中，祁老太爷也改变了他一向谨慎的态度，开始斥责日本人和特务。祁瑞宣终于走出了自责与愧疚，成了一名战士。沦陷区人民在敌人的残酷掠夺所造成的严重饥荒中逐渐觉醒，完成了普通大众由惶惑到觉醒的蜕变。

## 二、揭露日本侵略者及汉奸凶残、无耻的本质

《四世同堂》通过对北平人民亡国之痛的描写，强烈地揭露了日本侵略者及汉奸残暴、无耻的本质。在这部作品中，老舍并未着重描写侵略者的暴行，而是通过对北平人民每日每时都经历着的痛苦和屈辱的生活情景的描写，有力地控诉了侵略战争的制造者。

老舍运用主观抒情的手法，鞭挞那些因疯狂、贪婪和傲慢而使自己变成"色盲"的"战争狂人"。在这部小说中，"战争狂人"不仅对沦陷区的百姓施以暴虐，让百姓随时随地可能面临着死亡的威胁，遭受强加的侮辱，还将杀人视为一种艺术，像魔鬼一般欣赏着各种酷刑和死亡。同时，他们让自己的公民充当炮灰，强迫女子沦为营妓，直至投降前夕，仍不忘鼓吹"圣战"的滥调。这些描写都表现了日本侵略者的残暴无耻。

老舍对日本侵略者的走狗——汉奸也进行了无情的批判和讽刺。冠晓荷和祁瑞丰都是认贼作父、有奶便是娘的汉奸。他们一个是体面而完美的苍蝇，一个是四世同堂的祁家败家子，无耻至极，最终死在日本人手里。大赤包为了做官，四处逢迎巴结，心中没有"羞耻"二字。她指使冠晓荷出卖钱默吟一家，以女儿的色相笼络特高科科长李空山，最后被蓝东阳陷害，以贪污罪入狱，疯癫而死。蓝东阳更是心术不正，没有半点民族气节，为人处世孤僻，丑态百出。老舍通过对这些汉奸的描写，展示了他们丑恶、无耻的嘴脸，主张像扫垃圾那样把汉奸清除掉。汉奸的命运和日本侵略者一样，是没有好下场的，他们必定会走向灭亡。

### 三、关于国民性的思考

在国民性的探索上，这部小说通过深入挖掘民族传统文化中的问题，探讨了产生病态国民精神的根源。通过对《四世同堂》中的家族伦理和传统文化的描写，老舍向人们展示了这些文化如何影响和制约现代人的生活和心理。在批判传统家族文化的消极因素的同时，老舍挖掘了传统文化中的积极力量，以寻求民族振兴之路。

这部作品所承载的等级观念、宗法思想、伦理道德和风俗习惯等深刻地揭示了中国传统家族文化中的问题。这些消极因素的毒害，使国民形成了奴性心理，而日本侵略者正是利用这些消极因素来驱使汉奸为其所用。在批判传统文化的弊端时，老舍也不忘挖掘传统文化中的优点。他通过描写祁老太爷、祁瑞宣等人物的反思与觉醒，表现了家族伦理、生存伦理与民族国家伦理之间的矛盾。在对家族伦理和生存伦理进行反省和批判的同时，老舍揭示了民族国家伦理意识的觉醒与生长。

在老舍的文学创作中，较为集中的伦理观念是社会正义与个人道德品性。中国人民的不可征服正是源于传统文化中"国高于家，身死为国"的观念。因此，在批判"四世同堂"这一礼教牢笼的同时，老舍肯定了它所体现出来的团聚人心、共御外敌的积极一面。老舍站在民族、国家的立场上对传统家族文化进行反思，对那些出卖民族利益、有辱民族气节的丑恶行径进行无情的批判，同时积极肯定那些舍家为国、不畏强暴的爱国行为。老舍对抗日战争的描写并非战场上的战斗，而是"亡城"中国人的屈辱与新生，以及对这场民族灾难的反思，对中华民族之所以处于危亡境地的社会和文化根源的反思。老舍的反思达到了相当的深度，他希望通过对传统家族文化的反思，促使国人觉醒，振兴民族精神。

### 四、悲剧意蕴和悲剧情怀

《四世同堂》还着重通过描写小人物的毁灭从文化角度来阐释美的破坏与丧失，充满了悲剧意蕴和悲剧情怀。

#### （一）小人物的悲剧

《四世同堂》这部作品通过生动的描写，展示了许多小人物在战争时期所经历的悲剧。在这个充满战火与苦难的时代，小人物的命运充满了无奈，他们的生存权利被侵略者剥夺，他们的尊严与人格被践踏，甚至在身心受尽折磨后，他们还要面对无情的死亡。

小说写祁天佑的肉体毁灭揭示了战争对普通百姓的摧残。祁天佑本是一个和善诚实的布店掌柜，但他的生活在战火中遭受了前所未有的打击。他不仅财产被敲诈勒索，还在遭受侵略者的侮辱后，无法忍受这种屈辱，绝望地投入护城河寻求解脱。他的命运体现了侵略战争对小人物命运的残酷践踏。小说中钱仲石、钱老太太、常二爷等的悲惨结局都表现了小人物在战争中的无奈。他们的死亡带有强烈的悲剧色彩，反映了战争对人性的摧残，使人们意识到，亡国之际民众的生活水深火热。这种悲剧也激起了人们对侵略者的愤懑与抵抗。另外，陈野求的精神毁灭反映了战争给知识分子带来的压力。作为新思想、新文化的传播者，陈野求却因家庭生计出任了伪职，被亲友与家人唾弃。为逃避内心的痛苦，他沉溺于毒瘾，最终沦为乞丐。这种精神毁灭显示出了战争给小人物带来的沉重心理负担。

无论是肉体的毁灭还是精神的毁灭，其实质都是一个时代的悲剧。处在被征服的境地，小人物是没有力量把握自己的命运的，国将不国，人何以堪？①

### （二）传统文化的弱点

《四世同堂》这部作品的独特之处在于它从文化角度分析了导致时代悲剧的关键因素，即传统文化的弱点。作品中，老舍对传统文化展开深刻的批判，并将挽歌情调融入现代命运，从而使《四世同堂》具有比同一时期许多主流派创作更为复杂的悲剧性美学特征。作品的核心是一大批"亡国"中的抵抗论者，老舍将不同的"亡国"观放在五千年的中国文化背景下进行审视，并理性地探讨了传统文化对百姓行为的影响。

祁老太爷在北京长大，从小受到熏陶，习得了许多礼仪规矩。这不仅仅是一种习惯，更体现了一种"文化"和"性格"。尽管战争紧张，祁家人仍然要为祁老太爷庆祝寿辰："别管天下怎么乱，咱们北平人绝不能忘了礼节。"祁老太爷胆怯畏事，遵循"知足保和"的古训，具备自保的市民智慧。尽管他忠厚善良，真心同情邻居钱诗人的遭遇，但在即将走进钱家时，他突然改变主意，因为他始终是追求安稳的普通百姓，他绝不愿因救人而导致自身的困境，懂得什么是谨慎。他讲究礼貌，受到欺负仍然遵守礼仪，面对仇敌也不忘礼貌。种种表现都展现了祁老太爷

---

① 蒋泥. 速读中国现当代文学大师与名家丛书：老舍卷 [M]. 北京：蓝天出版社，2004：22.

心理的历史积淀与传统文化意识的沉淀。

　　老舍正是在这样强烈的愤怒与同情中思考中华民族的悲剧性的，并表现了中华民族的痛苦与哀伤。

# 第四章　巴金及其小说创作

## 第一节　巴金文学成就及小说艺术分析

### 一、巴金的生平和文学成就

#### （一）巴金的生平简介

巴金，原名李尧棠，字芾甘，中国杰出的现代文学家、出版家、翻译家，他的一生充满了丰富的经历，取得了较高的成就。

1904年11月25日，巴金出生于四川省成都市的一个旧式大家庭。他的祖籍是浙江嘉兴。

1920年，巴金进入成都外国语专门学校学习。刚刚结束的新文化运动和五四运动对中国进步青年和社会思潮产生了重要的影响，巴金也受此影响开始阅读西方国家的社会科学以及文学作品，特别是在当时一些革命作品中蕴含的无政府共产主义理论对他产生了重要影响。

1921年，巴金主动加入半月社等社会团体的工作。1922年，巴金开始发表诗歌作品，其文学创作生涯正式开启。同年冬，巴金从成都外国语专门学校肄业。

1923年，巴金前往上海，踏上漫漫求学路。功夫不负有心人，巴金于次年考入南京东南大学附属中学，并在该校完成了中学教育。

1925年，巴金中学毕业，经过深思熟虑后，他邀请了几位志同道合的朋友共同组织民众社，并出版了《民众》半月刊，积极投身无政府主义理论探索和社会运动之中。

1927年，巴金到法国留学。留学期间，巴金主动参与了许多国际活动，重要的一次是营救当时被美国政府陷害的意大利工人领袖。这次营救行动让巴金深受鼓舞，巴金以此为基础创作了中篇小说《灭亡》，歌颂当时敢于为理想奉献自己的革命青年。

1929年，巴金结束留学生涯返回祖国，但当时的中国刚刚经历了无政府主义运动的失败，巴金只能将满腔的愤怒和绝望转化为动力付诸文学创作当中。在当时，巴金创作小说有两个方向：第一个方向就是继续探索年轻人应该追求的信仰和理想之路，主要作品有被称为《爱情三部曲》的《雾》《雨》《电》，以及《新生》等；第二个方向就是借助描述传统封建制度的腐朽影射当时社会专制制度的罪恶，主要作品有被称为《激流三部曲》的《家》《春》《秋》，以及《春天里的秋天》等。巴金在此时期创作的作品真诚、热烈，所使用文字富含浓烈的感情色彩，对当时的社会影响很大。

1930年前后，巴金选择定居上海，但这并未让他停下脚步，他曾多次游历北方和南方，创作了许多游记散文。

1934年，巴金到日本学习，在这期间其创作并未停滞，创作了《神·鬼·人》《沉默》等，透过这些文学作品可以看出巴金的风格越来越稳健。

1935年，巴金从日本回国，他接到朋友邀请到朋友创办的文化生活出版社担任总编辑。在这期间，巴金先后编辑了《文学丛刊》和《文化生活丛书》等大型系列丛书。这些丛书主要用于发掘优秀文学新人、推荐优秀文学作品，为当时的新文学事业做出了巨大贡献。

1937年，抗日战争全面爆发，巴金只身辗转重庆、上海、桂林和广州等地，以知识分子的身份从事着带有理想色彩的民间出版事业。到抗战后期，巴金开始围绕现实中的小人物进行创作，风格有了显著改变，人道主义气息浓烈。在这段时间内，巴金的作品有《寒夜》《第四病室》《憩园》等。1946 年，巴金重新回到上海，并在上海定居。

1949 年，中华人民共和国成立后，巴金担任过一些文学领域团体的主席职务，如上海市文学艺术界联合会主席、中国作家协会上海分会主席及名誉主席、中国作家协会主席及副主席、中国文学艺术界联合会第三届和第四届的副主席。他还担任过《上海文学》及《收获》的主编，第一届、二届、三届、四届、五届全国人大代表，第五届全国人大常委会委员，第六届、七届、八届、九届全国政协副主席等职务。巴金也曾多次以中国代表的身份到国外访问，创作了大量散文游记，在朝鲜战争期间他还曾创作出《李大海》《英雄的故事》等短篇小说集。在这个阶段，巴金作品的主基调是歌颂新时代以及新时代的英雄。

人民文学出版社在 1958 年到 1962 年期间先后出版了 14 卷《巴金文集》。1972 年，巴金的妻子因病去世，但这并没有打垮他。巴金于次年开始翻译俄国文学著作《往事与随想》，这本书是俄国民主革命家赫尔岑的回忆录。

1978 年，巴金总结知识分子在 20 世纪走过的道路以及得到的经验、教训。这个阶段的主要作品有《无题集》《病中集》《真话集》《探索集》《随想录》。

晚年的巴金并未停下创作的脚步，出版了随笔集《再思录》，同时整理并出版了 10 卷《巴金译文全集》以及 16 卷《巴金全集》，此时的他无论是在文学上还是在思想上都获得了巨大成就。巴金所获成就和荣誉不仅限于国内，他还在国际上获得了充分的认可，斩获了无数国际荣誉。在所获荣誉方面，巴金于 1982 年获得"但丁国际奖"（意大利），于 1983 年获得"荣誉军团勋章"（法国），于 1984 年被香港中文大学授予荣誉文学博士学位，于 1985 年获得美国文学艺术研究院外国院士称号，于1990年获得"人民友谊勋章"（苏联）以及"亚洲文化奖创设特别奖"（日本），于1993年被亚洲华文作家文艺基金会授予"资深作家敬慰奖"，于1998年获得第四届上海文学艺术奖杰出贡献奖。

在20世纪80年代之后，巴金一直是中国学术界研究的主要对象之一，主要原因是他不仅在文学上和思想上取得了超凡的成就，还是中国20世纪探索知识分子发展道路的重要代表人物。

巴金文学作品的显著特点是叙述方面娓娓道来、描写方面真挚淳朴，将真实情感倾泻而出，而且其作品感染力极强，能对人的心灵产生强大冲击，具有独特的艺术魅力。他的一生，是中国现代文学史上的一段传奇。作为一位著名的作家、编辑和社会活动家，巴金用自己的勇敢和才华为中国的文学事业做出了巨大贡献。他的一生既是对个人信仰和理想的坚守，也是对中国文化和社会的深刻反思。巴金的生平和创作是一部丰富多彩的历史画卷，展现了一位伟大作家在不同时期如何勇敢面对挑战，坚守信仰，以及如何在文学创作中体现出深刻的人文关怀。

### （二）巴金的创作

巴金的创作包括中长篇小说、短篇小说、散文、杂文、译著、理论作品等，可谓多产的作家。其代表作品见表4-1。

表4-1　巴金的创作体裁及代表作品

| 体裁 | | 代表作品 |
| --- | --- | --- |
| 小说 | 中长篇小说 | 《灭亡》《死去的太阳》《海底梦》《春天里的秋天》《雨》《砂丁》《家》《萌芽》《电》《雾》《新生》《春》《利娜》《秋》《憩园》《第四病室》《寒夜》 |
| | 短篇小说 | 《复仇》《光明》《电椅》《抹布》《将军》《沉默》《神·鬼·人》《沦落》《发的故事》《长生塔》《还魂草》《小人小事》《英雄的故事》《明珠与玉姬》《李大海》 |

| 体裁 | | 代表作品 |
|---|---|---|
| 散文 | | 《海行》《旅途随笔》《点滴》《生之忏悔》《忆》《旅途通讯》《黑土》《龙·虎·狗》《废园外》《旅途杂记》《怀念》《静夜的悲剧》《华沙城的节日——波兰杂记》《慰问信及其他》《生活在英雄们中间》《保卫和平的人们》《大欢乐的日子》《新声集》《友谊集》《赞歌集》《倾吐不尽的感情》《贤良桥畔》《爝火集》《探索集》《怀念集》 |
| 杂文 | | 《控诉》《随想录》《创作回忆录》 |
| 译著 | 文学译著 | 《薇娜》《为了知识与自由的缘故》《骷髅的跳舞》《一个革命者的回忆》《丹东之死》《草原故事》《门槛》《俄国虚无主义运动史话》《夜未央》《叛逆之歌》《一个家庭的戏剧》《迟开的蔷薇》《父与子》《处女地》《散文诗》《快乐王子》《笑》《六人》《蒲宁与巴布林》《回忆托尔斯泰》《回忆布罗克》《回忆屠格涅夫》《红花》《癞蛤蟆与玫瑰花》《木木》《屠格涅夫中短篇小说集》 |
| | 理论译著 | 《面包略取》《克鲁泡特金学说概要》《苏俄革命惨史》《革命之路》《人生哲学：其起源及其发展》《蒲鲁东底人生哲学》《地底下的俄罗斯》《西班牙的斗争》《万人的安乐》《告青年》《西班牙的血》《西班牙的黎明》《战士杜鲁底》《西班牙的曙光》《西班牙》《一个国际志愿兵的日记》《巴塞罗那的五月事变》《西班牙的日记》《面包与自由》《伦理学的起源和发展》 |
| 理论作品 | | 《怎样建设真正自由平等的社会》《再论无产阶级专政》《列宁论》《芝加哥的惨剧》《革命的先驱》《断头台上》《俄罗斯十女杰》《从资本主义到安那其主义》《俄国社会运动史话》 |

## 二、巴金小说艺术分析

巴金严格遵守现实主义的原则，创作了一系列动人的小说，有着较高的艺术成就，其小说艺术主要表现在以下三个方面。

### （一）人物塑造

巴金作为一位杰出的文学家，擅长在文学创作中塑造丰满的人物形象。他笔下的人物形象多种多样、丰富多彩，展现出各种生活背景和性格特点。在巴金的中长篇小说中，有超过400个有名有姓、具有特定称谓和身份的人物。以《家》为例，这部作品中出现了78个有名有姓的人物，充分体现了巴金在人物塑造方面的精湛技艺。

在巴金的小说中，读者可以看到各种不同类型的人物形象，如天真无邪的孩子、背井离乡的农民、辛勤劳作的工人、被生活束缚的职员、受到侮辱和伤害的年轻女性、勇敢无畏的革命家、专横冷酷的封建统治者以及在新旧道德观念中挣扎的懦弱者。尤其值得一提的是，巴金在塑造不合理制度下的牺牲者和叛逆者形象方面表现得尤为出色。巴金的人物塑造之所以引人入胜，是因为他能够深入挖掘人物的内心世界和复杂情感，为他们赋予真实且鲜活的性格特点。这些人物在作品中展现了人的本性和情感的丰富性，使读者更加深入地了解人物的内心世界，感受到他们的喜怒哀乐。巴金成功的人物塑造将读者带入了一个个独特的人生故事中，引发了人们对社会现实、道德观念和人性的深刻思考。

巴金的人物形象塑造主要表现出三大特征。

*1.表达强烈的爱憎*

巴金作为具有浓厚诗人气质的小说家，在塑造人物形象时有着强烈的情感投入。他的作品中的人物承载了他对美好事物的热爱和对专横者之恶的憎恨，展示了他内心深处的情感波澜。

例如，鸣凤这一人物形象代表了巴金对善良、美好的追求和对劳动者的真诚关爱。他赋予鸣凤纯真、善良的品质，使其成为诗意化的形象。在鸣凤自尽之前的心理描写中，巴金成功地将她的心灵提升到更高的境界，使她成为完美艺术形象。同时，通过鸣凤的自尽，巴金痛斥了高老太爷的暴虐专横。

又如，瑞珏这样一个典型的贤妻良母形象，巴金赋予她宽容、同情弱者等美德，体现了巴金的审美理想。

再如，在觉慧这一人物形象身上巴金展示了具有进步性的民主主义思想，使觉慧具有强烈的艺术感染力。

2.表现复杂的、丰富的人物性格

巴金在其作品中，通过深入挖掘人物内心世界，成功地展现了人性的复杂多面。他精细地刻画了人物性格的丰富性与矛盾性，使人物形象更加生动真实。

以觉新为例，巴金塑造了觉新这样一个具有双重性格的人物。一方面，觉新善良、正直，具有同情心，追求美好的生活。另一方面，他又显得懦弱、无能，容易屈服于封建礼教和封建势力的压迫。觉新曾经是一个充满理想和抱负的青年，但家庭环境和封建礼教的束缚让他的梦想破灭。在追求爱情的道路上，他与梅的感情也遭到了封建制度的破坏。尽管表面上觉新看似平静，对梅的感情也显得淡薄，但这并非因为他麻木或忘却了旧家庭给他带来的创伤。事实上，觉新始终在巨大的内心矛盾和痛苦中挣扎。善良、宽宏大度的瑞珏给予觉新温暖和慰藉。然而，当得知觉新和梅的感情后，瑞珏尽管压抑着内心的痛苦，诚挚地关心梅，但这反而加剧了矛盾与痛苦。

巴金在展现人物性格时，将人物塑造得丰富多面，复杂而真实。他以细腻的笔触刻画出人物内心的挣扎与痛苦，使读者能够深刻地感受到人物的内心世界。这种对人物性格的深入探讨和展现，使巴金的作品具有更高的艺术价值和更强烈的感染力。

3.通过场景描写展现人物性格特征

巴金在作品中，擅长通过生动的场景描写展现人物性格特征，以此揭示人物的不同思想和心理活动。通过这种手法，他使人物形象更加丰满、栩栩如生。

例如，在《家》观看玩龙灯场景中，当烟火烧到表演者身上时，高公馆的人们欢笑不已，觉慧却感到愤怒。通过觉慧询问觉民和琴的感受，人们可以看出三人之间的思想和情感差异。琴的观点是各得其所，而觉慧则指责琴将快乐建立在别人的痛苦之上。这一场景揭示了觉慧和琴不同的性格特点和思想观念。同样，在《家》中，通过描写觉新、觉民、觉慧三兄弟共同阅读《新青年》的场景，巴金展示了他们内心对新事物、新思想的渴望。

**（二）心理描写**

1.将人物的心理变化与情节发展融为一体

在巴金的众多作品中，人物心理变化和情节推进、气氛渲染融为一体是他独特的艺术表现手法。这种手法使巴金的作品在情感表达上更加丰富和立体，也展现了巴金对人性的深刻理解和关注。这种手法主要表现在三个方面。

（1）巴金善于在情节发展的描述中描写人物心理过程。在《家》这部作品中，通过鸣凤这一人物，巴金展现了一位女性在逆境中所经历的心理波折。当鸣凤得知自己将被送给冯乐山"做小"时，她在回房间的路上看到觉慧房里的灯光，感到分外亲切、温暖。这一幕揭示了鸣凤内心深处对于爱情和关爱的渴求，以及她在绝境中对觉慧的感激。巴金通过这样细腻的描写，使读者能够深入了解鸣凤的心理变化，感受到她在逆境中的无助和挣扎。

（2）巴金擅长将人物主观感情熔铸在客观景物中，以映衬人物心理。在《春天里的秋天》中，明亮的天空、房屋和街道映衬出一对青年恋人沉浸在爱情中的欢乐情绪。而在《寒夜》这部作品中，死一般的冷清寂寞的夜晚既是汪文宣、曾树生所生活的自然环境和社会环境的写照，也是他们内心灰暗、孤寂的写照。通过这种手法，巴金使作品的情感表达更加丰富，让读者更容易产生共鸣。

（3）人物心理变化与情节发展紧密联系，形成有机统一。在《家》中，鸣凤的心理波折与她所面临的逆境和命运的无常紧密关联；在《寒夜》中，汪文宣和曾树生的心灵历程与他们所处的冷酷无情的社会环境息息相关。这种写作手法使人物心理变化与情节发展紧密联系，增强作品的深刻性。

2. 注重挖掘人物的隐秘心理及潜意识

注重挖掘人物的隐秘心理及潜意识是巴金小说心理描写的一大特点，主要表现在三个方面。

（1）巴金在作品中精确地描写了人物的隐秘心理。在《寒夜》中，汪文宣的同事求上司加薪遭拒后，汪文宣内心的愤怒和无奈展现了他鲜明的是非观。这段心理描写既展示了汪文宣敢怒不敢言的懦弱性格，也暗示出他在书局里地位低微、如履薄冰的处境。这种细腻的心理描写使人物形象更加丰满和真实，让读者对人物产生深切的共鸣。

（2）巴金在作品中大量描写人的幻觉和梦境，以曲折地揭示心灵的隐秘。《家》中觉慧梦见鸣凤变成富家小姐，他们的爱情又有一线希望。这一幕反映了觉慧灵魂深处潜在的反封建的软弱性，以及他因无力逾越横在他和鸣凤间的那堵墙，而幻想鸣凤上升为小姐地位。通过这种手法，巴金使人物的内心世界更加复杂和立体，从而提升了作品的艺术价值。

（3）巴金在作品中注重挖掘人的潜意识，以表现人物在情感和心理上的微妙变化。《寒夜》中汪文宣因思念曾树生，再次来到昔日他们去过的咖啡厅，面对空房微笑，产生幻觉，下意识地在对面空座前放上一杯曾树生最喜欢的咖啡。这一幕表现了他对曾树生的深情和刻骨铭心的思念。通过这种描写，巴金揭示了人在潜意识中的情感和心理反应，增强了作品的真实感和生活气息。

3. 细腻剖析人物的心灵世界

巴金在作品中精湛地剖析人物的心灵世界，通过肖像描写和人物语言展示人物的心理和性格特点。在《寒夜》中，巴金深入地分析了汪母面临媳妇离家、儿子病重之际的痛苦心境。她默默地看着儿子那张瘦弱无光的脸，内心仿佛被什么东西绞着似的发痛。她是如此绝望，以至于她希望地板上能开一个口子，让她跌入地狱，或者天上能掉下一颗炸弹，将她这个小小的世界彻底摧毁。巴金在这里通过对汪母心灵的剖析，让读者感受到她深沉的痛苦。

巴金同样善于利用人物肖像描写展示人物内心。在《家》中，对梅这一人物形象的描写生动展现了她内心的凄苦与孤寂。作者描述梅依然保持着美丽而凄哀的面庞、苗条的身材、漆黑浓密的秀发以及水汪汪的眼睛。然而，额头上的皱纹加深，发型也改成了发髻，脸上只敷了淡淡的白粉。通过对梅外貌的描写，读者能窥探她内心所承受的痛苦与孤独。在塑造觉慧这个人物形象时，巴金同样注重展现其复杂的心理变化。作为五四运动时期的青年和封建礼教的反叛者，觉慧的思想虽然表现出勇于反抗的精神，但也带有幼稚和软弱的一面。巴金通过对觉慧心理变化的描写，显示出其在特定时代背景下的独特性格。

### （三）抒情艺术

#### 1.第一人称"我"的抒情妙用

巴金在其作品中广泛采用第一人称，充分发挥"我"的抒情职能。他的短篇小说有三分之二使用了第一人称。此外，《憩园》《春天里的秋天》《海底梦》等中长篇小说也采用了第一人称。而且巴金在创作不同作品时会采用不同的文体，如《利娜》中使用的是书信体，《第四病室》以及《新生》中使用的是日记体。

在《寒夜》《家》《春》《秋》这些长篇著作中，巴金也采用了许多能够直抒胸臆的书信、日记、人物独白和交谈等内容。例如，觉新的信件、觉慧的日记，这些形式都能帮助人物宣泄情感。这样的手法使巴金的作品抒情性更强，读者能够更好地理解和感受人物的内心世界。这是巴金作品的一个显著特点，也是他在文学史上独树一帜的原因之一。

2.融入自我激情

巴金在创作小说时，将自己的激情和对生活的主观感受融入作品中，使作品具有强烈的艺术感染力。这种激情是对生活深入观察和深刻体验的结晶，能使巴金的作品具有浓郁的抒情色彩和诗人气质。巴金将自己的激情融入人物形象中，使人物更富有作家的感情色彩。例如，《家》中的觉慧、觉民和剑云等人物形象在一定程度上反映出巴金自己的情感和经历。巴金曾表示，他在觉慧、觉民和剑云这些人物形象中看到了自己的影子，他们的情感和想法出自巴金自己的体验。通过这种方式，巴金赋予人物以深刻的情感内涵，使读者能够更好地理解和感受人物的内心世界。

巴金将激情融入作品的创作风格还体现在他的小说对人物命运的关注和对社会现实的反映上。他关心人物的生活和命运，并通过人物的遭遇展示他对现实的关切。这种激情使巴金的作品具有深刻的现实意义和强烈的艺术感染力，让读者在欣赏文学作品的同时能够思考现实生活中的问题。

3.情景交融

巴金小说情景交融的特点表现在对自然景物的描写和对人物情感的抒发方面。他在作品中通过借景抒情、情景交融的手法，展现了人与自然的和谐关系以及人物内心的世界。

在巴金的笔下，山川草木都是"人格化"的自然景观，通过这些自然景观，读者可以感受到人物的欢乐与不幸。巴金善于运用景物描写手法，将人物的情感与自然景色相互映照，从而使读者能够更好地理解人物的内心世界。这种情景交融的特点在他的作品中表现得尤为突出，为其文学创作增添了抒情意味。如鸣凤投湖前所看到的一草一木的可爱、憧憬中的明天展示了她对幸福的渴求和对生命的留恋。通过对这些景物的描写，巴金展现了人物对美好生活的期盼以及对未来的向往。而在鸣凤投湖后，整个花园似乎都在哭泣，这种描写传达出了作者对旧礼教、旧制度的憎恨和对鸣凤的惋惜之情。通过这种情景交融的手法，巴金将人物内心的情感与自然景色融为一体，让读者能够更加深入地感受到作品的情感深度。

巴金的作品通过情景交融的手法，将人物的情感与自然景色相互映照，使作品的情感表达更加丰富、立体。这种情景交融的特点不仅丰富了作品的艺术形式，而且使作品具有更强烈的抒情意味，让读者在欣赏作品中描写的美丽的自然景色的同时，能够感受到人物的内心世界以及作者的情感寄托。

4.诗性语言

巴金小说的语言风格独具特色，与鲁迅的清峻简约、茅盾的缜密细致、老舍的机智幽默都有所不同。巴金的作品语言热情奔放、酣畅自然，如行云流水般浑然天成，充满了强烈的感情色彩。这种语言特点使巴金的作品具有鲜明的个性和独特的艺术魅力。

以《家》为例，小说的结尾通过感叹句式和感情色彩强烈的词语，形成了感情的激流，抒发了巴金对觉慧挣脱封建家庭束缚、走向社会的祝福之情。这种感情张力使巴金的作品具有深刻的情感内涵。人物对话和自白在巴金的作品中也具有浓厚的情感色彩。在《家》中，无论是梅的无心自白，还是梅向其他人物的有意倾诉，都透露出抒情诗般的情愫。此外，巴金作品中还经常引用或者化用诗词典籍，如"明月几时有，把酒问青天"和"往事依稀浑似梦，都随风雨到心头"。这些诗词典籍的引用与化用不仅丰富了作品的文学内涵，还增强了作品的抒情性。

# 第二节 《激流三部曲》中的比喻艺术

## 一、《激流三部曲》梗概

《激流三部曲》属于长篇小说系列作品，由《家》《春》《秋》三部作品组成。虽然每部作品都具有独立的结构，但它们前后相承，形成了一个有机的整体。《激流三部曲》以五四运动时期的四川成都为背景，主要描述了封建大家庭内年青的一代与长辈之间的矛盾和冲突。作品深入展示了人物在逐步走向衰败的封建家庭中所经历的悲欢离合，揭示了封建宗法制度的罪恶及注定灭亡的命运。同时，作品反映了五四运动时期知识青年觉醒的民主精神以及他们与封建势力的抗争。如作者所述，作品中充满了爱、恨、欢乐与苦难，它们相互碰撞，形成一股汹涌澎湃的激流，穿过黑暗的乱石嶙峋，迈向新的历史阶段。《激流三部曲》成为使巴金声名鹊起的代表作。

### （一）《家》简介

《家》是一部长篇小说，是《激流三部曲》的第一部，1931 年开始在《时报》连载，后收录于《巴金文集》第四卷。该作品着重描述的成都封建官僚大家族高家四代同堂，家中奴仆众多。这个家族尽管表面上充满着知识与礼仪，一切都显得如此美满，但实际上家族成员之间相互攻讦，每日都在明争暗斗。

高老太爷作为家族的最高统治者，总是带着严肃的神情，以独断的手段处理和指挥一切事务。他期望家族能够延续兴旺发达，想象着未来几代人会建立起一个如何繁荣的大家庭。然而，他的子孙并未如他所愿。四老爷克安、五老爷克定等人对传宗接代的"正业"没有任何兴趣，将全部精力投入赌场、鸦片和女色。这些家族长辈放荡不羁、挥霍无度、道德沦丧、坐享其成。而家族中善良无辜的年轻男女一个接一个地被封建礼教毒害和吞噬，众多青年的青春和生命被葬送。大少爷觉新本是一个品学兼优、奋发有为的青年，他与表妹梅相爱，憧憬美好的未来。然而，他的父亲用"拈阄"的方法为他娶了一个陌生女子李瑞珏。梅因忧郁病发而离世。觉新绝望痛苦，却不敢反抗，也想不到反抗。他爱着妻子瑞珏，但无法保护她。在老太爷去世后，陈姨太等人利用"血光之灾"的谣言，强迫觉新将即将分娩的瑞珏送到郊外生产。他明知这是阴险之计，但害怕背负"不孝"的罪名，最终导致瑞珏因难产无法得到及时救治而离世。在高家，仆人地位更是微不足道，他们随时会被主人任意处置。16 岁的少女鸣凤和三少爷觉慧相爱，但主仆之间存在着一道不可逾越的鸿沟。鸣凤根本不敢奢望成为"三少奶"，只要能够一辈子侍奉觉慧就心满意足。然而，高老太爷将鸣凤视为礼物，想把鸣凤送给年近七旬的孔教会长冯乐山做姨太太。鸣凤求救无门，最终选择投湖自尽。之后，丫鬟婉儿被迫成为鸣凤的替身，陷入困境。

五四运动冲击了高家这座严密的堡垒，新一代青年在摧毁封建礼教的精神束缚中茁壮成长。觉慧成为高氏大家族第一位反叛者。他积极参与学生请愿和罢课活动，编辑进步刊物，传播新思想。他将封建家族视为一个令年轻生命窒息的狭小牢笼，禁锢自由思想。他清楚"爷爷的时代已经过去了"，蔑视大哥觉新的"不抵抗主义"和"作揖哲学"，敢于与独断的长辈正面冲突。觉慧同情并关爱受压迫者，鸣凤的悲惨离世更加深了觉慧对封建旧势力的仇恨。最终，觉慧挣脱束缚，怀揣着对新生活的理想以及开创不平凡事业的决心，奔向新文化运动中各种观念思想风起云涌的上海。

《家》以高老太爷的死亡和觉慧的离去为结尾，预示着封建大家庭必然走向崩溃的命运。

### （二）《春》简介

《春》是《激流三部曲》的第二部。1938年3月由开明书店首次出版，后被收录在《巴金文集》第五卷。高老太爷之死导致这个家族从精神到物质层面迅速崩溃，三老爷高克明继承家业，但无法阻止这一趋势，觉新作为长房长孙也无能为力。

《春》主要描写了高氏家族迅速瓦解的过程。随着老太爷的离世，克安和克定的胡作非为愈发肆意，陈姨太、四太太王氏、五太太沈氏等人争夺财产，钩心斗角。第三代的觉群、觉世在他们的影响下，品质日渐恶劣。大辈堕落，小辈步其后尘，表明这个封建家庭已经腐朽到无法挽救的地步。封建制度与封建家庭在崩溃前夕，仍在摧残青年一代。蕙的离世进一步揭示了封建礼教的罪恶。

觉慧是在这个家庭中激起反叛火花的人物。他的离去激发了青年一代的斗志。《春》以淑英的成长和离家为主线，描述新一代的不断成长。觉民成为这个家庭的第二位反叛者，参与了"利群周报社"的活动，走上了反抗之路。琴的性格也有了新的发展，她参加一些社会活动，成为高家少女们的知心朋友和领袖。三房的淑英，从觉慧离家之举中受到心灵触动，通过蕙的遭遇看到了自己的前景，开始走上觉醒之路。在觉民和琴等人的鼓舞下，淑英坚强起来，理解了"春天是我们的"含义，最终抗婚离家，踏上追随觉慧的道路。《春》着重描述了在封建家庭长辈的虚伪与堕落的衬托下，一些心地纯洁的少年男女的成长，展示了新一代人在民主革命"激流"中的快速发展。

### （三）《秋》简介

《秋》是《激流三部曲》的最后一部。1940年由开明书店首次出版，后被收录在《巴金文集》第六卷。

《秋》所反映的社会背景更加广阔，从高家扩展到周家和郑家。通过对周伯涛、郑国光、冯乐山、陈克家等人物的刻画，所谓的"书香世家"

的虚伪、堕落和无耻得到了全面揭示。这不仅是高家克字辈人物的延伸，而且是封建制度整体的产物。在这个专制、虚伪、庸俗、堕落的封建家族中，在专断长辈纵情欢乐的同时，一些品行善良的青年男女成了封建祭坛上的牺牲品：五房的淑贞，因无法忍受"重男轻女"的思想折磨，选择跳井自尽；枚死于封建家长制的霸道与残暴；四房婢女倩儿重病却无人医治，痛苦死去；等等。这些事件说明他们的"家"已经临近灭亡。

觉新最后也不得不挺身抗争，觉民无视长辈的权威，揭示这个家庭罪恶的本质。淑华的"战斗的欲望"以及与旧势力的正面对抗，展现了人物的成长与抗争精神。正如《秋》最后觉民所言："没有一个永久的秋天，秋天或者就要过去了。"终于，在克明去世之后，克安和克定主张出售公馆，彻底分家，这个封建大家庭也就此"完结了"。

《激流三部曲》通过展现封建大家庭的解体过程，深刻揭示了封建制度和封建礼教的罪孽，热烈歌颂了勇敢地向旧制度、旧礼教挑战的青年叛逆者。这部作品揭示了封建制度逐渐崩溃的趋势，并宣告了封建制度注定灭亡。在艺术方面，《激流三部曲》同样取得了巨大成功：其结构宏大严密，情节曲折，文字流畅；擅长在矛盾冲突中揭示人物面貌，并通过人物的书信、日记、幻想等描写人物的心理活动；充满了感人至深的情感力量，反映了巴金小说独特的艺术风格。

总的来说，《激流三部曲》是杰出的文学作品，具有鲜明的反封建的进步性和革命性。凭借深刻的思想内涵和独特的艺术风格，该作品赢得了广大读者的喜爱，并在激发人们，尤其是年青的一代反抗封建礼教和封建制度，追求光明的道路上发挥了重要作用。

## 二、《激流三部曲》中的比喻特色

巴金在《激流三部曲》中运用传统的比喻手法组织语言，呈现出风格的独特性。

### （一）《激流三部曲》中的比喻类型

《激流三部曲》的比喻类型主要有明喻、暗喻、借喻，下面举例介绍这三种类型。

1. 明喻

所谓明喻指的是用"仿佛""如""犹如""好比""似""像""好像"，以及"像（跟）……一样（一般、似的）"等表示比喻关系的词语或句式将本体和喻体连接在一起，以阐明两者存在相似关系的比喻手法，属于明显类的比喻。巴金在《激流三部曲》中就使用了许多明喻的手法。具体例子如下。

风刮得很紧，雪片像扯破了的棉絮一样在空中飞舞，没有目的地四处飘落。①

本体是"雪片"，喻体是"棉絮"，用比喻词"像"连接在一起，形象地描述风雪的状况。将雪片比喻成扯破了的棉絮，使读者更容易想象雪片在空中四处飘落的场景。这样的表达效果既具有诗意，又使描述更加生动，使读者感受到风雪的强度与无序，让人们仿佛置身其间。

门开着，好像一只怪兽的大口。里面是一个黑洞，这里面有什么东西，谁也望不见。②

本体是"门"，喻体是"怪兽的大口"，用比喻词"好像"连接在一起，强调门的黑暗和恐怖。将门比喻成一只怪兽的大口，让读者感受到房间里可能潜藏着未知的恐怖。这种表达效果为情节增添了悬念和紧张感，使读者在阅读时充满好奇和期待。

到了订婚的日子他（觉新）被人玩弄着，像一个傀儡；又被人珍爱着，像一个宝贝。③

① 巴金. 家 [M]. 北京：人民文学出版社，2018：1.
② 巴金. 家 [M]. 北京：人民文学出版社，2018：5.
③ 巴金. 家 [M]. 北京：人民文学出版社，2018：33.

本体是"觉新"，喻体是"傀儡""宝贝"，用比喻词"像"连接在一起，表现了觉新在订婚这个场合中得到的两种不同待遇。将觉新比作傀儡和宝贝，反映出他在这一场合中被人操控的无奈以及因受到珍视而产生的矛盾心理。这种表达效果揭示了人物内心的复杂感受，使读者对人物产生同情和共鸣。

他（觉慧）指着面前一大堆稿件、几份杂志和一叠原稿纸对她（鸣凤）说："你看我忙得跟蚂蚁一样。"[1]

本体是"觉慧"，喻体是"蚂蚁"，用比喻句式"跟……一样"连接在一起，形象地描写觉慧忙碌的状态。觉慧通过将自己比喻为忙碌的蚂蚁，表达了他在处理工作时的积极投入和不懈努力。这种表达效果传达了对人物努力工作的赞美，也让读者感受到人物的拼搏精神。

觉民有点激动，睁着一双眼睛带了祈求的眼光望着他的继母，等着从那张小嘴里滚出来的像珠子一般的话。[2]

本体是"觉民继母的话语"，喻体是"珠子"，用比喻词"像"连接在一起，强调觉民期待继母说出宽慰的话语。将话比喻成珠子，显示出了觉民对这些话语的渴望和重视。这种表达效果揭示了人物内心的期待，使读者对他产生共鸣。

在木桥下缓缓地流着清莹的溪水，水声仿佛是小儿女的愉快的私语。[3]

本体是"水声"，喻体是"小儿女的愉快的私语"，用比喻词"仿佛"连接在一起，通过对水声的描述，营造出轻松愉快的氛围。将水声比喻成小儿女的愉快的私语，使溪水流淌的声音显得更加悠扬、宜人，让读者感受到自然的美好。这种表达效果带给读者轻松愉悦的心情，让人们在阅读过程中陶醉于这种舒适的自然环境。

---

① 巴金. 家 [M]. 北京：人民文学出版社，2018：245.

② 巴金. 春 [M]. 北京：人民文学出版社，2018：22.

③ 巴金. 春 [M]. 北京：人民文学出版社，2018：427.

一个年轻人的心犹如一炉旺火，少量的浇水纵然是不断地浇，也很难使它完全熄灭。①

本体是"一个年轻人的心"，喻体是"一炉旺火"，用比喻词"犹如"连接在一起，强调年轻人内心的激情和坚定。将年轻人的心比喻成旺火，暗示了年轻人的心充满活力、热情与坚定，即使面临困境，"旺火"也不会轻易被扑灭。这种表达效果使读者感受到年轻人勇往直前、抵抗压力的精神，体现了作者对年轻人的赞美和信任。

这些话像石子一般投在这个善良敏感的少女（芸）的心上，同情绞痛着她的心。②

本体是"话"，喻体是"石子"，用比喻词"像"连接在一起，显示出话语对芸心灵的打击。将话比喻成石子投向芸的心中，揭示了话语给她带来的巨大痛苦与困扰。这种表达效果使读者对芸产生同情，理解芸内心的痛苦，同时强调了言语的冲击力及对人的心灵的影响。

2. 暗喻

暗喻指的是通过"成为""变成""变为""是"等比喻词将比喻的本体和喻体连接在一起，以表明两者相似关系的比喻方式。相较于明喻，暗喻表现得较为隐晦。

家，在他（觉慧）看来只是一个沙漠，或者更可以说是旧势力的根据地，他的敌人的大本营。③

本体是"家"，喻体为"沙漠""旧势力的根据地"以及"敌人的大本营"，而比喻词是"是"。通过这种比喻，作者表达了家已经失去原有的温暖意义，反而变成恶劣的封建势力的象征。这激发了新青年觉慧反抗和逃离家庭的决心。

---

① 巴金. 秋 [M]. 成都：四川文艺出版社，2015：165.
② 巴金. 秋 [M]. 成都：四川文艺出版社，2015：121.
③ 巴金. 家 [M]. 北京：人民文学出版社，2018：309.

"琴姑娘，我不懂你那些新名词，我说不过你，我是个老古董了。"周氏并不存心跟那些比她小一辈的人争论，而且她缺乏年轻人的热诚，对于自己的主张也并不热心拥护，所以她用一句笑话把话题支开了。①

本体是"我（周氏）"，喻体是"老古董"，比喻词为"是"。作者运用这一比喻，表达周氏自嘲地将自己视作老古董，显示她在与年轻人相比时的落后程度，也营造了幽默的氛围。

绝望、悲痛、懊悔熔在一起变成了一根针在他（觉新）的心上猛然刺一下，他再也忍不住，终于让眼泪迸出了两三滴来。②

本体为"绝望、悲痛、懊悔"的情感，喻体为"一根针"，比喻词是"变成"。将这三个带有悲剧色彩的词语比作一根针刺在觉新的心上，传达了封建势力给年轻人带来的痛苦与灾难。

"大哥，你过去被他们害得够了，所以你才这样害怕他们，"觉民怜悯地说，"我不相信他们用得出什么阴险手段。我看他们不过是纸糊的灯笼。"③

本体是"他们（高家克字辈）"，喻体为"纸糊的灯笼"，比喻词为"是"。将反面的一代人比喻为纸糊的灯笼，表现了新青年在面对旧势力时的勇敢、坚定。同时，这一比喻也强调了高家大哥觉新的犹豫不决和软弱无力，鲜明地揭示了作者对觉新、觉民两类人物的划分。

在以上的暗喻例子中，读者可以看到作者通过隐晦的方式，巧妙地描写了人物之间的矛盾冲突，展示了人物的性格特点。这些比喻为故事增色添彩，使叙述更加生动有趣，也为读者提供了更加深入了解人物及其情感的机会。

---

① 巴金. 春 [M]. 北京：人民文学出版社，2018：73.
② 巴金. 春 [M]. 北京：人民文学出版社，2018：258.
③ 巴金. 秋 [M]. 成都：四川文艺出版社，2015：75.

3. 借喻

借喻是一种隐含的比喻类型，它只出现喻体，而本体和比喻词均不出现，喻体直接代替本体。

风在空中怒吼，声音凄厉，跟雪地上的脚步声混合在一起，成了一种古怪的音乐，这音乐刺痛行人的耳朵，好像在警告他们：风雪会长久地管治着世界，明媚的春天不会回来了。①

作者将封建旧势力比作风雪，将新势力比作明媚的春天。怒吼的风和雪地上的脚步声混杂在一起，形成了刺耳的音乐，仿佛在警告人们：封建势力依然存在，而新势力要想战胜它，必须经过一番斗争。通过这个借喻，作者突出表现了斗争初期的恶劣环境。

地上浸饱了那些女子的血泪，她们被人拿镣铐锁住，赶上这条路来，让她们跪在那里，用她们的血泪灌溉土地，让野兽们撕裂、吞食她们的身体。②

喻体"野兽"指的是披着野兽皮的封建家长所代表的旧势力。他们的专横跋扈摧毁了一个又一个美丽的生命。借助这个喻体，作者表达了对这些旧势力的憎恶和痛恨。

对面厨房门前的戏剧渐渐地逼近尾声了。③

喻体"戏剧"代表了本体"争吵"，即厨房门前陈姨太与高克安之妻王氏的争吵。作者将这场争吵比作一出戏剧，体现了对这场闹剧的鄙夷和嘲讽。

觉民立刻收起脸上的笑容，声音低沉地说："我晓得了。枚表弟替我背了十字架。"④

喻体"十字架"代表了原本指定给觉民的婚事。这种令觉民痛恨的

---

① 巴金. 家 [M]. 北京：人民文学出版社，2018：1.
② 巴金. 家 [M]. 北京：人民文学出版社，2018：234.
③ 巴金. 春 [M]. 北京：人民文学出版社，2018：171.
④ 巴金. 秋 [M]. 成都：四川文艺出版社，2015：28.

婚姻如同十字架，将枚少爷束缚。这个借喻充分展示了作者对施加十字架的人的痛恨以及对背负十字架的人的同情。

通过以上的借喻例子，人们可以看到作者巧妙地运用喻体直接代替本体，用来描写人物之间的矛盾冲突，展现人物的性格特点。

### （二）《激流三部曲》中的比喻的修辞功能

《激流三部曲》通过生动丰富的故事情节和对人物性格的细腻刻画，展示了封建家庭中年青的一代在新的历史时期的挣扎和觉醒。在这部作品中，作者大量运用比喻等修辞手法，既增强了语言的魅力，创造了艺术意境，又展现了人物性格，烘托了主旨，使作品具有较高的文学价值。

#### 1.增强语言魅力，创造艺术意境

在《激流三部曲》中，巴金通过比喻修辞的运用，使语言具有更强烈的感染力和美感。巴金在描写声音、景物、人物等方面，通过富有想象力和表现力的比喻，使读者产生共鸣，深入了解作品的内涵。具体举例如下。

声音是那么急，那么响亮，就像万马奔腾，怒潮狂涌一样。[①]

在描写声音方面，作者将声音比喻为"万马奔腾"和"怒潮狂涌"，使读者能够感受到声音的激昂和震撼。

"我们还是划回去罢，"少女的脸色显得更苍白了，她一脸的水珠，就像是狼藉的泪花，头发散乱地贴在额上，她惊恐地说……[②]

在描写常见的事物时，作者往往运用修饰词，以提升表达效果，如上述例句中用"狼藉的"修饰"泪花"，整体充当水珠的喻体，效果更为显著，而且"狼藉的泪花"进一步显现出人物脸上水珠的凌乱之态，反映人物当时慌乱的心情。

琴安慰地在淑英的耳边说，就伸手抚摩淑英的头发，从这柔软的、

---

① 巴金.家[M].北京：人民文学出版社，2018：125.

② 巴金.家[M].北京：人民文学出版社，2018：274.

缎子一般的黑色波浪里仿佛透露出来一股一股的幽香，更引动了她的怜爱。①

在描写女性美的场景中，通过将女性的长发比喻为"缎子"和"黑色波浪"，展示了东方女性特有的美丽和韵味。

这些比喻手法的运用，使作品的语言更加生动形象，触动了读者的感官，同时激发了读者的想象力，为作品营造出独特的艺术意境。

2.展现人物性格，烘托主旨

《激流三部曲》中，巴金通过比喻修辞的运用，对人物性格进行了深入挖掘和展示。作者巧妙运用比喻，使人物形象更加鲜明、立体，有助于突出作品的主题。具体举例如下。

好的消息是一天比一天地多，而被关在所谓"家"的囚笼里的觉慧，也是一天比一天地更着急。②

在刻画"觉慧"这一人物时，作者将"家"比喻为"囚笼"，形象地表现出觉慧心中对家的不满和反叛，同时显示出觉慧这一新青年充满激情的性格特点。

"我偏要管！你不要凶，豆芽哪怕长得天那样高，总是一根小菜！"王氏顿着脚回骂道。③

在王氏和陈姨太争吵场景的描写中，作者通过将陈姨太比喻为"豆芽"和"小菜"，展示了王氏对陈姨太的鄙夷之情，也揭示了封建家庭中的世俗之风。

"四妹，你总是像耗子那样怕见人！早晓得，还是不带你出来好。"淑华不耐烦地奚落道。④

在描写淑贞的形象时，作者通过将她比喻为"耗子"，生动地展现

① 巴金.春[M].北京：人民文学出版社，2018：36.
② 巴金.家[M].北京：人民文学出版社，2018：70.
③ 巴金.春[M].北京：人民文学出版社，2018：170.
④ 巴金.春[M].北京：人民文学出版社，2018：187.

了淑贞娇弱、怯懦的性格，也反映出封建传统教育对年轻人的束缚和影响。这些比喻手法的使用，将人物性格淋漓尽致地呈现出来，有力地推动了作品主题的展现。

3. 与语境相符，强调读者意识

使用比喻手法时需要与语境相符，这样才能保证作品和人物的情感表达更贴切，才能让读者对作品深意有更透彻的理解。

萧声像被咽住的哀泣轻轻地掠过水面，缓缓地跟着水转了弯流到远处去了。①

在通常情况下，萧声指代的是忧伤之情，此处作者以"被咽住的哀泣"描述萧声的凄凉，更显得震撼人心。将此句置于上下文语境中，便可完整地理解作者使用"被咽住的哀泣"作为喻体的用意。当时，觉新与琴等人正乘船游玩，淑英突然说了一些悲伤的话，将好不容易形成的欢快的氛围打破了，也使觉新重新落入悲伤之中。此时此刻，淑英又吹奏起洞箫，意图借助悲泣的声音表达自己的心情，也表现了作者的情感。

这些话是他（觉新）完全料想不到的，却把他大大地感动了。这仿佛是一把钥匙，打开了一口古老的皮箱，现在让人把箱里的物品一件一件地翻出来。②

当下，觉新被翠环恳求帮助淑英摆脱父母安排的婚姻，这些话语犹如"钥匙"打开了觉新那如古老皮箱般的记忆，沉痛的回忆让觉新痛苦不已。原本封存的记忆被重新揭开，觉新这个饱受磨难的人在这个过程中感到煎熬。作者运用这一比喻激发了读者的情感反应，加强了读者的情感认同，使读者更加深入地投入人物境遇中，体会人物的心境。

---

① 巴金. 春 [M]. 北京：人民文学出版社，2018：13.
② 巴金. 春 [M]. 北京：人民文学出版社，2018：126.

# 第三节　《寒夜》中的抒情艺术

巴金作为一位充满激情的作家，常将自己的热情融入作品的每一字句中。这种追求使抒情性成为其小说的一个显著的审美特征。在巴金早期作品如《灭亡》和《激流三部曲》中，这一特点尤为明显。即便在后期，当巴金的创作现实主义已经有了较大程度的深化时，他的作品仍然展示出强烈的抒情性。《寒夜》是巴金后期现实主义创作的杰出代表之一。《寒夜》中的抒情艺术是独特的，本书通过探讨抒情性这一审美特征，探索《寒夜》中的抒情艺术。

## 一、《寒夜》中的抒情基调以及情感指向

### （一）《寒夜》中的抒情基调

《寒夜》中的抒情性与抒情基调密切相关，而抒情基调又源于作家对生活的感受。在谈论《寒夜》时，巴金多次提到了小说的创作缘由和现实基础。他表示："我亲眼看见那些血痰，它们至今还深印在我的脑际，它们逼着我拿起笔替那些吐尽了血痰死去的人和那些还没有吐尽血痰的人讲话。"①其中，许多人正是巴金的亲朋好友。正因为这"血痰"刺痛了巴金的内心，他想要在艺术中再现这些"已无力呼唤'黎明'"的小人物的不幸。巴金对逝者的同情和对生者的期望成为他描写这些不幸人物的动力，发出对社会的控诉。这种悲痛的情感不仅调动了巴金的创作热忱，而且在创作过程中，促使他全身心投入，情感随之充盈于字里行间。

巴金在创作过程中，只要一拿起笔，就会进入《寒夜》的世界，生活在回忆中，仿佛在挖掘自己的内心。由此可见，巴金在创作时将自己

---

① 李存光．巴金研究资料：上卷 [M]．福州：海峡文艺出版社，1985：521.

与作品人物的思想感情融为一体，通过描写生活场景传达人物以及自己寄托在其中的情感，使人物不知不觉地成为作者情感的表达者。

### （二）《寒夜》中的情感指向

《寒夜》中的悲剧性是巴金现实主义文学创作情感指向的重要体现。巴金的作品大多具有悲剧色彩。然而，悲剧并不等同于绝望，"悲剧将人生的有价值的东西毁灭给人看"[①]，它并非绝望，而是充满希望。

《寒夜》也是这样。这部小说讲述了一个小人物的家庭悲剧。汪家是一个四口之家，小说以汪家婆媳之间的家庭矛盾为主线，揭示了人物悲剧性的命运。

汪文宣曾是一个有理想、朝气蓬勃的知识分子，也为自己的理想奋斗过。抗日战争爆发后，他带着家人逃到重庆，在一个半官半商的书局做校对，微薄的收入无法维持家庭生活。尽管心中不满，但他仍然忍受现状。作者突出描写了他的忍耐，强烈表现出他卑微而善良的性格。他明知在书局受到剥削与侮辱，但并未反抗，内心的愤怒仅在心中宣泄。在家中，他渴望妻子的关爱与体贴，但是家中婆媳间无休止的争吵、嘲讽让他的心不得安宁。他爱母亲，常为不能让她晚年幸福而自责；他也爱妻子，因自己的无能而自卑。然而，他无法调和母亲与妻子之间的矛盾，既不能指责母亲，也不能指责妻子，对双方的看法矛盾重重。他在家中忍受着母亲与妻子之间的争吵，以及她们言辞中有意无意的伤害。他希望抗战胜利能给他带来家庭幸福，但他身患重病，为了生计不敢花钱治病，甚至还要带病上班。然而，母亲和妻子都不能理解他，他感到孤独。尽管如此，他依然更关心别人而非自己。他生活中唯一的希望就是家庭幸福。汪文宣没能留住妻子，妻子去了兰州，还寄回了一封离婚信。汪文宣唯一的希望破灭了，生活中的信念也随之破碎。

---

① 鲁迅. 鲁迅作品：下：随感录 [M]. 北京：中国民族文化出版社有限公司，2022：96.

最后，在家庭破裂、理想崩溃、疾病缠身的情况下，伴随着胜利庆典的欢呼声，汪文宣怀着对生活的渴望悲惨离世。巴金通过展现这个遵纪守法、善良老实的人在情感与理智、生死存亡、新旧家庭矛盾中的挣扎，呈现了人物在悲剧命运中的心理历程，发出了对不公平命运的控诉。这样一个令人悲伤的故事，充满了对人物命运的同情、对现实的指责和对未来的向往，使小说从头到尾都充满了一种悲愤的情感氛围。

## 二、《寒夜》中的抒情方式

这部作品将作者的感情与人物内心世界紧密结合，通过展示人物情感活动体现作品抒情性，因此《寒夜》在抒情方式上展现出以下两个显著特征。

### （一）通过心理描写刻画人物喜怒哀乐

在细致刻画人物内心情感方面，这部作品通过多样的心理描写手法，使人物情感呈现如同泉水般流畅。心理描写是一种艺术技巧，旨在深入挖掘人物性格、展现人物内心思想感情变化的过程。高质量的心理描写能够精确、生动、微妙地表现出人物在特定场景中的思维和情感，表现出人物鲜明的个性特点，同时，能够通过引导读者的情感变化，产生强烈的艺术感染力，彰显抒情性。在《寒夜》中，作者充分发挥了心理描写的优势，运用多种手法为营造抒情氛围提供支持，总体来看，手法主要包括以下几种。

#### 1.间接心理描写与直接心理描写相结合

《寒夜》巧妙地将间接心理描写与直接心理描写结合在一起，使人物的心理变化过程在不同程度上得以展现，同时使人物内心的情感逐渐展现，让沉默的主人公汪文宣那跳动的灵魂具体可感。作者重点描写了汪文宣的心理，运用这种方法表现出他在家庭矛盾中所体验的复杂情感。在小说一开始，作者描述了汪文宣在寒冷的夜晚为与妻子争执而感到后悔，他热切地希望能找到她，向她道歉，让她回家。这种描写展示了汪文宣在家庭矛盾漩涡中所体验到的卑怯、痛苦、后悔和孤独。作者时而通过心理分析语言剖析人物情感的变化，时而运用内心独白再现人物的自责和后悔，使在矛盾中徘徊踟蹰的汪文宣形象生动地呈现在读者眼前。

正因为经过这样的艺术处理，人物的内心世界才能有节奏、有层次地向读者展开，人物感情的凄苦忧伤才能逐渐吸引、感染和抓住读者。与此同时，这也使小说一开始便以悲怨的情感吸引了读者。在实际创作中，巴金善于把握这种结合的分寸，使人物情感的起伏波动得到了真实的再现。通过间接心理描写和直接心理描写相结合，巴金成功地表现出汪文宣在家庭纷争中的心理变化。这种描写方式揭示了汪文宣在面对家庭矛盾时的无奈和挣扎，使人物更加真实可信。汪文宣的内心独白和对其进行的心理分析展现了一个受困于家庭纷争中的普通人的挣扎和无奈，使读者能够更好地理解汪文宣的处境，并与他产生共鸣。

2.通过梦境揭示人物的内心情感变化

《寒夜》中，巴金运用梦境这一心理描写手法深入展示了人物内心世界的复杂情感。梦境是人们在睡眠状态下各种心理活动有意义的与重要的表现，是心理描写技巧的一个重要内容。在巴金的小说中，梦境被用来揭示人物内心情感的无意识变化，为作品增色不少。

在《寒夜》中，巴金为了展现汪文宣在妻子负气出走后的感情波澜，用了整整一节描述汪文宣的一个梦境。不仅通过梦中的情节暗示作品中无法调和的母亲与妻子之间的矛盾冲突，对揭示作品的主题产生了一定的作用，而且将汪文宣在妻子出走后心灵的不安、惶恐、悔恨展现得淋漓尽致。作品对梦境的描写，使读者得以一窥汪文宣内心世界比较隐秘的感情。梦境本身所充溢、弥漫的感情色彩，为全书的抒情氛围涂上了重要的一笔。这种通过梦境表现人物内心情感的手法，不仅使作品的情感表达更加丰富，也使人物形象更加立体。

### 3.注意刻画人物刹那间的心理变化

《寒夜》中关注人物矛盾心理的动态发展，通过叙述、描写和对话展现人物内心情感的波动。小说以此表现汪文宣在"妻子离去或留下"这一问题上的心理冲突。汪文宣深爱着妻子，无法离开她，因此总是害怕她离自己而去，即使在梦中也不得安宁。当妻子肯定不会离开他时，他高兴得流下感激的泪水。然而，他又清楚地意识到让妻子陪伴着病弱的自己，以及困在贫穷、孤寂、充满争吵的家庭中是对不起她的，因此他又期望她离去，希望她远离这个家。他如此真诚地希望妻子留下，同时又真诚地希望她离去。作者精准地描写了汪文宣的这种矛盾的心理状态，呈现了悲喜交织的情感，而这悲喜都被一种凄凉的氛围所笼罩。

巴金擅长将人物置于矛盾冲突的顶点，捕捉人物内心情感变化在面部表情上的呈现，细腻地描述一句话或一件事导致的瞬间、微妙的心理波动，使人物情感的波动轨迹清晰可辨，生动可感。汪文宣之妻曾树生因为汪文宣带病上班而与母亲发生争执后，找汪文宣生气地提出离婚，但当曾树生看到汪文宣那衰弱的病体时，心中充满怜悯。在曾树生得知汪文宣带病上班是为了借钱给自己买生日蛋糕时，作者抓住曾树生内心情感在眼中的变化写道："怜悯被感激和柔爱代替了。"就在这一刻，一个濒临崩溃的悲剧场景伴着泪水弥合。

### （二）采用借景抒情的方式进行抒情

在《寒夜》中，景物描写具有鲜明的特征，主要表现为通过景物描写表达人物内心情感。这种描写方式与悲怨的抒情基调紧密相连，使小说中的景物描写呈现出阴暗、孤寂、凄冷的氛围，为表现人物心理状态起到了很好的烘托和渲染作用。具体来说，作品通过人物情感的过滤，将客观环境赋予了主观情感的特点，使"一切景语皆情语"。

在现实主义作品中，环境描写对于全面、立体地表现人物具有重要作用。法国作家巴尔扎克对巴金的影响很大，巴尔扎克的作品在景物描写上也具有鲜明特征。然而，巴尔扎克和巴金在运用景物描写方法上有所不同。巴尔扎克在《高老头》中，对伏盖公寓的描述非常详细，甚至连一条细小的水沟都没有放过。在这种描述中，作家的感情是隐蔽的。而巴金的《寒夜》则从人物的内心感受出发，通过人物感觉表现客观环境，使环境描写充满了人物的情感。《寒夜》运用借景抒情的方法，将景物描写与人物内心情感相结合。在描写环境时，巴金强调人物的主观感受，将人物情感融入客观环境之中。如小说中昏暗的天色、凄冷的寒夜以及各种琐碎的生活细节，都展示了人物在这种环境中的寂寞、凄清的情感。尤其是对于汪文宣家寒冷、阴暗的屋子的描写，每次出现都带有人物强烈的思想感情。这种借景抒情的特点，使巴金的景物描写与人物情感联系紧密，为表现人物心理状态提供了有力的支持。

小说中经常会出现寒夜里汪文宣家的昏暗、冷寂的屋子，每一次出现都带着人物的强烈的感情。

电灯光孤寂地照着这个屋子。光线暗得很，比蜡烛光强不了多少。那种病态的黄色增加了屋子的凄凉。①

汪文宣家里昏暗的电灯光、病态的黄色以及屋子的凄凉氛围，都加强了人物的寂寞和无助感。而下面的这段描写则通过曾树生的视角呈现，使景物描写与人物情感紧密结合，从而增强了艺术感染力。

隔壁传来一阵沙沙的语声。从街中又传来几声单调的汽车喇叭声。老鼠一会儿吱吱地叫，一会儿又在啃楼板。它们的活动似乎一直没有停过。这更搅乱了她的心。她觉得夜的寒气透过木板从四面八方袭来，她打了一个冷噤。她无目的地望着电灯泡。灯泡的颜色惨淡的红丝暖不了她的心。②

这段文字通过多种感觉描写环境，如视觉、听觉和肤觉。这种描写

---

① 巴金. 寒夜 [M]. 武汉：长江文艺出版社，2017：79.

② 巴金. 寒夜 [M]. 武汉：长江文艺出版社，2017：80.

方式使读者能够身临其境地感受到汪文宣家里的环境。在这段描写中，汪文宣家中的寂静、凄冷以及老鼠在啃楼板的声音，都使曾树生的心情更加烦躁和愁怨。因此，这段描写展示了人物内心情感与环境之间的互动关系。

通过描写景物和环境，巴金在《寒夜》中为每一个场景和细节赋予了浓厚的情感氛围，使人物的内心情感得以在环境描写中自然流露。正是因为《寒夜》中的环境描写具备这种特质，一些评论家将其视为巴金小说心理描写的独特之处。这种观点有一定道理，因为在巴金小说作品中，景物和情感通常联系紧密，景物的描写让情感得到更加深入的展现，同时情感也为景物赋予了强烈的艺术感染力。可以说，二者相互促进，共同提升了作品的艺术价值。

# 第五章　张爱玲及其小说创作

## 第一节　张爱玲文学成就及小说创作

### 一、张爱玲的生平

张爱玲，原名张煐，出生于 1920 年的上海，拥有显赫的家世。她的祖父是清朝末年的大臣张佩纶，祖母是李鸿章之女，父亲是一位典型的遗少，母亲却是一位新式女性。张爱玲是活跃在二十世纪三四十年代中国文坛的著名作家，其生平经历大致分为以下几个阶段。

#### （一）童年时期

张爱玲的童年时光在天津和上海两地度过，生于上海的她 3 岁时随父母搬到天津，从那时开始，她就跟随母亲背诵唐诗。1926 年，张爱玲入读私塾。在学习诗词经典的同时，她也尝试创作小说。她的第一部小说以家庭悲剧为题材，第二部则讲述了一位女郎失恋自杀的故事。此外，她还创作了一部名为《快乐村》的乌托邦式小说。1928 年，她随家人返回上海。

#### （二）青少年时期

张爱玲的母亲在出国留学后回国，带张爱玲学习绘画、钢琴和英语。

小时候的张爱玲对音乐、美术和文学都充满兴趣。1930 年，张爱玲入学，母亲把她的名字从张煐改为张爱玲。同年，张爱玲的父母选择了离婚，张爱玲与父亲一同生活。母亲离婚后再次出国，不久父亲再娶。

1931 年秋，张爱玲进入上海圣玛利亚女子中学求学，此时的她选择了住校。在校期间，她的作品时常发表在校内外的刊物上。1934 年，张爱玲将《红楼梦》移植到现代社会背景当中，创作了一部短篇小说《摩登红楼梦》。1937 年夏，张爱玲从上海圣玛利亚女子中学毕业。她曾向父亲提出留学要求，但遭到拒绝。在经历一段家庭纷争后，她离家寻求母亲的庇护。

（三）初露头角

1938 年，张爱玲参加英国伦敦大学的入学考试，并成功获得录取通知书，但受战乱影响，未能成功入学。1939 年秋，张爱玲进入香港大学文学院就读，也是在这一年，张爱玲正式发表了自己的处女作散文《天才梦》。1942 年，张爱玲本来即将毕业，但太平洋战争爆发，香港大学停办，导致张爱玲未能毕业。此时的她选择与好友炎樱去上海。到上海后，张爱玲报考了上海圣约翰大学，却因为"国文不及格"没有获得入学资格。尽管未能继续深造，但张爱玲并未放弃对文学的热爱。她开始为《泰晤士报》和《二十世纪》等英文报刊撰稿，逐渐崭露头角。至此，张爱玲经历了从学生时代到初涉文学创作的种种挑战与探索，这些经历为她日后的文学成就奠定了基础。

（四）一鸣惊人

1943 年，张爱玲开始在各类刊物上大量发表小说和散文，如《紫罗兰》《万象》《杂志》《天地》《古今》。1943 年至 1944 年对于张爱玲而言是人生中的两个重要年份。在这段时间里，她创作了许多重要的小说和散文。1944 年，翻译家傅雷先生发表了一篇题为《论张爱玲的小说》的评论文章，引发巨大反响。不久之后张爱玲的《流言》（散文集）和《传奇》(小说集)出版,张爱玲还回应了傅雷的批评,成功在文坛立足。同年,张爱玲与才子胡兰成结婚,这段婚姻仅维持了两年。

### (五)转瞬即逝

1945年,张爱玲与女作家苏青一同接受采访,采访中她对婚姻、家庭、女性等话题进行了深入探讨。1947年,张爱玲转战电影剧本创作,却反响平平,风光不再。1951年,张爱玲用"梁京"这一笔名发表了一部长篇小说《十八春》,反响极大。

### (六)离开内地

1952年,张爱玲离开上海奔赴香港,在美国驻香港机构美国新闻处任职,并于1955年移居美国。在美国期间,她将兴趣从创作转向研究,结识了美国剧作家赖雅,并与其结婚。1961年,张爱玲受邀创作多部电影剧本,并在1966年将中篇旧作《金锁记》改写为长篇小说《怨女》。1967年,赖雅去世后,张爱玲应邀成为驻校作家。1969年,她在台湾出版了修改后的《十八春》,并将其重新命名为《半生缘》。同年,她受邀在加州大学伯克利分校的中国研究中心任研究员。

### (七)最后余晖

1972年,张爱玲在香港出版了《老人与海》的中文译作,并于1973年移居美国洛杉矶。1977年,她出版了《红楼梦》研究成果《红楼梦魇》。1979年,夏志清的《中国现代小说史》译成中文在香港出版并传入内地,引发了第二次"张爱玲热"。1981年,张爱玲出版了《〈海上花列传〉评注》,1983年将人物对话为"苏白"(吴语方言)的《海上花列传》译为汉语普通话并出版,后又译成英文。1994年,张爱玲出版了散文集《对照记》。张爱玲晚年长期闭门谢客,过着寂寞的隐居生活。1995年9月8日,她在洛杉矶家中孤独离世。

总结张爱玲的一生,她在文学创作上取得了辉煌的成就,创作出了许多令人叹为观止的小说和散文。然而,她的人生充满了悲剧色彩。张爱玲晚年选择了隐居，过上了寂寞的隐居生活。尽管如此，她在中国现代文学史上的地位依然不可动摇，她的作品永远作为中国现代文学的瑰宝流传后世。

## 二、张爱玲的创作分类及主要作品

张爱玲与中国最早享有国际声誉的女钢琴家唐丽玲等人一同被誉为"中国近现代史上的 20 位杰出女性"。张爱玲是一位多产作家，创作了许多经典之作（表 5-1）。

表 5-1　张爱玲的创作分类及主要作品

| 分类 | 主要作品 |
|---|---|
| 小说 | 《不幸的她》《牛》《霸王别姬》《沉香屑·第一炉香》《沉香屑·第二炉香》《茉莉香片》《心经》《倾城之恋》《琉璃瓦》《金锁记》《封锁》《连环套》《年青的时候》《花凋》《红玫瑰与白玫瑰》《殷宝滟送花楼会》《桂花蒸 阿小悲秋》《留情》《创世纪》《鸿鸾禧》《华丽缘》《郁金香》 |
| 散文 | 《迟暮》《秋雨》《书评四篇》《论卡通画之前途》《牧羊者素描》《心愿》《天才梦》《到底是上海人》《洋人看京戏及其他》《更衣记》《公寓生活趣》《道路以目》《必也正名乎》《烬余录》《谈女人》《小品三则》（包括《走！走到楼上去》《有女同车》《爱》）《论写作》《童言无忌》《造人》《打人》《说胡萝卜》《私语》《中国人的宗教》《诗与胡说》《写什么》《炎樱语录》《散戏》 |
| 电影剧本 | 《太太万岁》《不了情》《哀乐中年》《伊凡生命中的一天》《情场如战场》《人财两得》《桃花运》《六月新娘》《红楼梦》《南北一家亲》《小儿女》《一曲难忘》《南北喜相逢》《魂归离恨天》 |
| 学术论著 | 《红楼梦魇》《〈海上花列传〉评注》 |
| 翻译作品 | 《死歌》《生命的颜色》《女装，女色》《老人与海》《小鹿》《爱默森选集》《无头骑士》《赤地之恋》《海明威论》《玻璃集》 |

### 三、张爱玲小说创作

张爱玲是 20 世纪中国著名的女作家，其小说创作具有鲜明的个性和艺术特色。从古典小说的创作手法到西方现代技法的运用，从细节描写到独具特色的"张氏语言"，她的作品具有丰富的表现形式和独特的美学追求。

#### （一）运用古典小说的创作手法

1. 沿用传统小说纵式结构进行叙述

张爱玲的小说在结构上受到古典小说的影响。一方面，沿用叙述的时候首尾一贯、前后照应的手法；另一方面，遵循《礼记》中"爱而知其恶，憎而知其善"的说法，充分写出人物性格的复杂性。她常采用纵式结构进行叙述，其作品往往通过情节的发展推动故事的进程，使读者在阅读过程中能感受到强烈的情感张力和思想冲突。

在张爱玲的小说中，故事呈现出一种完整性，情节推进与人物性格发展相辅相成，展现出独特的整体美感。她笔下的人物并非一成不变，而是随着故事的发展而逐渐成长。在她的作品中，人物性格充满多样性，不完美却也不彻底邪恶。她成功地塑造了一群带有旧制度烙印，人格有缺陷、有弱点的人物。在《自己的文章》中，张爱玲强调"让故事自身给它所能给的，而让读者取得他所能取得的"，并表示"用参差的对照的手法写出现代人的虚伪之中有真实，浮华之中有素朴"。正因如此，她笔下的人物总是栩栩如生，真实且令人信服，仿佛触手可及。

2. 运用全知视角与讲故事的口吻展示事件全貌

张爱玲在小说中运用全知视角，既可以展现人物的内心世界，也可以通过讲故事的口吻展现出事件的全貌。这种方法使她的作品具有较强的生动性和真实感，也为她的小说赋予了一种古典的韵味。

《金锁记》中对曹七巧有着一段著名的描写。

世舫回过头去，只见门口背着光立着一个小身材的老太太，脸看不清楚，穿一件青灰团龙宫织缎袍，双手捧着大红热水袋，身旁夹峙着两个高大的女仆。门外日色昏黄，楼梯上铺着湖绿花格子漆布地衣，一级一级上去，通入没有光的所在。世舫直觉地感到那是个疯子——无缘无故的，他只是毛骨悚然。长白介绍道："这就是家母。"①

世舫是曹七巧的女儿背着母亲与之相恋的男友，也是曹七巧未告知女儿而请进家中的客人。因此，第一次踏入曹家的世舫对这个环境自然十分敏感。作者从世舫的角度进行了详细叙述，展现了一个陌生人在登临曹家之时对曹家以及曹七巧产生的初次印象和感受。这种视角的转换能让读者对主人公曹七巧的形象有更为透彻的了解。

3. 较少正面描写

张爱玲的小说中较少出现正面的人物描写，她更倾向于通过细腻的心理描写和情感刻画展示人物性格。这种方式使她的作品充满了神秘感和魅力，也使读者在阅读过程中更加关注人物内心的变化和成长。

如《金锁记》中的一段话。

两人并排在公园里走，很少说话，眼角里带着一点对方的衣服与移动着的脚，女子的粉香，男子的淡巴菰气，这单纯而可爱的印象便是他们身边的阑干，阑干把他们与众人隔开了。空旷的绿草地上，许多人跑着、笑着、谈着，可是他们走的是寂寂的绮丽的回廊——走不完的寂寂的回廊。不说话，长安并不感到任何缺陷。②

上述段落主要讲述的是一对已经订婚的男女外出时的场景，动作不多，却将男女心里的拘谨、羞涩以及微妙之情阐释得淋漓尽致。

（二）运用西方现代技法

夏志清《中国现代小说史》中有："张爱玲受弗洛伊德的影响，也受西洋小说的影响。这是从她心理描写的细腻和运用暗喻以充实故事内涵

---

① 张爱玲. 金锁记 [M]. 呼和浩特：内蒙古大学出版社，2003：78.

② 张爱玲. 金锁记 [M]. 呼和浩特：内蒙古大学出版社，2003：67.

的意义两点上看得出来的。"张爱玲善于使用西方现代技法完成对于小说人物形象的塑造，并借机表达自己对当时的社会以及自己的人生的真实想法。

1.心理描写

张爱玲在描写人物时会注重心理描写，通过描写人物内心的复杂矛盾变化与心理挣扎呈现人性的复杂。她的作品中充满了丰富的心理分析和独特的心理洞察，使她的小说具有强烈的心理张力和现实感。

如《金锁记》中的一段心理描写。

季泽两肘撑在藤椅的扶手上，交叉十指，手搭凉棚，影子落在眼睛上，深深地唉了一声。……七巧道："我非打你不可！"季泽的眼睛里突然冒出一点笑泡儿，道："你打，你打！"七巧待要打，又掣回手去，重新一鼓作气道："我真打！"抬高了手，一扇子劈下来，又在半空中停住了，吃吃笑将起来。季泽带笑将肩膀耸了一耸，凑了上去道："你倒是打我一下罢！害得我浑身骨头痒着，不得劲儿！"七巧把扇子向背后一藏，越发笑得格格的。①

张爱玲是一位擅长描写人物心理活动的作者，她在描写时并非只依靠单纯的心理描写词语，而是从多个角度开展的。上文中的动作描写就是其中的一种，人物的每一个动作都能侧面反映出人物的内心，能让人物的内心活动变得更丰满、更加活灵活现。

2.荒诞手法

在张爱玲的小说中，荒诞性成为其表现人物命运和生活哲学的一种重要手法。张爱玲通过荒诞的情节和人物设定，揭示了现实生活中的荒诞性和人性的无常，进而引发读者对现实社会以及自己人生的深层次思考。例如，小说《心经》中的许小寒正处于青春期，却喜欢上了自己的父亲，这何其荒唐，作者借助这种荒唐表达了人物内心的悲苦。

---

① 张爱玲.金锁记 [M].呼和浩特：内蒙古大学出版社，2003：38.

3.直觉手法与通感手法

在张爱玲的小说中，直觉手法和通感手法被广泛运用。通过跳跃性的叙事、空间和时间的转换以及多种感官的结合，她的作品往往呈现出一种梦幻般的意境。例如，《金锁记》在一开篇就为主人公定下"苍凉"基调。

年轻的人想着三十年前的月亮该是铜钱大的一个红黄的湿晕，像朵云轩信笺上落了一滴泪珠，陈旧而迷糊。①

月亮、湿晕、泪珠等意象看似不着边际，但放在特定的场景中显得异常和谐。又如，《红玫瑰与白玫瑰》中的人物之间的关系错综复杂，张爱玲通过直觉手法和通感手法展现了人物内心的挣扎与痛苦，以及现实与梦境的交融。

4.景色描写

张爱玲的小说中景色描写非常细腻，她运用丰富的色彩和具体的细节，将读者带入了一个充满生活气息的世界。

例如，《沉香屑·第一炉香》中的一段景色描写非常细腻传神。

薇龙一抬眼望见钢琴上面，宝蓝瓷盘里一棵仙人掌，正是含苞欲放，那苍绿的厚叶子，四下里探着头，象一窠青蛇，那枝头的一捻红，便像吐出的蛇信子。②

葛薇龙因为不能继续上学只能到姑妈家求助，姑妈却因与其父的旧怨不仅没有热情招待，反而对其极尽挖苦，原本是家庭娇贵小姐的葛薇龙何时受到过这种待遇？只能默默待在客厅里。客厅中原本极为普通的事物也在葛薇龙目光所及之时变换了模样，仙人掌成了一条会咬人的青蛇，表现了葛薇龙此时的忧惧心理。

---

① 张爱玲.金锁记 [M].呼和浩特：内蒙古大学出版社，2003：1.
② 张爱玲.沉香屑·第一炉香 [M]// 张爱玲.传奇.北京：中国青年出版社，2000：
　　115.

又如，在《半生缘》中，张爱玲对上海的描写生动而具体，不仅仅对建筑和街道进行了描述，更通过对上海这座城市独特氛围的刻画，展现了时代背景下的社会风貌。

### （三）擅长细节描写

张爱玲的小说细节描写丰富多样，她通过对日常生活琐事的观察和描写，展示了人物性格的微妙变化。这使她的作品具有浓厚的生活气息，使读者能够感受到她作品中所传达的现实意义。在《金锁记》中，她通过描述人物的衣着、饮食和居住环境等日常细节，呈现出那个特定时代的社会风貌，让读者对人物及其生活环境有了更为真切的感知。

《红玫瑰与白玫瑰》的尾声有细节描写。

地板正中躺着烟鹂的一双绣花鞋，微带八字式，一只前些，一只后些，像有一个不敢现形的鬼怯怯向他走过来，央求着。振保坐在床沿上，看了许久，再躺下的时候，他叹了口气，觉得他旧日的善良的空气一点一点偷着走近，包围了他。无数的烦忧与责任与蚊子一同嗡嗡飞绕，叮他，吮吸他。[1]

张爱玲对两只绣花鞋进行详细描写，并借机展现人物内心的复杂变化，使气氛更紧凑、画面感更强，给读者以过目不忘之感。

### （四）独具特色的"张氏语言"

#### 1.半文半白词语

张爱玲在小说创作中，运用了大量半文半白的词语，这种独特的语言风格使她的作品具有较强的文学性和可读性。例如，《沉香屑·第一炉香》中的一段话。

请您寻出家传的霉绿斑斓的铜香炉，点上一炉沉香屑，听我说一支

---

[1] 张爱玲.红玫瑰与白玫瑰 [M]//张爱玲.传奇.北京：中国青年出版社，2000：368.

战前香港的故事。您这一炉沉香屑点完了，我的故事也该完了。①

此外，张爱玲所用的语言中也蕴含了极为浓烈的类似于《红楼梦》语言的极致韵味。例如，在《封锁》中，张爱玲巧妙地运用了许多古典文学的元素，如诗词、成语等，与白话文的叙述相结合，使作品的语言既具有文学性，又富有生活气息。而《金锁记》中曹七巧的出场方式与《红楼梦》中王熙凤的出场方式有异曲同工之妙，七巧抢白哥嫂又能让人联想到鸳鸯抢白哥嫂的情节。

2. 色彩成为表达人物的语言符号

张爱玲在作品中善于运用色彩表达人物的情感和性格。在《红玫瑰与白玫瑰》中，红玫瑰和白玫瑰分别代了两位女主角的性格特点与命运，红玫瑰象征着热情、奔放，而白玫瑰则代表着纯洁、温柔。小说中有一些经典的语句。

也许每一个男子全都有过这样的两个女人，至少两个。娶了红玫瑰，久而久之，红的变了墙上的一抹蚊子血，白的还是"床前明月光"；娶了白玫瑰，白的便是衣服上沾的一粒饭粘子，红的却是心口上一颗朱砂痣。②

通过这种色彩的对比，张爱玲成功地描写出了两位女主角不同的性格特点，也揭示了她们各自的命运与选择。

3. 善用比喻

张爱玲的小说中，比喻手法被广泛运用，张爱玲通过独特的比喻形象地表现了人物的心理状态和情感变化。例如，下面的几段话。

她睁着眼直勾勾朝前望着，……玻璃匣子里蝴蝶的标本，鲜艳而

---

① 张爱玲. 沉香屑·第一炉香 [M]// 张爱玲. 传奇. 北京：中国青年出版社，2000：111.

② 张爱玲. 红玫瑰与白玫瑰 [M]// 张爱玲. 传奇. 北京：中国青年出版社，2000：327.

凄怆。①

薇龙那天穿着一件磁青薄绸旗袍，给他那双绿眼睛一看，她觉得她的手臂像热腾腾的牛奶似的，从青色的壶里倒了出来，管也管不住，整个的自己全泼出来了。②

郑先生是个遗少，因为不承认民国，自从民国纪元起他就没长过岁数。虽然也知道醇酒妇人和鸦片，心还是孩子的心。他是酒精缸里泡着的孩尸。③

又如，在《脂粉》中，张爱玲用"像一只小猫腻在怀里"形容女主角平儿温柔依赖的性格，既生动形象地勾画出了人物形象，又传达了作品主题。

4. 诙谐幽默

让比喻之间跳跃着幽默诙谐的音符，也是张爱玲语言的特点。在《花凋》里她的比喻手法运用也戏谑幽默。

"新鞋上糊了这些泥？还不到门口的棕垫子上塌掉它！"那孩子只顾把酒席上的杏仁抓来吃，不肯走开，只吹了一声口哨，把家里养的大狗唤了来，将鞋在狗背上塌来塌去，刷去了泥污。郑家这样的大黄狗有两三只，老而疏懒，身上生癣处皮毛脱落，拦门躺着，乍看就仿佛是一块敝旧的棕毛毯。④

狗的出现不仅完成了擦鞋的重任，还让读者产生眼前一亮的感觉，也给当时阴沉的气氛带来一丝亮意。

① 张爱玲 . 金锁记 [M]. 呼和浩特：内蒙古大学出版社，2003：20.
② 张爱玲 . 沉香屑·第一炉香 [M]// 张爱玲 . 传奇 . 北京：中国青年出版社，2000：131.
③ 张爱玲 . 花凋 [M]// 张爱玲 . 传奇 . 北京：中国青年出版社，2000：254.
④ 张爱玲 . 花凋 [M]// 张爱玲 . 传奇 . 北京：中国青年出版社，2000：259.

# 第二节 《倾城之恋》中的爱情表达艺术

作为张爱玲爱情题材小说的代表作品之一,《倾城之恋》有着较高的爱情表达艺术水平,本节从主题、情节、语言三方面揭示《倾城之恋》的爱情表达艺术。

## 一、主题:建立在"惘惘的威胁"之上的婚恋观

张爱玲曾经在《〈传奇〉再版的话》中说道:"有一天我们的文明,不论是升华还是浮华,都要成为过去。如果我最常用的字是'荒凉',那是因为思想背景里有这惘惘的威胁。"张爱玲的《倾城之恋》作为一部具有代表性的爱情传奇小说,围绕着白流苏与范柳原之间的爱情故事展开。在这部小说中,张爱玲以"惘惘的威胁"为背景,展现了一幅充满"荒凉"之感的爱情图景。

### (一)两位主角的爱情逻辑

在《倾城之恋》中,白流苏与范柳原的爱情逻辑充满了自私与功利。白流苏作为一个离婚后渴求再婚的名门闺秀,她的爱情逻辑主要是寻求婚姻的保障。而范柳原则是一个归国的浪荡公子,他渴望寻找一个充满古典情韵的中国女人,以弥补自己的文化空缺。在这种情况下,爱情成了双方达到目的的手段,而非真正的感情流露。因此,白、范二人之间的爱情实际上是一种暧昧而尴尬的"没有爱情的爱情"。

### (二)爱情的负荷与释放

《倾城之恋》中的爱情负荷体现在金钱、名分和保障等方面,这些因素使爱情受到了种种束缚。然而,在战争爆发的背景下,所有的负荷变得微不足道。在这个特殊的时期,白、范二人之间的爱情逐渐得到了释放,精神上的负担也被解除。

　　在这动荡的世界里，钱财、地产、天长地久的一切，全不可靠了。靠得住的只有她腔子里的这口气，还有睡在她身边的这个人。①

　　面对崩坏的时代，他们开始珍视彼此的陪伴，实现了一种"一刹那的彻底的谅解"。这种感情的释放在某种程度上体现了爱情的存在。

### （三）无情还是有情的探讨

　　对于《倾城之恋》中的两人是无情还是有情这一问题，一直众说纷纭。事实上，这部小说中的爱情主题充满了复杂性与丰富性。在战争的背景下，白、范二人的爱情既有自私与功利的一面，又有真情流露的时刻。这种残酷的似有似无的爱情带给读者的是一种回味悠长的体悟，反映了人性在时代沉浮中的无奈与怅惘。

## 二、情节：一场倾城的爱情角逐

　　在张爱玲的小说《倾城之恋》中，爱情在遮掩下成为一种隐蔽的存在。张爱玲将小说情节的重心放在恋爱过程中白流苏与范柳原的角逐上，从而使他们之间每一次"博弈"都成为小说中极为精彩的瞬间。

### （一）二人的角逐

　　在《倾城之恋》中，白流苏与范柳原的每一次"博弈"都充满了紧张与刺激。从白流苏第一次来到香港，被误认为范柳原的太太开始，她就一直处在对名誉、他人眼光的担忧之中。范柳原对此不以为意，反而对她开玩笑："唤你范太太的人，且不去管他们；倒是唤你做白小姐的人，才不知道他们怎么想呢！"这看似轻描淡写的话语让白流苏脸色大变，也成为整部小说的转折点。两人都是精明强干之人，他们在爱情角逐中各自施展策略，展现出高超的心理战术。白流苏为了赢得能让自己在众人面前扬眉吐气的婚姻，走得步步惊心，处处提防。范柳原虽然对白流苏没有太多物质利益的纠缠，但他依然追求"精神恋爱"。这为白

---

① 张爱玲.倾城之恋［M］//张爱玲.传奇.北京：中国青年出版社，2000：83.

流苏争取婚姻胜利提供了机会。在香港沦陷之前，两人一直处在对立和警惕的紧张状态。白流苏在上海和香港两地之间的时空辗转使情节更加紧凑，使人物的心理活动特点更加鲜明。

### （二）白流苏的策略

白流苏在与范柳原的角逐中采取了不同的策略。由沪抵港是主动出击，希望能在新的环境中赢得范柳原的心。然而，她在这次交锋中败北，虽然决定回上海，却没能实现自己的本来意图。白流苏回到上海是以退为进，她试图让范柳原更加珍惜她，但最终在绝望中不得不再次回到香港。三次辗转反映了白流苏在爱情博弈中的策略转变，也揭示了她在追求婚姻胜利道路上的坚定决心。

当小说进入尾声时，城市在战争中被摧毁，范柳原和白流苏在虚无的背景下重温曾经的誓言和爱意。在这一时刻，他们的爱情卸去重负，终于显得更加清晰。然而，战争过后，城市重建，已经"圆满"的白流苏却陷入了一种惘然的状态。范柳原不再与她开玩笑，将自己的俏皮话留给其他女人，这使白流苏感到一丝失落。小说《倾城之恋》在这种背景下戛然而止，白、范二人的心愿似乎得以实现。然而，在这看似圆满的表象下，仍留有一片苍凉和惘然。这使读者对小说内容的思考更加深刻，小说引导读者填补空白，想象白、范二人之后的人生。这种"不彻底"的结局，使《倾城之恋》更具吸引力和思考空间。

### 三、语言：推动爱情主题和情节发展的催化剂

张爱玲的《倾城之恋》以其细腻的笔触、生动的描写和独特的人物塑造，展现了一场关于爱情、婚姻和人性的激烈博弈。在这部作品中，张爱玲的语言表达尤为引人关注，其独特的韵味和丰富的内涵推动了爱情主题和情节的发展，成为整部作品的催化剂。

### （一）语言中透着生命的惘惘虚无之感

张爱玲在《倾城之恋》开篇就使用生动的比喻："他们唱歌唱走了板，

跟不上生命的胡琴。"①揭示了白公馆数十年如一日的虚无生活，也揭示了当时的环境是腐朽滞缓的、脱离时代的，点明白、范二人爱情发生的背景。此外，白流苏对白公馆的感受，是"神仙的洞府"和"单调与无聊"的结合，强调了这个环境糜烂、毫无温馨之感。语言中所透露出的生命的惘惘虚无之感，为爱情主题和情节的发展奠定了基调。

**（二）以讥诮世故的内心独白进行人性揭示**

张爱玲在小说中恰当运用讥诮世故的内心独白揭示人物的复杂性。例如，当徐太太提出要带流苏去香港时，流苏的忖度将现实环境中的世态炎凉、人心不古完全揭示在人前。而在范柳原与白流苏的互动中，他们的内心独白尖刻地道出了他们各自复杂的性格与爱情观念。这些讥诮世故的内心独白，既表现了人物的人性，也推动了爱情主题的深入发展。

**（三）以不同风格的对白表达隐晦的爱**

在《倾城之恋》中，不同人物之间的对白风格差异巧妙地传达了小说人物各自的爱情观和情感状态。例如范柳原的一段话：

这堵墙，不知为什么使我想起地老天荒那一类的话。……有一天，我们的文明整个的毁掉了，什么都完了——烧完了、炸完了、坍完了，也许还剩下这堵墙。流苏，如果我们那时候在这墙根底下遇见了……流苏，也许你会对我有一点真心，也许我会对你有一点真心。②

范柳原的言语中融合了挑逗性的调情和古典情调的哀伤，反映出他自身的文化背景和复杂性格。

白流苏的言语中虽然包含真情，但也不能完全否认存在取悦和迎合等特殊情感。白流苏因为完全不理解范柳原的文化背景以及她自己只想获得婚姻的名分，所以必然无法与范柳原心有灵犀，白流苏的回答存在大量的答非所问以及直入主题的质疑。

---

① 张爱玲. 倾城之恋［M］// 张爱玲. 传奇. 北京：中国青年出版社，2000：46.
② 张爱玲. 倾城之恋［M］// 张爱玲. 传奇. 北京：中国青年出版社，2000：65.

你干脆说不结婚，不就完了！还得绕着大弯子！什么做不了主？连我这样守旧的人家，也还说"初嫁从亲，再嫁从身"哩！你这样无拘无束的人，你自己不能做主，谁替你做主？①

白流苏倾向于直接表达自己对婚姻和名分的追求，彰显出她作为一名现实主义者的特点。这些对白中的风格差异，既展示了人物在爱情观念上的冲突，也推动了情节的发展。

文学作品是作者以独特的语言艺术展示其内心世界的成果。在《倾城之恋》中，张爱玲凭借精湛的表现手法绘制了文本内的爱情主题，呈现出独具特色的"张派"艺术风格。读者不仅对作品中关于婚恋哲学方面的深刻剖析产生共鸣，也为白流苏与范柳原之间富有戏剧性的较量着迷。张爱玲对爱情的犀利洞察和讥诮也令人叹服。

# 第三节　《金锁记》中的叙事艺术

## 一、《金锁记》概述

### （一）内容简介

曹七巧出身经营麻油生意的家庭，嫁给了残疾的姜家二少爷。她的爱情之路被丈夫的残疾所阻，导致她内心深处对爱情的渴望得不到满足，长久受困于性的焦虑。曹七巧将目光投向了姜家三少爷姜季泽，试图在他身上寻求慰藉，但姜季泽拒绝了她。现实的残酷和对金钱的欲望逐渐燃起了曹七巧对财富的无尽渴求，她一步步深陷自己铸造的黄金锁链，心灵也日渐扭曲。

在家庭瓦解之后，曹七巧成了恶母和恶婆婆，陷入了恶行的深渊。

---

① 张爱玲．倾城之恋 [M]// 张爱玲．传奇．北京：中国青年出版社，2000：71.

女儿长安成了曹七巧手中的第一个牺牲品。七巧让长安裹足，使长安成为亲朋好友眼中的笑柄。长安在学堂品味到新生的自由后，却在七巧的无理纠缠下放弃了求学。正当长安与童世舫萌生爱意时，七巧却设法让长安染上烟瘾，败坏了她的名声，并将她推向无尽的深渊。

儿子长白亦在曹七巧的诱导下染上了烟瘾。母子二人窃谈儿媳的秘密，导致儿媳陷入绝望，悲惨离世。后来成为长白正室的娟姑娘在不到一年的时间里，忍受不住痛苦，吞食鸦片自尽。曹七巧因自身的不幸而无法忍受他人的幸福，甚至是自己孩子的幸福。她内心的扭曲使她铸成恶行，摧毁了儿女、儿媳和童世舫的幸福，带来了更多的悲剧。

### （二）创作背景

在二十世纪三四十年代，上海是一个繁华世界，这座城市犹如战争阴影下的一缕破碎的阳光，带着一种颓废的急功近利的气息。十里洋场，东西方文化交汇，传统与现代的生活方式及价值观在此交融，形成了一幅奇异的画卷。这便是张爱玲笔下《金锁记》的舞台，一个价值观念混乱、欲望横流的时代。在这个时代背景下，战争与死亡威胁似乎无处不在，人性中的恶也在这样的环境中表现得淋漓尽致。

《金锁记》正是在这一特殊的时空背景下诞生的，它既承载了时代的印记，也融入了张爱玲个人的生活经历。《金锁记》主要讲述了一个小商人家庭出身的女子曹七巧心灵历程的曲折变化。七巧作为残疾人的妻子，渴望爱情却难以实现，再加上时刻遭受情欲和财欲的折磨，性格扭曲，行为也变得更加乖戾、狡诈，这样的曹七巧做出破坏儿女幸福的举动是必然的。张爱玲从这种特殊的角度讲述了一个迫害亲生子女的故事，从而揭示了特定的社会环境与生活环境是如何将一个原本温柔善良的女子变为一个阴险狠毒的"吞噬者"。

## 二、《金锁记》的叙事

### （一）《金锁记》的全聚焦全知型叙述模式

在复杂的小说创作过程中，叙事视点对整体结构具有决定性影响。叙述者（视角的承担者）与视角的关系密不可分，因此在叙述模式中，视角和叙述者的关系问题成为重要的元素之一。在张爱玲的《金锁记》中，整部作品始终采用全聚焦全知型叙述模式，同时主要在开头和结尾部分采用主观型全聚焦模式，而故事主体部分则主要使用混合型全聚焦模式。

#### 1.全聚焦全知型叙述模式的表现

在《金锁记》中，张爱玲运用全聚焦全知型叙述模式，始终保持对故事的掌控。在开头和结尾部分，叙述者以第一人称登台亮相，表现出主观型全聚焦模式的特征；而在故事主体部分，叙述者既纵观全局，对故事中的人物和事件进行全景式描写，同时在关注某个人物或其内心活动时，叙述者又自行隐退，呈现出混合型全聚焦模式的特点。

#### 2.故事讲述方式

《金锁记》据说是以李鸿章次子李经述的真实家庭故事为原型创作的，作品内容大多是张爱玲通过聆听族中长辈聊天或回忆得来的。张爱玲在小说开头部分描述完故事发生的时间（三十年前）、地点（上海）和背景（一个有月亮的晚上）之后顺势转换笔锋引入一段有关月亮的内容，明确表示这个故事是年轻人听老年人讲述的，让读者亲身接触故事的讲述者（老年人）以及倾听者（年轻人）。这种手法成功地将老年人变成了全知叙述者，故事其实就是老年人回顾过去的欢乐、痛苦、挣扎以及畸变。

而且，故事的时间跨度长达三十年，在一定程度上保证了老年人评述、追忆的客观性。这样的故事不仅显得更真实，还能通过老年人独特的详细叙述将内容传递给读者，从而赋予故事陈旧、悠远、富丽和苍凉的氛围。

3.自如调整镜头

在《金锁记》中，张爱玲以独特的叙事技巧自如地调整镜头，从人物的外貌、言谈、行为举止到内心世界的剖析，甚至偶尔出面评论，使故事呈现出丰富的层次感。她精妙地运用了不同的叙述者和视角，展示了人物心理的微妙变化，为读者提供了深入的洞察结果。这种镜头调整的灵活性和娴熟的技巧使叙事过程几乎不留任何痕迹，使作品具有更高的艺术价值。

例如，在七巧试图引诱季泽的情节中，张爱玲通过描写七巧的外貌和内心矛盾，展示了她在爱情与金钱之间的挣扎。此时，镜头又转向季泽的内心，让人们了解他为何拒绝了七巧的示爱。张爱玲在这里巧妙地将全知视角与人物的有限视角相结合，使故事更具深度和真实感。

值得注意的是，张爱玲在叙述过程中时常运用客观的叙述形式，却能引起读者对人物思想和心境的共鸣。例如，在季泽拒绝七巧后，叙述者展示了季泽的内心挣扎和考虑，使读者对这一情节产生共鸣。这种叙事方法不仅为作品增色，还使人物的心理活动具有丰富的内涵。

**（二）《金锁记》的时间处理艺术**

《金锁记》之所以会成功，与叙事模式的正确应用有关，与张爱玲巧妙处理时间也有关。小说以"三十年前的上海，一个有月亮的晚上"开篇，指明了这个故事的跨度长达三十年。张爱玲为了保证时间正常流转采用了一系列手法和技巧。

首先，张爱玲借助月亮来表现昼夜更替、光阴流逝。

天就快亮了。那扁扁的下弦月，低一点，低一点，大一点，像赤金的脸盆，沉了下去。①

其次，通过概括、省略或扩展等方式调整叙事速度。

---

① 张爱玲.金锁记［M］.呼和浩特：内蒙古大学出版社，2003：7.

风从窗子里进来，对面挂着的回文雕漆长镜被吹得摇摇晃晃，磕托磕托敲着墙。七巧双手按住了镜子。镜子里反映着的翠竹帘子和一副全绿山水屏条依旧在风中来回荡漾着，望久了，便有一种晕船的感觉。再定睛看时，翠竹帘子已经褪了色，金绿山水换了一张她丈夫的遗像，镜子里的人也老了十年。①

张爱玲在此处的描写使用了电影中常用的虚实相间的手法，模糊了时间和空间的概念，却又隐约地浮现，写得绝妙至极、凄美无双。尽管未对七巧这期间的生活做出详细叙述，但仅凭其中空间转换和时间流逝的特殊美就能让读者获得信息。

使用省略和概括可以在一定程度上加快叙事的速度，将不方便详述的内容略过，如七巧向儿子长白打探儿媳隐私的内容。而扩展在放慢叙事速度、延长叙事时间上有其他方式无法比拟的优势。张爱玲用超然的创作态度及细腻的女性笔触，将生活中的琐碎心理、事件一一展示给读者，既能让小说充满诗情画意，又能让叙述者宣泄自己的情感。

七巧低着头，沐浴在光辉里，细细的音乐，细细的喜悦……这些年了，她跟他捉迷藏似的，只是近不得身，原来还有今天！可不是，这半辈子已经完了——花一般的年纪已经过去了。人生就是这样的错综复杂，不讲理。当初她为什么嫁到姜家来？为了钱么？不是的，为了要遇见季泽，为了命中注定她要和季泽相爱。她微微抬起脸来，季泽立在她跟前，两手合在她扇子上，面颊贴在她扇子上。他也老了十年了，然而人究竟还是那个人呵！②

另一处，当季泽扬长而去时，为了描写七巧由爱生恨、由恨生悔、爱恨交织、震惊失落的一刹那，张爱玲用了近五十个字。

酸梅汤沿着桌子一滴一滴朝下滴，像迟迟的夜漏。一滴，一滴……

① 张爱玲. 金锁记 [M]. 呼和浩特：内蒙古大学出版社，2003：30.
② 张爱玲. 金锁记 [M]. 呼和浩特：内蒙古大学出版社，2003：39.

一更，二更……一年，一百年。真长，这寂寂的一刹那。[①]

### 三、《金锁记》中的陌生化技巧

《金锁记》取得成功除了与叙事模式和时间处理有关之外，陌生化的运用也至关重要。所谓的陌生化是一种特殊的艺术技巧，指的是通过复杂的形式增加感知的困难，延长感知的过程的技巧。张爱玲在《金锁记》中运用了这种技巧，使作品主题的表达更加深刻，读者的感知过程也因此延长，从而增强了艺术效果。

《金锁记》中的陌生化技巧主要表现在以下两个方面。

#### （一）主题的陌生化

萧云儒在《从张爱玲的〈金锁记〉到电视剧〈昨夜的月亮〉》中探讨了《金锁记》主题的三个层次，即命运怪圈、文化怪圈和情态怪圈。然而，张爱玲并不满足于此，她通过描述主人公七巧对自己下一代的报复，使七巧从无辜的受害者变成恶毒的施威者，以此拓展了主题的深度和广度。这种陌生化的运用，使读者在理解故事的同时，更深入地思考主题的含义，从而延长了感知的过程。

#### （二）象征手法的陌生化

在《金锁记》中，月亮并不仅仅象征时间，它还具有更为精妙的隐喻功能以及更为深刻的内涵。在通常情况下，月亮代表美丽、高洁、永恒，是真爱的见证，有甜美、温柔的表征。但在此处，它代表的是凄惨、阴森、晦暗，充满杀气，是畸变和腐败的旁观者。

这种陌生化的象征手法，使读者在理解故事的同时，不仅需要重新审视和理解月亮的象征含义，还需要思考其背后更深层次的主题。

---

① 张爱玲．金锁记 [M]．呼和浩特：内蒙古大学出版社，2003：43.

# 第六章　沈从文及其小说创作

## 第一节　沈从文文学成就及小说艺术分析

### 一、沈从文的生平及小说创作特色

#### （一）沈从文的生平经历

沈从文，犹如湘水的清流在中国文坛中留下了深远影响，他的一生历经坎坷，却也如诗如画。本书沿着时间的线索，穿越时空的长河，用凝练的语言细细品味沈从文的传奇一生。

1902 年的 12 月 28 日，沈从文降生在湖南凤凰县一个文化底蕴深厚的家庭。在这片古韵犹存的土地上，他度过了童年时光，耳濡目染地感受着湘西的山水风情。

1917 年，年仅 15 岁的沈从文投身湘西靖国联军第二军游击第一支队，开始了自己的军旅生涯。在战火硝烟中，他目睹了生死离别，体味了世事沧桑。

1922 年，沈从文脱下军装，怀揣着对知识的渴求来到了北京。在这座繁华的都市，他旁听北京大学的课程，努力汲取知识的甘霖，为实现自己的文学梦想而努力奋斗。

1924 年，沈从文的才华终于得以展露。他的作品在各大报刊上发表，如同破土而出的嫩芽，展示着生命的顽强与力量。这一年，他的人生开始发光。

1928 年，沈从文离开北京，来到上海这座繁荣的城市。他与胡也频、丁玲成立红黑出版社，共同创办《红黑》杂志，以笔为剑，为文化事业开疆拓土。

1929 年，沈从文赴上海吴淞的中国公学任教，在那里他遇到了张兆和，那个让他一生难忘的爱情故事就此开始。

1930 年后，沈从文赴国立青岛大学（后改为国立山东大学，现中国海洋大学、山东大学、青岛大学医学院）任教。在这个阶段，他创作了众多优秀的作品，如《石子船》《虎雏》《月下小景》《八骏图》，展现了他高超的文学素养与独特的艺术风格。

1931 年至 1933 年，沈从文在国立山东大学（现中国海洋大学、山东大学、青岛大学医学院）任文学院讲师，与张兆和结为夫妻。

1934 年，沈从文完成了《边城》，这部充满诗意的牧歌式小说成为他文学创作的一个高峰，也让他在中国文坛崭露头角。

1938 年春，沈从文来到昆明，与杨振声共同编选中小学国文教科书。同年 11 月，他受聘成为国立西南联合大学中文系教授，继续在教育和文学领域贡献力量。

1948 年，沈从文将工作重心转移到文物研究上，开启新的人生篇章。

1949 年 8 月，沈从文在历史博物馆（现中国国家博物馆）工作，专注于中国古代服饰的研究工作。

1960 年，沈从文发表了《龙凤艺术》等研究成果。

1978 年，沈从文调任中国社会科学院历史研究所研究员。1981 年，经过长达十余年的研究，他出版了专著《中国古代服饰研究》，为中国纺织服饰考古研究事业做出了卓越贡献。

1983 年，沈从文突患脑血栓，住院治疗。虽然在 1984 年病情稍有好转，但他的言行已经变得困难。然而，这位文坛巨匠并没有放弃对生活的热爱和对文学的执着追求。

1988年5月10日下午，沈从文心脏病复发，抢救无效，最终离世，享年86岁。沈从文虽然离开了人世，但他留给后世的作品成为中国文学史上永恒的一页。

### （二）沈从文的创作体裁及作品

沈从文是一位多产的作家，创作包括小说、散文、学术著作等（表6-1）。沈从文不仅是作家，还是历史学家、考古学家。

表6-1　沈从文的创作体裁及代表作品

| 体裁 | 作品 |
| --- | --- |
| 小说 | 《老实人》《蜜柑》《雨后》《神巫之爱》《龙朱》《旅店》《石子船》《虎雏》《阿黑小史》《月下小景》《八骏图》《如蕤集》《从文小说习作选》《雪晴》《新与旧》《主妇集》《春灯集》《黑凤集》《阿丽思中国游记》《边城》《长河》《街》《萧萧》《三三》 |
| 散文 | 《记胡也频》《从文自传》《记丁玲》《湘行散记》《湘西》《废邮存底》《烛虚》《云南看云集》《沈从文散文选》《不知为什么，我忽然爱上你》 |
| 学术著作 | 《从文赏玉》《唐宋铜镜》《龙凤艺术》《战国漆器》《中国古代服饰研究》 |

沈从文的文学作品《边城》《湘西》《从文自传》等，在国内外产生了重大的影响。他的作品被译成四十多个国家的文字出版，并被美国、日本、韩国、英国等十多个国家或地区选进大学课本，两度被提名为诺贝尔文学奖评选候选人。沈从文晚年专著《中国古代服饰研究》，填补了中国物质文化研究史上的一页空白。

## 二、沈从文小说创作特色

### （一）富有瑰奇绚丽的地方色彩

沈从文的小说具有浓厚的地方色彩和情调，这是他的小说作品独具特色的一大亮点。故事背景大多选自湘西，以抒情且多彩的笔触描写出湘黔边界的独特风情。作品如《雨后》《边城》，都散发着浓郁的乡土气息。与同时期的乡土文学作家作品蹇先艾的《水葬》以及许钦文的《石宕》等不同，沈从文小说并不关注对陈规陋习的揭露，而是专注于对古朴民风和山乡景色的赞美。通过艺术想象，他构筑了一个理想境界，虽然有时小说的真实感不足，却表现出对美好人性的肯定和追求。

沈从文对地方风俗的细腻描写，彰显了他深厚的故乡情感。他以敏锐的观察力捕捉到湖南乡村的点滴细节，并通过独特的艺术表现手法将这些细节融入作品。沈从文笔下的湘西山水、风土人情，以及那些富有生活气息的场面，无不展示了他对故乡的热爱和眷念。这种瑰奇绚丽的地方色彩和情调，使沈从文的作品在当时的文学舞台上独树一帜，成为中国现代小说史上一道独特的风景线。

### （二）创造了具有个人风格的牧歌式小说

沈从文的牧歌式小说体现了他的艺术独创性。这类小说既有真实的细节描写，又有浪漫主义的抒情色彩。他受到了鲁迅《故乡》《社戏》等现实主义小说的启示，注重写实笔调；同时，他又受到郁达夫、许地山等浪漫主义作家的影响，作品充满浓郁的主观抒情色彩。沈从文用朴素清新的文笔，描写边远山乡的生活，奏出音调低沉悠扬的牧歌，在现代中国抒情小说的发展历程中具有独特的地位。沈从文的牧歌式小说，通常以自然景观为背景，展示人与自然的和谐共生。他的作品充满了诗意，通过对自然风光、民间风俗的描写，展示人类对美好生活的向往具有一种超脱现实的意境，给读者带来了不同于一般现实主义作品的审美体验。

沈从文的牧歌式小说在现代抒情小说创作中占有重要的地位，对后世文学创作产生了深远的影响。他的小说风格独特，既有写实的精细描写，又有浪漫抒情的色彩，使沈从文成为中国现代文学史上一位不可忽视的作家。

### （三）进行了多种文体的探索

沈从文的艺术独创性还体现在他对多种文体的探索上。他并不是拘泥于一种文体，而是进行广泛的试验，因此他被誉为"文体作家"。沈从文早期的小说作品大多是故事型的，注重情节，展现带有传奇色彩的故事；后期的小说作品则趋向抒情的散文型，充满诗情画意。

沈从文的文体探索表现在他的作品中，如《边城》展现了自然与人的亲密关系，既有传统小说的叙事韵味，又有散文式的抒情描写。这种文体的探索使沈从文的作品更具多样性，在中国现代文学史上留下了独特的一笔。沈从文在创作过程中不断自我突破，追求创新，其创作成果赢得了广泛的赞誉。

# 第二节　《边城》中的诗化风格

## 一、故事情节充满浪漫的诗意

《边城》的故事情节以简单而纯真的爱情为主线，充满了浪漫的诗意。沈从文通过对翠翠与翠翠祖父日常生活的描写，展现了人与自然、人与人之间的和谐关系。翠翠与天保、翠翠与傩送之间的爱情故事纯洁美好、悠扬动人，如同一首优美的抒情诗。这种浪漫的诗意情节使《边城》成为一部具有高度艺术价值和审美意蕴的作品，令读者陶醉其中。

《边城》整部作品共有二十一节，可分为开端、发展、高潮、结局四个部分。

### （一）开端（第一至三节）

在故事的开端，作者通过描写边城的自然景色和人物形象，为读者呈现了一个美丽、宁静的乡村田园世界。主人公翠翠的出生、成长和命名，以及她与老船夫的亲密关系，都充满了浪漫诗意。同时，作者也通过描写边城的民风民俗，展现了这个地方特有的文化氛围。

### （二）发展（第四至十九节）

故事在发展阶段主要围绕翠翠和二佬傩送之间的爱情故事展开。两人从初次相遇的误会，到相互了解、心生情愫，再到发生种种误会和阻碍，作者通过对这一过程的描写，成功地传达了爱情的美好、纯真与坚定。作者用一系列诗意的情节和细腻的心理描写，使这段爱情故事更具感染力。

此外，在故事的发展过程中，作者还描写了边城各种传统节日和风俗，让读者更深入地了解这个地方的文化。端午节赛龙舟、唱歌求婚等场景，都展现了边城独特的民俗风情，也为翠翠和二佬之间的爱情故事增添了浓厚的诗意。端午节还成为串联起翠翠与二佬爱情的线索，见证了翠翠和二佬之间爱情的萌芽、成长与波折。每一个端午节都充满了诗意与浪漫，仿佛时间与空间都被温柔地揉进了爱情故事中。

第一个端午节，阳光轻洒在湘江之畔，那是翠翠初次遇见二佬的美好时刻。碧波荡漾的江面上，龙舟破浪而行，歌声此起彼伏，弥漫着边城独有的喜庆气氛。翠翠在这欢乐的节日里与二佬不期而遇，他们的相识如同春天里的桃花初绽，含蓄而美好。二佬的关切与翠翠的误解交织成了一曲柔美的乐章，使这段初遇充满了诗意。端午节的礼物、歌声和欢笑，在翠翠与二佬的爱情故事中留下了深刻的印记。

第二个端午节，翠翠又来到了河街观赏龙舟比赛，期盼在人群中再次遇见二佬。翠翠的心情如同江水一般波澜起伏，又如同夏日的阳光一般洒向大地，温暖而明媚。虽然没有见到二佬，但翠翠结识了二佬的哥哥大佬天保。这次相遇如同夜空中的流星划过，短暂而灿烂。

第三个端午节，春意盎然，绿意葱茏，翠翠和二佬的感情如同绿叶上的露珠，晶莹剔透。在这个节日里，二佬邀请翠翠和老船夫一起观看龙舟比赛，他们在吊脚楼上共享欢乐时光。这一刻，翠翠与二佬的爱情如同江水与岸边的柳枝交相辉映，浪漫而美好。然而，随着大佬的求婚意愿显露，翠翠与二佬的爱情也在这个端午节里迎来了波折，仿佛春风拂过湖面，泛起了层层涟漪。

**（三）高潮与结尾（第二十至二十一节）**

《边城》第二十节是故事的高潮，展现了大自然的淫威和人世间的误会给人类带来的灾难和心灵的创伤。祖父在翠翠与二佬的爱情故事中，面对愿望与现实的差距和一连串的误会，心事重重并在雷雨之夜去世。沈从文巧妙地运用诗意的手法，展示出祖父对自己的去世早有预感，人事与天象非常吻合。《边城》第二十一节是故事的结局，作者采用浪漫主义的笔调将其处理得如诗如画，收到了极佳的艺术效果。

首先，祖父的去世让这个家庭的成员发生变化，沈从文用浪漫诗意的方式来表现。这家人由伯父、女孩子和一只黄狗组成，伯父杨马兵说故事的本领比祖父高一筹，言行举止比祖父更加浪漫。尤其是杨马兵年轻时牵着马匹到碧溪岨对着翠翠母亲唱歌，现在成为这"孤雏"的唯一靠山和信托人，充满了浪漫诗意和传奇色彩。

其次，沈从文在故事的结尾处理上更加注重诗意的展现。他用边城碧溪岨的白塔象征理想的人生形式，白塔重新修好反映出沈从文对重建理想的人生的信心，使读者对未来充满希望。与此同时，沈从文也通过描写年轻人在月下唱歌，暗示了二佬的未来难以预料，翠翠的未来、茶峒人的未来和理想人生的重建都难以预料，但沈从文又不忍心让翠翠彻底绝望，因而让她带着希望接受爱情的考验与磨难，等待恋人归来。同时，这也给读者留下希望、期待和遐想，创造出希望与担忧同在、机遇与挑战共存的意境。

**二、环境描写洋溢浓郁的诗情**

《边城》的环境描写充满了浓郁的诗情。沈从文以独特的笔触，细腻地描写出湘西边境小城的自然风光，如碧绿的河水、宁静的山林、斑斓的花朵。此外，他还通过描写四季更迭、日出日落、白雾弥漫等自然景象，表达了对自然的赞美和向往。这些环境描写让人仿佛置身于一幅幅优美的山水画中，感受诗情画意的美好。《边城》以其自然环境和人文环境的描写而著称，充满了浓郁的诗情。这个小小的边城世界，充满了古朴清醇的自然神韵、和谐平和的人际关系以及富有诗情画意的民俗风情，让人沉醉其间、流连忘返。

在自然环境方面，沈从文以绿色为主色调。绿色象征着希望、和平、宁静，是诗的颜色，是和谐的颜色。在小说中，满目苍翠的大山、深翠逼人的竹篁、清澈见底的深潭碧水、古老的青石、绿绿的河藻、绿水中的船只、绿水间掩映的吊脚楼等景色，无处不映衬着深浅不同的绿色意境，充满了诗情画意。每一节都是一幅风景画或民俗画，自然而又清丽，优美而又富有诗情，让人如入梦境，呈现出自然的和谐氛围，使读者如同置身优美、清新、恬淡、宁静的自然环境之中，美不胜收。

在人文环境方面，沈从文描写的是一个和谐平和的社会，人与人、人与自然之间和谐一致，亲密无间。文化环境健康而富有诗情。中秋节，青年男女用对歌的形式在月夜倾吐爱意；端午节，家家锁门闭户，到河边观赏龙舟竞赛，参加在河中捉鸭子的活动，"不拘谁把鸭子捉到，谁就成为这鸭子的主人"；正月十五，舞龙、耍狮子、放烟火，"小鞭炮如落雨的样子"。沈从文笔下的边城世界积淀着深厚博大而又神秘瑰丽的楚文化，是一个恬静平和而又富有诗情画意的人间仙境。

### 三、语言表达蕴含丰富的诗味

《边城》中的语言表达蕴含丰富的诗味。沈从文运用富有地方特色的方言、乡音，以及韵味十足的词语，将作品中的人物、事物、情感等表现得淋漓尽致。同时，他还善于运用修辞手法，如比喻、拟人、象征，使文中的意象生动鲜明，令人产生共鸣。这种诗意的语言表达，使《边城》成为一部具有独特魅力和高度艺术价值的作品。

（一）含蓄性

《边城》中语言的含蓄性是作品魅力的一个重要方面。沈从文精选了大量富有地方特色的民间俗语，如"在看水鸭子打架""车是车路，马是马路，各有走法"。这些俗语既富有乡土气息，又能传达深意，使小说语言表达既有地方特色，又有个人风格。通过运用这些民间俗语，沈从文成功地传达了人物的内心情感，如翠翠的羞涩情绪和初恋心境。这种含蓄的表达方式使人物情感更为真实，让读者产生共鸣。

民间俗语在小说文本中还充当了暗示故事情节发展的作用。例如，"在看水鸭子打架"暗示翠翠与二佬的爱情故事发展，"车是车路，马是马路，各有走法"暗示求婚的方式。沈从文小说中的民间俗语不仅简洁明了，而且富有诗意。这使小说语言表达具有一种独特的美感，令人陶醉。

（二）精练性

沈从文在创作《边城》时就想将其写成"纯粹的诗"，他将《边城》主人公的爱情故事，转化成诗进行表达。沈从文《边城》的语言极具精练性，字字珠玑，句句传神，宛如点点繁星，闪烁着诗情画意。他的作品用词准确、简洁，并富有意境和哲理。例如，"浮"这个动词，描绘了水中游鱼的悠然自得和白河清澈明丽的景象；"逼"这个动词，则将细竹的深翠颜色由静态变为动态，表现出高山竹林的生机盎然。这些精妙的词语，既表达了自然环境的美妙，又彰显了沈从文诗意盎然的笔调。

除了描写自然环境，沈从文也运用精练的语言刻画人物内在的情感和复杂的心理状态。例如，"凝眸"这个词，既表现了翠翠初恋的心情，又流露了她对二佬的思念；"酿"这个词，则烘托了祖父内心的悲伤。而在描写人物神态时，沈从文不仅运用简洁的语言，还运用形象化的词语，如"装成狡猾得意神气笑着"，将人物形象化、情感化，增强了作品的艺术感染力。

　　沈从文在用词上还善于通过一些富有哲理的词语，表达自己的思想和情感。这些词语的巧妙运用，让作品充满了厚重的文化底蕴，成为经典之作。

### （三）生动性

　　《边城》语言的生动性是让读者赞不绝口的一大特点。这主要体现在沈从文善用排比和巧用比喻两个方面。

　　1.排比

　　排比是沈从文常用的一种修辞手法，极大地增强了语言的生动性。在《边城》中，沈从文巧妙地使用排比，以增强情感的表现力和语言的韵律美，使描写更具有动态感和生动感，使人物形象鲜明、生动逼真，也使语言节奏鲜明，读起来更有韵律感。

　　2.比喻

　　比喻是沈从文在《边城》中常用的一种修辞手法，它能以生动的形象表达抽象或复杂的情感与概念，增强了语言的生动性和表现力。沈从文的比喻多采用自然景物或乡土生活元素，比喻生动且贴近生活。例如，在刻画翠翠的性格时，沈从文使用比喻形象地表现了翠翠柔弱的外表下内心的坚定，使翠翠这个人物形象更加立体和生动。又如，在描写边城的风景时，沈从文通过将边城的梯田比喻为画卷，不仅生动形象地展现了边城美丽的自然风光，也使读者产生了对美感的共鸣。

### 四、人物形象彰显鲜明的诗性

　　《边城》中的人物形象具有鲜明的诗性。沈从文通过细腻的心理描写、丰富的内心活动、动人的情感表现等手法，塑造了一系列具有诗意的人物形象。

### （一）翠翠形象的诗性

翠翠，这个名字就如同她的性格一样，充满了生命的活力与色彩。作为《边城》中的核心人物，她是这个故事中的灵魂所在。翠翠这个人物形象在《边城》这部作品中，不仅具有强烈的现实性，还充满了诗性。她的形象宛如一幅充满诗意的画卷，勾画出了一种美好而又悲伤的氛围。

首先，翠翠的名字本身就充满了诗意。她的名字来源于她生活的环境——青山绿水之间，这里的"翠"意味着清新、自然和生机。翠翠的名字与她的生活环境紧密相连，她就像是大自然的孩子，不受世俗纷扰，天真无邪。这种诗意的名字为她的形象增添了一种柔美的气质。

其次，翠翠的外貌和气质也具有诗意。黑黑的皮肤和清澈的眼睛，仿佛是大自然的馈赠，让她看起来既纯真又动人。她在风日里长养，环境使她的皮肤变得有一种青翠的美感，如同湘西的青山绿水。她的眼睛明亮如水晶，反映出她心灵的纯净。她的形象如同一幅美丽的山水画，令人心旷神怡。

最后，翠翠的经历和生活也富有诗意。她与祖父在边城过着相依为命的生活，两人一起进城看风景、轮流撑船，这些温馨的场景都弥漫着诗意。即使生活艰辛，翠翠依然保持着乐观、坚韧的精神，这种精神风貌也具有一种诗意的美感。翠翠的爱情也流露出诗意。她与二佬的相识相恋，是一段纯真而美好的爱情故事。翠翠的爱情如同春天般美好，她对二佬的钟情、害羞，都让她的形象更具诗意。她对爱情的执着和渴望，使她的人物形象更加丰满，展现出一种美丽而又悲伤的诗意。

沈从文笔下的边城其他人物也充满了诗性。他们的诗性品格表现在他们的品质、行为和态度上，人物形象丰富多彩。这些人物的诗性品格为边城这个理想世界增添了许多动人的色彩。这些人物形象的诗性展现，使《边城》成为一部令人陶醉的抒情小说。

（二）祖父形象的诗性

翠翠祖父，即老船夫，在《边城》这部作品中，同样具有很强的诗性。他的形象不仅展现了边城人民的朴实善良，还强烈体现了人与自然的和谐共生。

首先，祖父的职业背景就充满了诗意。他作为一名船夫，与水关系紧密，与自然和谐共生。五十年来，他见证了边城的风云变幻，用自己的船让无数人渡过湘西的青山绿水。这种与自然融为一体的生活方式，使祖父的形象充满了诗意。

其次，祖父的性格特点也具有诗意。他朴实善良、乐于助人，这些品质都是湘西人民的写照。尽管生活艰辛，祖父却始终保持着一颗善良的心，总是竭尽所能帮助他人。这种善良和朴实的品质，使祖父的形象具有一种柔美的诗意。祖父对翠翠的关爱也展现了诗意。他用自己微薄的力量为翠翠创造一个美好的未来，无论遇到多少困难，都坚定地为翠翠撑起一片天空。这种深沉的爱意，如同一首美丽的诗篇，充满了感人至深的诗意。

最后，祖父的悲惨命运呈现出壮美的诗意。他在雷电交加的夜晚默默离世，这种场景充满了悲壮之美。他的离世，不仅使翠翠的生活更加艰难，也成为一首催人泪下的悲歌。

（三）船总顺顺形象的诗性

船总顺顺这个人物在《边城》中是一种充满诗性的形象。这种诗性体现在他的性格特点、家庭背景以及经历的悲痛之中。

顺顺生财有道，具有商业头脑，却又正直和平，明晓事理。这种性格特点使他的形象更具诗意。他既是一个成功的商人，又是一个乐于助人的好心人。这种性格特点反映了边城人民的优良品质，也使顺顺的形象充满诗意。顺顺的家庭背景也具有诗意。他曾是一名战士，因受伤回到家乡，通过努力创造了新的生活。这种坚忍不拔的精神，如同一首励志的诗篇，让顺顺的形象更具诗意。他的家庭幸福美满，与天保、傩送共同生活，这种家庭氛围也为顺顺的形象增添了一些诗意。顺顺对翠翠一家的关爱展现了诗意。他从不因为翠翠一家的贫困而瞧不起他们，而是竭尽所能帮助他们。顺顺的善良心地如同一首美丽的诗歌，体现了边城人民的互助友爱精神，也为顺顺的形象增添了诗意。顺顺在老年丧子的悲痛经历中也展现出悲壮的诗意。失去儿子天保的打击对于顺顺来说是沉重的，他在悲痛之中表现出一种坚忍的气质。这种坚忍如同一首悲壮的诗篇，他虽然在悲痛中挣扎，但依然尽力维护与翠翠一家的友谊，这种品质让顺顺的形象充满诗意。

### （四）天保形象的诗性

沈从文在塑造"天保"这一形象时，将其刻画为集江湖气息与柔情于一身的性情中人，其刻画也充满诗性。

天保心直口快的性格展现了诗意。他对翠翠的喜爱毫不掩饰，在江湖中，直爽的性格往往更受人喜爱，他的真挚也使翠翠对他产生了好感。这种性格特点不仅体现了边城人民的坦诚，也让天保的形象充满诗意。天保有着吃苦耐劳和精明能干的特质，他与弟弟傩送一起，在茶峒创造了自己的事业。他们兄弟俩一直名震茶峒内外，这种坚忍不拔的精神如同一首励志诗篇，这种品质反映了边城人民的勤劳和坚定，也为天保的形象增添了诗意。

天保愿赌服输的真汉子气质也展现了诗意。面对弟弟傩送与翠翠的感情，天保虽然悲伤和无奈，却坦然接受。这种豪爽的气度如同一首豪放的诗篇，不仅表现出了一种江湖侠义精神，也体现出了他对感情的尊重，这为他的形象增添了诗意。天保的悲惨命运即惨死水中的结局让人唏嘘不已，如同一首凄美的诗篇，他的命运既是对爱情无奈的写照，也是对江湖悲歌的诠释。这种悲情让天保的形象更加丰满，充满诗意。

### （五）傩送形象的诗性

傩送既展现出了英俊潇洒的一面，又具有感情世界的纯真，人物形象具有诗性。傩送长相出众，他被誉为"岳云"，形象如诗般美好，翠翠也因此对他产生了好感。傩送的美貌如同一首优美的诗篇，这种外在美也反映了边城人民对美的追求，让傩送的形象更富诗意。傩送同哥哥一样吃苦耐劳、精明能干，这种品质反映了边城人民的勤劳和坚定，也为傩送的形象增添了诗意。

傩送歌声优美，他的歌声如同天籁，让翠翠为之倾倒。这种艺术气质不仅展现了傩送的才华，也体现了他爱情的炽热，为他的形象增添了诗意。傩送左右为难的情感困境也充满诗意。一方面，傩送为哥哥天保的遇难感到悲痛，巨大打击之下选择驾舟出走；另一方面，傩送又深爱着翠翠，他的出走充满无奈与纠结，这种纠结如同一首凄美的诗篇，让傩送的形象更具诗意。他的情感世界既有对兄弟情谊的忠诚，也有对爱情的执着。这种复杂的情感使傩送的形象更加丰满，充满诗意。

# 第三节　《长河》中的悲剧艺术

## 一、《长河》简介

### （一）创作背景

1934年，沈从文重返家乡湘西，深刻体会到家乡已发生的巨变。此次经历催生了散文集《湘行散记》和小说《边城》，代表着沈从文创作风格和个性的成熟。然而，沈从文意识到，《边城》无法再对应变幻莫测的湘西现实世界。这一次返乡经历为他以后对家乡的描写留下了延展的空间。

《长河》是沈从文抗战期间再次回乡后，于昆明开始创作的一部小说。最初的构想是以中篇作品呈现，但随着写作的深入，沈从文意识到需要以长篇多卷本的形式来表现这个变革时代的历史。《长河》在香港《星岛日报·星座》连载，共六十七次，未完。小说最终在 1945 年由文聚出版社出版，但因有所删节，出版时仅剩下十一万字。

尽管如此，《长河》依然是沈从文刻画湘西世界的一部杰作，以独特的视角和风格，生动地呈现了那个特殊历史时期的人物命运和社会风貌。

### （二）故事梗概

位于辰河中游的吕家坪，是一个恬静而充满神秘色彩的小村庄。河畔绿树葱茏，水鸟嬉戏。此处，商会会长居住于此，保安队也在此扎营。河流下游有一处名为"枫树坳"的小土坡，那里有一座历史悠久的滕姓祠堂，祠堂四周环绕着苍劲有力的古枫树。在古枫树下落脚的，是一位经验丰富的老水手，他在这里摆摊赚取微薄的生活费用。

枫树坳对面的萝卜溪，有一片郁郁葱葱的橘园，园主滕长顺一家颇具声望。他家中有两个儿子和三个女儿，其中年幼的夭夭最为娇美动人，人们赞美她为"黑中俏"。那一年，橘子树硕果累累，收获的喜悦弥漫在空气中。

老水手从过往行人口中得知"新生活"的临近，心头感到一阵莫名的担忧。他将这个消息告诉了长顺，长顺却显得无所谓。商会会长也从辰溪县归来的伙计那里听说"新生活"的消息。然而，那所谓的"新生活"并未如期降临，反倒是保安队长到了商会。他不仅收取了会长的保安费，还把预先开好的收据带走。会长为了答谢各方人情，买下长顺的一船橘子。这时，夭夭和家人开始采摘橘子，老水手也悄然加入了助手的行列。保安队长却企图贪污长顺的橘子，但机智的长顺识破了保安队长的诡计。保安队长勃然大怒，幸亏会长出面调解，纷争才得以平息。卷末以社戏画上圆满的句号：橘子丰收了，长顺为感激神灵的庇佑，邀请了浦市戏班子来到吕家坪演出。欢声笑语弥漫在村庄上空，仿佛一切还和往常一样。

## 二、《长河》的主题揭示——平凡人的常与变

沈从文在《长河》中对湘西农村的描写，使读者得以一览湘西人民在动荡时代的命运。与《边城》中的那种祥和、优美的乡村氛围不同，沈从文在《长河》中揭示了湘西农村在战争年代所经历的种种磨难，祥和社会风气丧失。作品中的人物形象，如夭夭、三黑子，都深受战争和社会动荡的影响，他们的命运由此陷入了悲剧。

在《长河》中，沈从文通过对湘西农村生活的描写，深入挖掘了战争与社会变革对人性的影响。在战争与动荡中，原本淳朴的湘西人民不得不面对特权阶层的压迫与剥削，乡村的道德观念和人情味逐渐消失。这使湘西农村普通人家的生活变得越来越艰难，许多原本美好的事物在这个过程中逐渐消逝。沈从文在《长河》中深刻剖析了湘西在战争年代的命运，表现出一种沉痛的忧虑。他清楚地认识到，即使湘西这片宁静的土地如同世外桃源，也无法抵挡历史进程的洪流。湘西人民在战争与动荡中所经历的痛苦和悲剧，也在一定程度上反映了沈从文对乡村社会的担忧和对人性的关切。

### （一）当下与过往、新与旧的冲突

在《长河》中，沈从文通过描写湘西人民在战争与动荡时代的生活，展现了当下与过往、新与旧的冲突。这种冲突主要体现在以下几个方面。

#### 1. 教育的冲突

随着新式教育的普及，年轻一代对知识和外面世界的渴望与好奇日益增强。与此同时，他们对家乡传统文化的排斥和不理解也越来越明显。接受新式教育的孩子在家乡感到"水土不服"，父母因为没有文化而在孩子面前显得自卑，两代人之间的隔阂越来越深。

2.价值观的冲突

在新旧文化交融的过程中，新的价值观念逐渐渗透到乡村社会。年轻人追求新式爱情，推崇个人主义和自由主义，这与传统的婚姻观念产生了尖锐的冲突。女学生剪去辫子，主张婚姻自由，这也是对传统观念的挑战。

3.生活方式的冲突

城市生活的侵入使原本淳朴的乡村生活发生了剧变。年轻人热衷于追求物质和时尚，用自来水笔、白金手表和大黑眼镜装点自己，试图与落后的家乡划清界限。

4.社会制度的冲突

随着"新生活运动"的推行，乡村社会的生活秩序发生了变化，走路靠左边、不许赤胳膊赤脚等规定，使乡村人民需要逐渐适应新的社会制度。这种改变也使传统的社会秩序和观念受到冲击，加剧了新与旧的冲突。

## （二）土地与水

《长河》中的土地和水是两个重要的主题，它们不仅造就了湘西人民独特的生存方式，而且象征着人们的精神寄托和生活哲学。在这部作品中，沈从文通过对乡村生活的细腻描写，展现了湘西人民在土地和水之间寻求生存的努力与坚持。

土地对于湘西人民来说是生命之源，是他们赖以生存的基础。在这片土地上，人们经营橘园和菜圃，依靠土地的恩赐度过风调雨顺的日子。在生活艰难的时候，他们会想方设法寄托对美好生活的希望。土地上的人们将肉体生命寄托在田园生产上，将幻想寄托在水面上。水承载着湘西人民对于改变命运的渴望和对未来的憧憬。在艰苦的生活中，有的人选择离开土地，乘帆船顺流而下，靠水上生活求得一丝安慰；有的人依靠水发家致富，建起大房子，买上一片土地，做起了小乡绅；有的人则在遭遇困境后重回土地上，寻求重新开始的机会。

土地与水之间的对比也反映在人物的命运上。《长河》中的滕长顺和《边城》中的船总顺顺都是依靠水发家的人物，他们展示了在土地与水之间努力生活的人们最终能够取得成功的可能性。而那些在生活中屡遭挫折的人，如摆摊子守坳的老水手，则在离开土地漂泊多年后，依然念念不忘家乡的橘子树林和土地，这体现了湘西人民无论在何种境遇下都对家乡土地深深眷恋。

### （三）军阀割据时代中的底层人民被压迫和剥削

在动荡的军阀割据时代，底层人民的生活异常艰辛。沈从文在其作品中，通过一系列细节描写，展现了这一时期社会底层人民所遭受的压迫和剥削。这种剥削有着多种形式，如官僚腐败、特权阶层的贪婪及对平民的欺凌，这些现象都对民众生活造成沉重负担。在如此严峻的环境下，民众的生存空间被极度压缩，他们勉强维持着生活，在社会底层挣扎的命运却无法改变。

在沈从文的作品中，人们可以看到，在军阀割据时代，农民、船夫和其他底层劳动者为了生存不得不与自然灾害进行抗争，付出辛勤的劳动。他们尽管收入微薄，却不得不面临来自各方面的剥削。一方面，官僚机构和特权阶层利用自己的权力地位，巧立名目，通过税收、罚款、捐款等形式，大量侵吞民众的血汗钱。这种剥削行为使劳动者的生活陷入更为困苦的境地，而官僚和特权阶层则在此基础上进一步腐化，形成恶性循环。另一方面，在小说所反映的社会背景中，军队的存在加剧了民众的痛苦，军队不仅未能为百姓提供安全保障，反而成为压迫和剥削百姓的工具。沈从文通过描述军阀割据时代军队横行霸道、抢夺财物、逼良为娼等丑恶行径，让读者深刻感受到军阀割据时代军队对民众的残暴压迫。这种压迫既表现为物质上的剥削，也表现为精神上的践踏，使民众在生活中丧失尊严，生活在恐惧之中。

沈从文的作品不仅仅是对过去田园牧歌式生活的怀旧，还是一种对当时社会现实的揭示和批判。他通过对底层人民生活的描述，展现了社会阶层分化、权力腐化以及社会道德沦丧等现象。这种现实主义的表现手法使其作品具有较大的历史价值和现实意义，揭示了社会问题的根源，并引发了人们对于改革和进步的深刻思考。

从经济学角度来看，沈从文描写的这一时期的农民遭受了严重的市场失灵问题。正如橘子市场的例子所示，当地农民在丰收的年份无法顺利地将产品运往外地销售，从而导致价格崩溃，损害了农民的利益。这种市场失灵现象的原因主要是过高的交易成本，包括税收、过路费等，以及官僚和特权阶层对农民的剥削。此外，信息不对称也加剧了农民的困境，使他们在经济利益上长期受损。

在社会学和心理学方面，沈从文揭示了底层人民在军阀割据时代的各种压迫和剥削中所承受的心理创伤。面对不公和腐败现象，民众逐渐失去信心和希望，导致世界观、人生观、价值观的扭曲。这种心理创伤不仅影响了个体的心理健康，还导致社会风气的恶化，进一步加剧社会问题。

### 三、《长河》的人物命运悲剧

《长河》中的人物是作者抒写其独特人生情绪和美学理想的媒介物，凝聚着沈从文对社会、历史、民族的高层次思考。《长河》不仅能给人以美的享受，而且促人深思，使读者从中获取哲理性的启迪。

#### （一）地方有权有势者

《长河》塑造的人物群像之中，地方有权有势者可大致分为三类：地方特权势力、自诩"见过世面"的人和乡镇有产者。

##### 1.地方特权势力

地方特权势力如同乌云密布的天空，给民众的生活带来沉重的压迫。地方特权势力身披权力的铁衣，以凌驾于民众之上的姿态，肆意妄为、践踏着民众的尊严。这类人物如同一面镜子，反射出旧社会恶势力对人性的摧残与腐蚀。

在小说中，农民收获一个32斤的大萝卜，报到县里省里请赏，金牌久久没有拿到，反被县衙敲去一笔竹杠。乡下人的淳朴憧憬、劳动自豪感，与县衙的不劳而获、恬不知耻形成鲜明对比。对前者，作者饱含深切惋惜和同情，对那群地地道道的寄生虫，作者是持否定、批判态度的。

2. 自诩"见过世面"的人

书中自诩"见过世面"的人则是那些在旧社会中追求虚荣的人。他们自负地以一种高人一等的态度行走于世间，心中却充满了空洞和庸俗。保安队长便是其中的一个缩影。他披着一层华丽的外衣，矫情地追求都市生活的腐朽享受，内心却充满了虚伪与铜臭，失去了纯真与善良。

保安队长这个自诩"见过世面"的人，在省里的中学念过书，镀上了一层都市时髦的所谓"文明"外衣，骨子里透出的虚伪和铜臭与山乡人的朴素人格迥然相异、格格不入。他骄傲于与交际花恋爱，用红叶笺写情书，被蛀蚀空了的心灵只余下这点儿无聊、庸俗的向往。他却自视颇高，时时环顾山乡人，摆出一副不足与语的官架子。在橘园丑剧中，他欲谋私利，带着师爷前往橘园，与橘园主人滕长顺商量买橘子。保安队长趾高气扬、威风八面，偏偏屡屡受挫、心虚胆怯，不打自招地暴露了肮脏龌龊的用心。师爷对滕长顺连哄带吓，对保安队长则大肆吹捧，使尽浑身解数。师爷与保安队长活脱脱两个丑角儿唱着滑稽戏，漫画式的笔法加深了作品的讽刺意味。后来保安队长看中了滕长顺年轻貌美的小女儿夭夭，百般挑逗调戏，企图霸占。镇定自若的姑娘使他自讨没趣，只有灰溜溜退去。寥寥数语，紧扣人物特征，腐败溃烂的灵魂纤毫毕现。这类人物形象既是摧残人性的社会恶势力的走卒，又是这一势力的牺牲者，失去本质中的朴素纯真，其人性或被吞噬或遭扭曲变形。作者在揭露他们的丑恶嘴脸时，总是不忍运用尖刻残忍的笔触，不忍心看到人性被过多的丑恶戕害。

### 3.乡镇有产者的人物形象

乡镇有产者是那些在旧社会中勤劳致富的人们。他们虽然生活富足，却时刻面临地方特权势力的压迫与勒索。乡镇有产者在旧社会的风浪中挣扎求生，努力维持着家庭的安宁与和睦。

滕长顺原本也是两手空空，家徒四壁，大半生辛勤劳作，风里雨里，水陆兼行，一面凭借运气，一面凭借才能，兴起一份不薄的家业。他诚实可靠，勤劳质朴，强健麻利，挑起谷子，行步如飞，小伙子也比不上，且为人公正，因而人人敬重。村子碰到公共事务，滕长顺常常被推为领袖，全权代为解决。这样一位煎熬半生终于不愁吃穿的吕家坪当地"上等人"，怀里也揣着一本难念的经。橘园收成好，一旦被保安队长算计，滕长顺便逃脱不了被恐吓勒索的困境，甚至连自己疼爱的小女儿夭夭都有被抢走的危险。商会会长主要的工作不是为商家谋福利，而是消极应付，处境实在尴尬。乡镇有产者经受着依权仗势的保安队长的欺压，满腔愤懑，除了私下发几句牢骚，郁结胸中的一股怨气便再无从排遣。社会地位和身份决定了他们不得不曲意逢迎，见机行事，忍气吞声，以求得变动中的暂时安宁。即使怨愤泄露在言语上，最终也总是息事宁人。他们把所有命运的不公归为"气运"，以麻痹自己，安慰自己。面对社会的急剧动荡，乡镇有产者仅仅要求尽可能少受伤害，期望全家可以饱暖和睦地生活下去。他们仍然具有朴素正直的人性，但已经不那么纯净了，蒙上了一层妥协消极的灰色调子。

### （二）有生气的山乡人

这类形象的代表有老水手、夭夭、三黑子，作者在这类人物身上倾注了较大热情，以赞美的笔调描写了这些具有生气的山乡人。

### 1.老水手

老水手在风云变幻之时镇定从容、勇敢无畏，拥有山乡人的智慧以及对美好未来的憧憬。

老水手在《长河》这部作品中是一个极具特色的人物,其形象丰满而立体,散发着深厚的人文韵味。

沈从文生逢乱世,在乱世中成长,耳闻目睹了各种人间悲剧,因此《边城》是他心向往之的世外桃源,那个没有地方势力欺扰、人和人之间友好和睦的和平世界,是他的一个梦。而《长河》则是他以湘西吕家坪为背景描写的动荡黑暗的社会现实,这部小说展现的乡村社会充满压迫和剥削,令人担惊受怕、战战兢兢。在这样的社会里,弱势善良的百姓承受欺压,社会和平随时会被破坏,美丽随时会被摧残,人物的命运也带有悲剧特征。

老水手的人生经历充满波折。他的命运多舛,家破人亡,经历了无数的磨难。这些磨难并未将他击垮,反而使他更加坚强。他坚忍不拔的品质反映了湘西人民在苦难中的不屈不挠的精神。老水手的身世和命运在一定程度上揭示了湘西人民在苦难中求生存、谋发展的艰辛历程。老水手还具有丰富的人生阅历。他在经历了无数的风雨之后,逐渐形成了自己独特的看待世界的眼光。他对待生活充满了敏感和关注,对于政治变革也保持着高度的警觉。他的担忧和判断往往能够擦出智慧的火花,他常常展现出敏锐的观察力。这种对生活的关注和对人生命运的深刻洞察与对现实的无力感之间的反差是老水手悲剧性的一个重要方面,也使他的形象更加丰满。此外,老水手的善良、热情、质朴品质代表了湘西人民的传统美德。他劳苦一生,却始终保持着乐观向上的精神。他操劳过度,但仍对生活抱有希望。这种积极向前的心态展现出老水手的人格魅力。这种美好的品质在现实生活中却并未给他带来好运,反而使他不断遭受命运的打击,这也是老水手悲剧性的一个重要方面。

在悲剧性方面,老水手的形象透露出一种无奈与悲凉。他在生活中承受了太多的痛苦,而这些痛苦往往是他无法抗衡的。他深知美好理想的实现是艰难而遥远的,但他仍然不放弃对美好事物的渴望。这种对美好事物的执着追求,在无法实现的现实中显得苍白无力,使他的形象带有一种深刻的悲剧性。老水手不是一个懦弱的人，面对生活的重重困难，他始终保持着坚定的信念和勇敢的抗争精神。这种抗争往往不能改变他的命运，这也是老水手形象悲剧性的一个重要方面。此外，老水手的悲剧性还体现在他对年轻一代的关心和忧虑上。他深知自己已经步入暮年，无力实现美好理想，但他仍然关心着后辈的生活和未来。他对年轻人的关爱透露出一种无法自拔的悲伤，因为他清楚地意识到，自己已经无法为他们创造更好的生活条件。这种对年轻一代的无尽忧虑和关爱，使老水手的形象更加具有悲剧色彩。

2. 夭夭、三黑子

夭夭和三黑子是沈从文作品中两位个性鲜明、富有特色的人物，他们不仅表现出湘西人民质朴善良的传统美德，还展现了在社会变革中勇敢面对挑战和逆境的坚忍精神。尽管他们都是文学作品中的小人物，却代表了民间的智慧与力量。

夭夭是一位天真无邪、聪慧活泼的少女。她的形象让人想起沈从文作品中的另一个经典人物——翠翠。两者虽然都是作者倾尽笔力赞美的湘西少女，但她们之间存在明显的差异。翠翠身上有一丝忧郁，向往着幸福的爱情，命运的无常使她的爱情并未圆满。夭夭则因生活和婚姻的美满而显得爽朗外向，不知忧愁为何物。夭夭的悲剧性在于她对未来的无知和迷茫，面对生活中的逆境，她不知道如何应对，这使她陷入了困境。

三黑子是一个强健硬朗的青年，他心直口快，不愿忍受地方特权势力的欺压，也不甘心屈服于强权。他的形象展示了湘西人民敢于反抗、宁折不屈的精神。正是因为他的刚直和勇敢，他在现实生活中遭遇了悲剧。他勇敢地与保安队长对抗，却不知道这会给家人带来更大的灾难。

夭夭和三黑子的悲剧性在于他们无法逃离现实生活的无常和残酷。夭夭的天真使她无法预见未来的困境，三黑子的刚直让他不知如何在逆境中保护家人。这两个形象展现了作者对于生活无常和命运多舛无法抗拒的无奈，以及对于人们在困境中仍然保持信念和勇气的赞美。尽管夭夭和三黑子在生活中遭受了重重打击和磨难，但他们的精神品质令人钦佩。他们用自己的方式，展示了对抗命运的勇敢和顽强，这种不屈不挠的意志成为湘西人民的象征和精神支柱。在分析夭夭和三黑子的悲剧性时，人们可以从历史背景和社会环境的角度深入探讨。那时封建观念根深蒂固，特权阶层对普通百姓的压迫十分严重。夭夭和三黑子的悲剧，正是这种历史背景和社会环境所造成的。在现实生活中，他们无法摆脱这种被压迫的宿命，最终走向了悲剧性的结局。

正是因为这样的悲剧性，夭夭和三黑子的形象充满力量。他们的故事激发了人们对抗不公和追求美好生活的勇气。他们的形象不仅体现了民间智慧和顽强精神，还唤起了人们对社会公平正义的向往。夭夭和三黑子作为沈从文作品中的经典人物，将永远留在读者心中，成为勇敢面对命运挑战的象征。

# 第七章 王蒙及其小说创作

## 第一节 王蒙文学成就及小说艺术分析

### 一、王蒙的生平及小说艺术分析

#### （一）王蒙的生平经历

王蒙，中国文坛的璀璨星辰，自 1934 年在北平（今北京）诞生，便开启了一段跌宕起伏的人生旅程。王蒙家境优渥，父母均为尊重教育的知识分子。王蒙在 1945 年进入中学，开始参与中国共产党领导的城市地下工作。1948 年至 1950 年，他在中学学习期间加入了党组织。此后，王蒙踏上了文学创作之路。

1953 年，他创作了首部长篇小说《青春万岁》。两年后，他的短篇小说处女作《小豆儿》问世。他的小说《组织部来了个年轻人》在 1956年引发争议。

1962 年，王蒙在北京师范学校任教一年，之后的 15 年里，他在新疆维吾尔自治区伊犁哈萨克自治州生活工作。此时的王蒙担任汉语翻译，也担任过公社的副大队长。

1978 年，他重返中国作家协会北京分会。此后，王蒙以其深厚的文学功底，创作了一系列触动人心的作品，他的创作精神蓬勃，且极具影响力，这使他成为中国文坛意识流文学的代表人物之一。

1986 年，他当选为中国共产党中央委员会委员，任中国作家协会副主席、书记处书记，同年 6 月任中华人民共和国文化部（2018 年与国家旅游局整合为文化和旅游部）部长，直到 1989 年。他的领导和管理能力得到了充分的展现。

2002 年，他担任中国海洋大学文学院院长。三年后，他成为全国政协文史和学习委员会（2018 年更名为全国政协文化文史和学习委员会）主任。2006 年，他在中国作家协会第七次全国代表大会之后出任中国作家协会名誉副主席。

2010 年，王蒙先后受聘为中国传媒大学和绍兴文理学院的名誉教授。同年，他出版了《庄子的享受》和《老王系列》。

2011 年，王蒙成为武汉大学文学院名誉院长和讲座教授，继续发挥自己在文学领域的影响力。2012 年，他出版了《中国天机》，并在东北师范大学担任客座教授，为学术界带来深刻的思考和启迪。

2013 年，79 岁高龄的王蒙在海南国际会展中心出席了第二十三届全国图书交易博览会闭幕式。同年，他出版了尘封四十年之久的长篇小说《这边风景》。2014 年，王蒙文学艺术馆在四川音乐学院绵阳艺术学院落成并开馆。

2015 年，王蒙成为三沙市首批政府顾问之一，为城市发展提供智慧支持。2019 年，王蒙文学馆在中国海洋大学揭牌。

时至今日，王蒙仍然活跃在文学创作的最前线。他的人生既充满坎坷，也铸就辉煌。他用文学创作诠释了生命的起伏，用坚定的信仰书写了自己的传奇。在中国文学的星空里，王蒙熠熠生辉，永远成为一颗璀璨的明星。

### （二）王蒙的创作

王蒙的创作领域广泛，从体裁看，王蒙的作品包括小说、散文、诗作、论文、自传、评论、随笔、哲思录等。具体如表 7-1 所示。

表 7-1　王蒙创作体裁及代表作品

| 体裁 | | 代表作品 |
| --- | --- | --- |
| 小说 | 长篇小说 | 《青春万岁》《活动变人形》《恋爱的季节》《狂欢的季节》《失态的季节》《青狐》《王蒙说》《踌躇的季节》《这边风景》 |
| | 中短篇小说 | 《小豆儿》《组织部来了个年轻人》《名医梁有志传奇》《冬雨》《说客盈门》《相见时难》《深的湖》《心的光》《夜的眼》《木箱深处的紫绸花服》《在伊犁——淡灰色的眼珠》《妙仙庵剪影》《加拿大的月亮》《球星奇遇记》《风筝飘带》《蝴蝶》《相见集》《雪球集》《布礼》《我又梦见了你》《纸海钩沉——尹薇薇》《坚硬的稀粥》《高原的风》《无言的树》《冬天的话题》《临街的窗》《眼睛》《夜雨》《来劲》《庭院深深》《奇葩奇葩处处哀》《霞满天》 |
| 散文 | | 《德美两国纪行》《橘黄色的梦》《苏联祭》《我的喝酒》《印度纪行》《访日散记》《我爱非洲》 |
| 诗作 | | 《错误》《洗礼》《春风》 |
| 论文 | | 《语言的功能与陷阱》《接纳大千世界》《心有灵犀》 |
| 诗歌集 | | 《旋转的秋千》《西藏的遐思》 |
| 自传 | | 《王蒙自传第 1 部：半生多事》《王蒙自传第 2 部：大块文章》《王蒙自传第 3 部：九命七羊》《王蒙八十自述》《王蒙自述：我的人生哲学》 |
| 评论、随笔集 | | 《你好，新疆》《当你拿起笔》《漫谈小说创作》《王蒙谈创作》《文学的诱惑》《创作是一种燃烧》《红楼启示录》《欲读书结》《我的人生哲学》《成语新编》《老子的帮助》 |
| 哲思录 | | 《这个社会会更好吗：王蒙哲思录》 |

## 二、王蒙小说艺术分析

### （一）王蒙小说人物塑造的独特魅力

王蒙的作品在人物塑造方面表现出卓越的艺术价值。在创作中，他对人物的心灵世界进行了深入挖掘，使小说人物能够跳脱时空的限制，呈现出丰富多彩的内心世界。王蒙笔下的人物具有独特的性格和精神品质，彰显出人性的光辉。在《春之声》中，他成功地揭示了主人公岳之峰心灵深处的奥秘，展现了个体在新时期的社会变革中所面临的挑战与机遇。通过细腻的描写，王蒙赋予了人物丰富的内心世界，呈现出人物的喜怒哀乐，使读者产生强烈的共鸣。

### （二）王蒙小说艺术结构的创新实践

王蒙在创作过程中，大胆探索了艺术结构方面的创新路径。他的作品，如《春之声》，采用了"放射线结构"，即从一个核心点出发，展开众多线索，形成一个多维度的艺术世界。这种结构在小说《春之声》中得到了充分发挥，为表现主人公岳之峰的内心世界与意识流动提供了广阔的空间。通过这种结构，王蒙展现了各种素材的多样性与丰富性，将笔触伸向过去与现在，中国与外国，城市与乡村，使小说呈现出独特的艺术风貌。

### （三）王蒙小说艺术手法的多元融合

王蒙在创作过程中，积极吸收各种艺术手法，形成了多元的艺术景象。他的短篇小说不仅借鉴了"意识流"的手法，还融合了侯宝林、马季的相声技巧与阿凡提故事的幽默风格。在《风筝飘带》等作品中，王蒙借鉴了鲁迅的杂文手法和李商隐的象征技巧，使作品具有独特的表现力。《悠悠寸草心》通过平凡的情节传达了发人深思的主题，借鉴了契诃夫小说含泪讽刺的风格。这些丰富多样的艺术手法相互融合，共同为王蒙的作品赋予了独特的魅力。

# 第二节 《组织部来了个年轻人》中的思想性解读——以人物塑造切入

《组织部来了个年轻人》大胆地揭露了当时社会生活中存在的官僚主义现象，因"积极干预生活"著称。不过，作品更是表现了1949年后成长起来的第一代青年人充满青春活力的革命理想主义精神，以及他们的个人理想与现实环境的冲突。作品敢于描写社会主义建设时期人民群众所关注的社会矛盾，对生活进行了大胆干预，主题意在唤醒人们在和平年代仍要保持战争年代的热情和责任心，以防不良思想乘虚而入。小说以处理麻袋厂问题为中心情节，作品的结构显得集中、严谨。在人物形象塑造上，作品运用细节描写和心理描写等突出人物内心的矛盾。

## 一、林震：理想与现实交织的生动人物

林震这一人物呈现出一种充满矛盾与冲突的多维度形象。作为新社会培养的新人，林震具有崇高的理想主义色彩，深深地热爱着生活，热爱党和同志，追求一切美，为了所爱的一切而奋斗。在现实中，林震却不得不面对理想与现实的冲突，这使他的形象显得生动与立体。林震的形象源于苏联女作家尼古拉耶娃的中篇小说《拖拉机站站长和总农艺师》中的娜斯嘉以及王蒙认识的一位姓陆的团员。在创作中，王蒙巧妙地将这两者的特质融入林震的形象中。在区委组织部工作的林震，虽然带有娜斯嘉的影子，但并非完全的英雄式人物。理想主义与现实主义之间的冲突成了林震形象的核心特征。在面对麻袋厂事件的调查时，林震原本期望能够像娜斯嘉那样坚定地表达自己的观点，却在刘世吾、韩常新等人的态度面前感到困惑与无助。在这种理想与现实的冲突中，王蒙通过让林震在斗争中受挫，以及在挫折中成熟，使这一人物形象更加丰满。

林震这一形象展示了一个知识青年在面对现实挑战时的成长历程。他渐渐认识到，将娜斯嘉式的解决方法照搬到中国社会中，并不能成功地解决矛盾。生活中的斗争远比林震在《拖拉机站站长和总农艺师》中所读到的要复杂。这一艺术处理使林震的形象看起来更加立体饱满。

## 二、刘世吾：积极与消极的矛盾体

刘世吾这一人物形象在小说中展现出充满矛盾的多面性。他既冷漠、麻木、漫不经心，又会在某些时刻展现出积极的态度。在面对麻袋厂问题时，刘世吾的消极态度让人不禁怀疑他是典型的官僚主义者。林震坚持自己看法使刘世吾的内心被触动，他开始认真解决问题，展现出积极的一面。这种积极与消极的二元性使刘世吾成了一个丰满的人物形象。塑造刘世吾这一形象时，王蒙并不是在强调他工作上的成败得失，而是关注"就那么回事儿"的心态。刘世吾用自己对工作规律的掌握掩饰自己的冷漠。但在作者的笔下，当刘世吾进入充满热情与理想主义的林震的生活中，进入这样的人物关系时，刘世吾的性格发生了变化。从解决问题的方式上来看，他的积极性被悄悄唤起。小说中也提到，刘世吾工作消极的原因是职业病。在小酒馆与林震的对话中，人们同样看到了刘世吾性格的另一面。

尽管当时王蒙的创作尚未成熟到足以对刘世吾进行更深入的分析和更细致的把握，但今天回顾这一形象，人们仍然可以发现其并非单一的。刘世吾积极与消极之间的矛盾，使他的人物形象更加丰满、立体，展现出人性的复杂性。

## 三、赵慧文：工作与情感交融的矛盾体

赵慧文以她的忠诚、敏锐和细腻情感赢得了读者的喜爱。她对党的工作敬业奉献，勇于同不良现象展开斗争。赵慧文的细腻情感与敢于担当的性格交织在一起，使其成为一个独特的女性形象。

在王蒙的笔下，赵慧文主动关心和帮助林震，邀请他到家中共进晚

餐，并在共同讨论组织部工作时产生了共鸣。赵慧文的情感并非只停留于此。在王蒙的创作中，爱情意识逐渐显现，赵慧文对林震的关怀与工作上的支持，让林震心中涌起了暖流。当赵慧文面临工作与情感的矛盾抉择时，她毫不犹豫地选择了工作，而并未选择情感。这一选择反映了赵慧文对党的工作的忠诚，也成为林震成长的催化剂。王蒙对赵慧文这一矛盾的描写略显模糊。相较于林震和刘世吾的形象，赵慧文的性格描写稍显单薄。尽管如此，赵慧文作为林震情感成长的关键因素，仍然具有深刻的意义。

赵慧文，这位承载着工作与情感矛盾的女性形象，在王蒙的创作中展现出了人性的多样性与复杂性。她既有敏锐的洞察力，又具备无畏的担当精神，更展现了对党的工作忠诚不渝的姿态。在赵慧文与林震的情感纠葛中，人们看到了她是如何勇敢地面对工作与情感的挑战，又是如何成为一个生动而立体的女性典范的。

## 第三节 《春之声》中的艺术分析

《春之声》是一部浓缩着时代气息的作品，如同一曲对祖国与新生活的深情恋歌，让人陶醉其中。在这部意识流小说中，王蒙通过对工程物理学家岳之峰在两个多小时旅途中的所见所闻及心理感受的细腻描写，向读者展现了一幅绚烂多姿的当代生活画卷。

### 一、淡化传统情节，注重人物感觉、印象等心理活动的描写

在这部作品中，王蒙成功地淡化了传统小说中强调情节因果关系的处理方式，转而关注人物的感觉、印象等心理活动。通过这种艺术上的创新，小说的情节不再是故事的主线，而成为背景和支撑，对于人物内

心世界的探讨则成了作品的核心。小说的主人公岳之峰，经历了一段富有感慨的归乡之旅。在这短短的两个多小时的旅程中，他的思绪犹如奔马般穿梭在过去与现在、理想与现实、外国与中国之间。这种心理活动的表现形式犹如电子扫描般迅速、多变，给人一种错综复杂的立体感和流动感。这不仅为读者呈现了一幅生动的时代画卷，还成功地深化了对人物内心世界的描写。

在这部作品中，王蒙以极富诗意的语言展现了 20 世纪 80 年代初期国家贫困却充满希望与活力的新面貌。这种时代背景与人物心灵世界的交融，使《春之声》成为一部充满深情的恋歌。在这幅画卷之上，作者巧妙地进行了各方面的对比，借助主人公犹如镜子般的心灵折射出了 20 世纪 80 年代初期国家的新面貌。

## 二、运用意识流的手法表现人物

在《春之声》中，王蒙巧妙地运用意识流手法，使人物的内心活动如实地、自发地展露出来，展现了人物在心理层面的丰富情感。此类手法之所以引人注目，正是因为它能够通过内心独白、直觉、闪念、幻觉和梦幻等各种心理活动刻画人物性格，使作品实现更为真实和深刻的心理描写。

王蒙并不完全拒绝传统的外貌、动作、细节和语言描写，在《春之声》中，内心描写明显地成了塑造人物的主要手法。这种手法能够将外部环境在人物心灵上的投影及发展变化淋漓尽致地呈现出来，使读者不知不觉地进入书中人物的内心世界，体会人物思绪的流动性。与此同时，这种塑造人物的方式与传统的典型论有了明显的区别。针对传统的典型论，王蒙曾主张："文学要写人，这是不成问题的。但人是否就等于人物？人物是否就等于性格？不见得。我们可以着重写人的命运、遭遇——故事，也可以着重写人的感情、心理；可以写人的幻想、奇想，还可以着重写人生存于其中的自然环境——风景；可以写人的环境氛围、生活节奏，也可以着重写人物——性格。"①这实际上已经冲破了单一定型的模式，提出了典型的多样化问题。

在《春之声》中，主人公岳之峰正是一个处于时代转折关头的具有典型意义的人物。作家主要把握了岳之峰的精神活动与心理层面。岳之峰带着历史的负重和对新生活的企盼，兴奋与忧虑、信心与沉思交织在一起。他的惶惑情绪中既有对生活的爱，也有对时代转机的发现，以及对生命的歌颂。这种情绪正是 20 世纪 80 年代一种典型的时代情绪。王蒙用自己的创作印证了典型多样化的理论。

### 三、《春之声》的结构特征

王蒙在《春之声》中打破了传统小说结构的常用模式，不再按照外部时空顺序和故事流程组织情节，而是依照人物心理变化过程、意识流程以及作家所要表达的主题做出定向的流动。这种以心理结构为主的小说结构，被称为"东方意识流"。

《春之声》的情节并不复杂，只讲述了主人公岳之峰在火车上的两个多小时的简短经历。小说所包含的内容却异常丰富。在人物跳跃性的心理活动中，读者得以领略上下几千年、纵横数万里的变迁。随着岳之峰意识的流动，小说展现了丰富多彩的生活画面和广阔的社会背景。例如，在火车上，岳之峰听到人们的闲言碎语，这些看似毫无关联的事物在他意识流动的组合中，汇聚到一个定向的主题下。这些事物的罗列使人感受到新的迹象、新的转机、新的希望，一切都在证明春天的脚步由远而近了。这种效果正是小说意识流结构的优势所在。

### 四、《春之声》中象征手法的运用

《春之声》中还运用了象征的手法。"春之声圆舞曲"和闷罐子车的象征意味明显。如小说中的一句："闷罐子车正随着这春天的旋律而轻轻

---

① 王蒙 . 王蒙文集 [M]. 北京：华艺出版社，1993：61.

地摇摆着，熏熏地陶醉着，袅袅地前行着。"虽然车身破烂不堪，火车头却是崭新的内燃机车。这象征着岳之峰心中的祖国历经数千年的风雨洗礼，仍在变化、前进，充满希望。于是，火车滚动的声音在主人公耳中化作了历史、现实、理想、进步等富有意味的催人振奋的声音。

王蒙以激扬的情绪为小说作结："他觉得如今每个角落的生活都在出现转机，都是有趣的、有希望的和永远不应该忘怀的。春天的旋律，生活的密码，这是非常珍贵的。"此外，王蒙运用了热情、幽默而又富于讽刺意味的语言，形成一种将幽默、讽刺、议论、抒情融为一体的艺术风格。这种风格集热与冷、激情与理智、酸甜苦辣、嬉笑怒骂于一身，给读者带来了丰富多样的阅读体验。

# 第八章　池莉及其小说创作

## 第一节　池莉文学成就及小说艺术分析

### 一、池莉的生平及小说艺术分析

池莉，湖北仙桃人，中国作家协会会员。1974年，池莉高中毕业，1976年就读于冶金医学专科学院（现武汉科技大学医学院），毕业后在武汉钢铁公司卫生处工作，1983年参加成人高考，入武汉大学中文系成人班，毕业后任《芳草》编辑部编辑，1990年调入武汉文学院，1995年任武汉文学院院长，2000年后任武汉市文学艺术界联合会主席。1979年，池莉开始发表文学作品，著有中篇小说《烦恼人生》《不谈爱情》等，长篇小说《来来往往》《小姐你早》等，以及散文随笔集多部。池莉获得全国优秀中篇小说奖、鲁迅文学奖等各种文学奖数十项，并有多部小说被改编为电影、电视。

池莉出版的文集有《紫陌红尘》《一冬无雪》《真实的日子》《午夜起舞》《细腰》《立》《汉口情景》《池莉诗集·69》等，发表的文章有《谬论结构》《千古憾事》《吃好不易》《新一代书生》《我在新疆看见了飞碟》《武汉的夏天》《天生的江湖城市》《猜猜菜谱和砒霜是做什么用的》《我是谁》《也算一封回信》《创作，从生命中来》等。

池莉的一些作品一经问世，反响强烈，得到广大读者的喜爱，有的还改编成了影视作品。以下是一些具有影响力的作品。

新写实小说代表作——"人生三部曲"《不谈爱情》《太阳出世》《烦恼人生》。其中，《不谈爱情》和《太阳出世》被改编成电视连续剧《不谈爱情》。

新历史主义小说代表作——《你是一条河》。

《生活秀》——武汉吉庆街上小饭馆主人的故事（被改编为同名电影）。

《来来往往》——发生在武汉的婚外情的故事（被改编成同名电视连续剧）。

《小姐你早》（被改编成 20 集同名电视连续剧）。

《有了快感你就喊》（被改编为电视剧《幸福来了你就喊》）。

## 二、池莉小说艺术分析

池莉是新写实小说的代表作家，1987 年，其新写实小说《烦恼人生》问世，被誉为"新写实小说的代表作"。她的作品，如《烦恼人生》《不谈爱情》《太阳出世》《冷也好热也好活着就好》《你是一条河》《预谋杀人》《午夜起舞》《生活秀》《怀念声名狼藉的日子》《来来往往》，以其平民化色彩，为读者描绘了一幅幅五彩斑斓的当代市民生活图画。

池莉小说的艺术性主要体现在对平民生活的真实描写和独特的大众话语体系上。她的作品以生活为本，关注普通人的日常琐事，表现了生活的喜怒哀乐。通过口语化、通俗化的语言风格，生活流式的结构方式和平视型的叙述视角，她成功地捕捉到了市民生活的细微之处，展现了人性的复杂与丰富。池莉的小说艺术源于她对生活的敏锐观察和细腻描写，以及对平民生活的深刻体验和真挚关怀。她的作品在文学界树立了独特的个性，成为新写实小说的典范，赢得了读者的广泛喜爱。总之，池莉小说以其真实、自然、通俗的艺术特质，展现了当代市民生活的缤纷多彩，成为当代文坛一道独特的风景线。

### （一）池莉小说的平民化特点

1.平民化的背景及特征

20 世纪 90 年代，中国文学创作走向了个性化、多元化的发展方向，其中的显著特点是平民化。池莉，这位新写实小说的代表作家，以其鲜明的平民意识为当代文学开创了一片新的天地。她的作品聚焦平民生活，以细腻真挚的笔触描绘了当代市民生活的五彩斑斓画卷。池莉小说平民化的特点不仅表现在作品的题材选择，更表现在作品对生活的深刻关注与体现方面。

2.池莉的平民生活"人生三部曲"

（1）《烦恼人生》。这部小说以普通工人家庭为背景，描述了主人公印家厚在琐碎生活中所经历的种种烦恼。池莉通过对印家厚生活细节的真实再现，让读者深入体会到普通人在社会变革中所面临的压力与困惑。在这部作品中，池莉强调了生活的真实和人性的复杂，使读者能够在其中找到自己的影子。

《烦恼人生》中，作者以冷峻、细腻的笔触描写了主人公印家厚在平凡生活中的微妙感受、独特体验与瞬间感悟。通过描写从排队洗脸、赶公共汽车、吃早点，到送孩子入托、奔车间等琐碎生活细节，对生活原状的时间流进行记录，让读者深入体会到普通人在社会变革中所面临的压力与困惑。这种对生活本相的揭示，使池莉的小说具有一种认真而严谨的现实主义精神。

（2）《不谈爱情》。这部小说以分别出身于知识分子家庭与小市民家庭的庄建非和吉玲为主线，描述了两个家庭在现代都市生活中的冲突与和解。池莉通过深入挖掘这两个家庭的生活琐事，展示了当代中国人在追求幸福生活过程中所面临的挑战。她用平实、真实的笔触表现了人生百态，笔触展现了平民生活中的喜怒哀乐、爱恨情仇，使读者对生活产生了更加真切的体会。这种对平民生活的深入关注与体现，使《不谈爱情》成为一部具有鲜明平民化特点的作品。

（3）《太阳出世》。这部小说讲述了"混蛋马大哈"赵胜天在经历了人生的起伏后，最终成为一个充满爱心、好学上进的合格丈夫的故事。池莉通过赵胜天的成长历程，向读者展示了生活的奔波与磨砺所带来的积极意义。这部作品充满了对生活的热爱与希望，表现了池莉对平民生活的关注与关爱。她用细腻的笔触描写了赵胜天在生活中的挣扎与成长，强调了生活的真实和人性的复杂。这部作品充满了对生活的热爱与希望。

### （二）池莉小说中的生存意识与平民视角的历史探索

池莉的创作始终以平民立场为核心，旨在展示生活的真实面貌。她的作品中，生存本位意识成为表达民间立场的首要坐标。在池莉的小说中，生存是人生的第一要义，而为了生存，底层平民那种灰色苟且的生活哲学也具有存在的合理性。从这一角度出发，池莉对平民生活给予了最大限度的宽容与理解。

#### 1. 生存意识的客观反映

在现实主义文学中，生存意识是一个重要的主题。池莉作品中的生存意识客观地反映了现实生活中普通人的生活状态。她关注生活中的琐碎细节，通过真实、细腻的笔触描写平民的生活，使读者能够真切地感受到生活的压力与困境。然而，这并不意味着池莉的创作缺乏积极向上的价值取向。相反，她通过展示人们为了生存而奋斗的过程，强调了生存的真实和人性的复杂，使读者对生活产生了更加深刻的体会。

#### 2. 平民视角的历史探索

除了关注现实生活中的生存问题，池莉还以同样的平民视角走向历史深处。在对历史生活回顾的过程中，她试图为历史寻找全新的认知方式与角度。她更注重陈述有关历史事件的民间记忆，尽可能地表现出民间历史的本来面目。这一特点在她的《凝眸》《预谋杀人》《细腰》《青奴》等作品中表现得尤为明显。在这些历史题材的作品中，池莉没有赋予历史任何先验性的理性思考，而是以一种平视型的目光尽可能地还原历史的真实。

**（三）独特的大众话语体系**

在池莉的小说中，人们可以看到一种充满活力且独具个性的大众话语体系。这一体系既体现了作者对平民意识的强烈关注，又展示了其在艺术形式上寻求构建大众话语体系，这使其作品在众多文学作品中独树一帜。池莉小说的大众话语体系主要表现在语言、结构方式、叙述视角等方面。

1.池莉小说的语言呈现出明显的口语化、通俗化倾向

池莉以平实、自然的言辞赞美平民生活的真实面貌，让读者拥有身临其境的亲切体验。作品中的日常对话、家长里短、琐碎生活细节等，以生动形象的描写，营造出一种温馨且富有真实感的生活氛围。这种语言风格不仅使池莉的小说贴近读者的日常生活，更展现了新写实小说的美学追求，即通过通俗化的语言，使作品充满原汁原味的生活情趣。

2.生活流式的结构方式

池莉的作品往往采用生活流式的结构方式，依照生活的自然流程展现其真实面貌。这种结构方式旨在回避对情节的过度安排，强调生活时间与故事的对应关系。在《来来往往》《致无尽岁月》《你是一条河》等作品中，时间成为组织材料、描写人物生活的重要准则。这种构思方式有助于呈现出生活的原生态，让读者深入感受到人物的喜怒哀乐。

3.以平视型叙述视角观照生活

池莉的小说以平视型叙述视角观照生活，她放弃了传统作家以知识分子目光俯视生活的方式，以平民身份直接融入生活，用真挚的心灵感受人物的困扰与沧桑。这种叙述视角使池莉的作品在取材上更加贴近社会底层生活，让那些小人物的劳累与奔波、烦恼与无奈都充满了作家个人的人生体验。这种平视型的叙述视角，不仅赋予了小说以丰富的生活

情感，也使池莉的作品在文学界呈现出鲜明的个性。

# 第二节　《烦恼人生》中的叙事艺术

## 一、《烦恼人生》概述

《烦恼人生》就将笔触锁定在民众身上。该作品以其特有的琐碎、平淡、鸡毛蒜皮的罗列和不故作小人物状的朴实展现了现实人生。

小说琐碎地记录了武汉一名普通工人印家厚从凌晨到晚上一天的生活经历，最大限度地展现了主人公所处的烦恼的生存状态和生命形式：带孩子、挤公共汽车、赶轮渡、上班、发奖金、接待日本人参观……平实地写出了生活的本色，道出了普通工人过日子的辛苦。虽然作品只写了主人公一天的生活，但人们从中可以看到这名操作工人一年或一生的生活，看到一代人一年或一生的生活。

作者以一种平和、温馨、同情、幽默、赞许的叙事口吻描写现实生活，给人以真实感和时代感。作品以一个有过平凡人生深切体验的普通人的姿态和情感，平平静静、切切实实地展现既充满烦恼又充满意趣的人生，透过纷乱、琐碎的原生态生活表象而显露出了丰富的内涵。小说通过对人生的展现、分析与认可，不仅勾勒出当时人们的生存状况，而且对当代人的生存状态及生存意义进行探讨，从而揭示当代人的精神特征及对人生的态度，捍卫了普通人的平凡人生。作品虽然主要描述人生中的无奈，但也展现了人物的坚忍及支撑他们生存下去的温情。正是印家厚这样的普通人，组成了现实社会的基础，推动着整个社会向前发展。

## 二、《烦恼人生》的叙事特点

《烦恼人生》作为新写实小说的代表作，有一定的特殊性，新写实小说强调描写现实的生活，并且致力于还原真实生活，表现大众生活的改变以及随之而来的烦恼与忧虑。《烦恼人生》独特的叙事特征给读者留下了深刻的印象。

《烦恼人生》的叙事特征包括三个方面。

### （一）"超然"叙述者

在这部作品中，叙述者力求以一种客观冷静的叙述口吻讲述故事，将主观态度隐蔽于对客观事件的描述之中，表现出一种置身事外、重在描述的特质。此外，在叙事结构、人物结构、情节发展中尽量使"我"隐匿，从而呈现出一种超然的倾向。

这种"超然"叙述者在《烦恼人生》中以一种旁观者的角度讲述人物和事件，尽可能地展示了生活的本来面目。叙述者如同一位细心的记录员，从半夜开始记录主人公印家厚的生活琐事，用流水账的形式讲述这一整天发生在他身上的所有事情。这种叙述方式使故事看似没有情节可言，但每件事之间无形中都有着联系，形成了一个完整的结构。在这部作品中，叙述者尽可能地保持冷静、客观、不介入的"零度风格"。叙述者虽然极力想达到"零度写作"的理想状态，但在创作时不可避免地会受自身价值观的影响，叙述者自然也会流露出情感。叙述者在故事中并非完全超然于人物、事件之外，而是在一定程度上表现出与人物的共鸣和对人物的关怀。叙述者的超然之处，体现在其如同一位精明的导演，用一种超脱的视角指导着故事的发展，同时能巧妙地将自己的情感藏匿于故事的细节之中。正是这种"超然"叙述者的存在，使《烦恼人生》这部作品具有一种独特的魅力，让读者在阅读过程中既能感受到生活的真实，也能体会到叙述者对人物的关爱。

在《烦恼人生》中，叙述者绝大多数时间保持一种冷静客观的态度，偶尔也会深入印家厚的内心世界，揭示其思考和感受。例如，面对雅丽突如其来的表白，印家厚心生矛盾，叙述者深入其内心，展现了印家厚此刻的纠结。同样，在幼儿园邂逅酷似初恋的老师时，印家厚的内心忧郁在叙述者的描写下一览无余，包括对自己妻子的感情。当印家厚收到江南下的来信时，再次回想起初恋往事，但他无奈地将这份深藏的遗憾与痛苦再次埋藏心底。在这些描写中，叙述者巧妙地将自己的分析与印家厚的内心想法交织在一起。这些内容显示，叙述者并非始终将自己置身于故事之外，这部作品也并非纯粹的"零度写作"。这种巧妙的叙述方式使《烦恼人生》成为一部生动且引人入胜的作品，让读者在了解印家厚的内心世界的同时，感受到叙述者对人物的关爱。

**（二）平凡小人物的困惑**

《烦恼人生》中的印家厚并非一位英勇无畏、完美无缺的英雄，而是一名普通的车间操作工人。池莉敏锐地将视角转向了大众日常生活，塑造了一个普通人的形象。印家厚所面临的烦恼正是无数普通人所熟知的生活困境，他的生活中充满了物质和精神层面的困惑，恰如现实世界中的普通人。

**1. 物质生活中的压力**

在《烦恼人生》中，印家厚从半夜惊醒到再次入睡之前，与妻子之间的矛盾争吵几乎全部围绕"房子"这个话题，生活压力最先体现在房子上。每天早晨为了上班，印家厚必须赶上六点五十分的轮渡，以免迟到。作者以巧妙的笔触描写了印家厚通勤途中的艰辛。下班回家的路途漫长而烦闷，一天的疲惫与厌倦使他心力交瘁。早起与晚归，赶车成了印家厚日常生活的常态。

在物质生活中，钱成了不可避免的话题。民众关注的焦点往往集中在物价上。印家厚的早餐是简单实惠的热干面，年复一年地精打细算地维持生活。午餐时间，他在食堂为了省钱选择最便宜的素菜。在日常开销和人情支出之中，他常感到力不从心。尽管在工厂里只拿到了五块钱的三等奖奖金，他仍出于人情压力分出了两块钱。回到家后，他不得不与妻子面对菜价的问题。这些物质生活中的烦恼包围着印家厚，使他的困惑变得格外真实。

2.精神生活中的困惑

印家厚这样的普通人为了满足物质生活的需求而忙碌奔波，精神生活往往被忽略。作者在塑造印家厚这一平凡主人公时，并没有忽视其精神世界，反而展现了他的挣扎与期望。小说中第一次提到精神世界是在印家厚乘坐轮渡上班的途中，当小白与他人争论起什么才是真正的过瘾时，小白热情洋溢地辩论道：

铜臭！文学才过瘾呢。诗人，诗。物质享受哪能比得上精神享受。①

这段话使印家厚瞬间从原本的自卑感中振奋起来，年少的梦想仿佛触手可及，此刻的心情无比明朗。晨梦开始，夜梦结束。在工厂收到江南下的来信时，印家厚想起了聂玲，想起了年少时的梦想，但他很快意识到这个梦早已遥不可及。尽管面对诱惑，但印家厚总能在关键时刻唤醒自己的道德观念，拒绝思想中的肮脏想法。他有着普通人都会有的烦恼，但在他的价值观里，坚守道义原则至关重要。

作者在描述印家厚的烦恼时，也肯定了他在面对生活磨炼时所展现出的乐观向上的生活态度。透过印家厚这个形象，人们看到了无数普通工人的生活，看到了市民社会中普通民众的烦恼人生。在这个纷繁复杂的世界里，印家厚的生活如同波澜壮阔的史诗，他的生活故事充满了波折与坚持。他既要面对现实生活中的物质压力，也要在精神世界中寻找慰藉。物质生活的匮乏与精神生活的空虚使印家厚备受困扰，但他始终坚韧不拔，勇往直前。通过印家厚的生活，人们看到了一个普通人在现实世界中如何在物质与精神之间挣扎，如何寻求平衡。

---

① 池莉.烦恼人生 [M]// 孟繁华.百年百部中篇正典.沈阳：春风文艺出版社，2018：12.

### （三）"汉味"语言特色

"汉味"小说是运用具有浓郁武汉地方风味的语言描写武汉当地风土人情的小说。在《烦恼人生》中，池莉运用浓郁的"汉味"语言，将武汉风土人情和市井百态展现得淋漓尽致。"汉味"语言特色贯穿全书，使小说具有显著的地域性和丰富的文化内涵。

作为武汉地区的代表性文学作品，《烦恼人生》巧妙地运用了武汉方言，充满了浓郁的地域风味。武汉方言既具有独特的词汇、语法和语音特点，又充满了武汉人独有的生活气息。池莉在小说中大胆运用武汉方言，使小说充满了地域特色，也为外地读者提供了一次深入了解武汉文化的机会。通过运用武汉方言，池莉成功地向读者展示了武汉人独特的性格特点，如泼辣、直接、真实。池莉还通过生动的"汉味"语言，将武汉的风土人情以及市井百态生动地呈现在读者面前。在小说中，池莉用简洁明了的"汉味"语言描写了印家厚的生活状态和其他人物形象。如"儿子挥动小手，老婆也扬起了手"，这里的表达简练而富有市井气息，为读者展现了普通市民真实的生活场景。池莉通过简单纯粹的语言，将武汉的地域特色展现得淋漓尽致。

"汉味"语言在描写武汉风土人情方面的表现也是极为出色的。池莉通过细腻的笔触，将武汉的饮食文化、民间传统习俗以及市井生活的各种细节逐一呈现在读者眼前。例如，在对武汉特色小吃热干面的描写中，池莉通过细致入微的笔触，展现了武汉饮食文化中独特的魅力。这使读者不仅能深入了解武汉的风土人情，还能感受到"汉味"语言所蕴含的地域特色。

# 第九章　余华及其小说创作

## 第一节　余华文学成就及小说艺术分析

### 一、余华的生平及小说艺术分析

#### （一）余华的生平经历

余华是一位杰出的中国当代作家，1960 年 4 月 3 日生于浙江杭州。他的成长环境与他的文学成就密不可分，时代变迁过程中的独特经历，正是他作品中不断探求生命意义的源泉。

1962 年，童年时代的余华跟随父母搬迁至海盐县，度过了充满探索与奇遇的时光。在海盐县向阳小学和海盐中学度过的十年里，余华开始接触文学，并在海盐县图书馆中悄然培养起对文字的热爱。

1977 年，作为恢复高考后首批考生，年轻的余华遗憾落榜。一年之后，他成为海盐县武原镇卫生院的牙科医生。但此时的他依旧对文字工作充满向往，他怀揣着对海盐县文化馆的憧憬，开始了人生中第一次尝试写作。

1979 年，余华前往宁波进修口腔科，这段时间内，他阅读了日本作家川端康成的作品，川端康成的作品对余华产生了深远的影响。在接下来的 1980 年至 1982 年，余华将工作之余的大部分时间投入阅读与创作，逐渐打下了扎实的文学基础。

1983 年，余华的作品《第一宿舍》在《西湖》杂志上首次亮相，短短数月后，《鸽子，鸽子》在《青春》杂志上发表。这两部作品的成功使他得以调往海盐县文化馆工作。1984 年，余华在《北京文学》上发表了《星星》，并凭此获得了当年的北京文学奖。在随后的一年里，他的作品陆续发表于各大杂志，其声名迅速在文坛崛起。

1987 年，余华的《十八岁出门远行》与《西北风呼啸的中午》在《北京文学》上发表，《四月三日事件》和《一九八六年》出现在了《收获》杂志上。这一年的作品成果使他在中国先锋作家群体中确立了自己的地位。同年，他赴北京鲁迅文学院参加文学讲习班学习，这一举动为他未来的文学生涯奠定了坚实基础。

1988 年，余华继续创作了一系列短篇小说，如《现实一种》和《世事如烟》。同年 9 月，他进入鲁迅文学院与北京师范大学联合举办的创作研究生班，与莫言、刘毅然等同班学习。在这段时间里，余华广泛阅读了马尔克斯、威廉·福克纳、胡安·鲁尔福等大量现代作家的作品。

1989 年 4 月，余华受邀与刘毅然等作家同行，参加了一次穿越西部的旅程。此行，他们沿途考察了一些西部的省市，为山东电视台撰写了《穿越西部》专题片。同年 9 月，余华在《上海文论》发表了论文《虚伪的作品》，同时在各大杂志上发表了一系列具有先锋意味的中短篇小说，如《此文献给少女杨柳》《往事与刑罚》和《鲜血梅花》。1989 年底，他调入嘉兴市文学艺术界联合会，并担任杂志《烟雨楼》的编辑。

1990 年，余华出版了第一部小说集《十八岁出门远行》，并开始创作第一部长篇小说《在细雨中呼喊》。同年，他从研究生班毕业，获得文学硕士学位后回到嘉兴继续创作。

1991 年，余华的第二部小说集《偶然事件》出版，同年，《在细雨中呼喊》也在《收获》杂志发表。这部作品成为余华个人首部长篇小说，展现了他在文学创作方面的才华。

1992 年，余华受聘成为浙江文学院合同制作家，任期约一年。同年，他在《收获》杂志发表了长篇小说《活着》，这部作品讲述了在特定时代背景下，徐福贵一家的悲欢离合。《活着》后来被译成多种语言，风靡全球。余华的文学成就因此受到了国内外的广泛认可。

1993 年 8 月，余华离开嘉兴市文学艺术界联合会，定居北京，开始了职业写作生涯。他的作品陆续被翻译成多种语言，在国际上广泛传播。1994 年，根据《活着》改编的电影在第 47 届戛纳国际电影节上获得评委会大奖，将余华推向了国际舞台。

1995 年，余华的长篇小说《许三观卖血记》在《收获》杂志发表。同年，余华还发表了一系列短篇小说，如《我没有自己的名字》和《黄昏里的男孩》等。

1997 年，余华应邀为《读书》杂志撰写随笔，展示了他在文学创作领域的多样性。1998 年 6 月，他凭借长篇小说《活着》获得了意大利文学最高奖——格林扎纳·卡佛文学奖，再次证明了他在世界文学界的影响力。

1999 年，余华受邀为《收获》杂志撰写音乐随笔。同年，他出版了随笔集《我能否相信自己》，收录了 23 篇关于阅读和音乐的随笔。同年 5 月，他前往美国进行了为期一个月的访问。同年 6 月，又赴韩国访问。

2000 年 5 月，余华参加了意大利都灵书展，并应德国出版社之邀在奥地利和德国进行巡回朗读会。同年 5 月 30 日，中文在线网站成立，余华以作品入股，加盟网络新文化运动。同年 10 月，余华应韩国民族文学作家会议邀请，再次访问韩国。同年，华艺出版社出版了余华的随笔集《内心之死》和《高潮》。

2001 年，余华赴澳大利亚参加了悉尼文学节，并在爱尔兰都柏林作家节上发表了演讲。他的影响力逐渐从国内扩展到国际，余华成为一位全球知名的作家。

2002 年，余华的英文版小说集《往事与刑罚》荣获澳大利亚詹姆斯·乔伊斯基金会颁发的年度悬念句子文学奖。同年，余华参加了在德国举办的柏林文学节，并在上海参加了巴金 99 周岁和《收获》杂志 45 周年庆祝活动。

2003 年，余华的《许三观卖血记》英文版由兰登书屋推出，荣获美国巴恩斯·诺贝尔新发现图书奖。同年，余华赴美参加了爱荷华大学国际写作计划，并在 30 所美国学校进行巡回演讲。

2004 年，余华在加州大学伯克利分校开设了关于鲁迅的文学讲座，并在巴黎参加了第二十四届法国书展。法国文化部长授予余华法兰西文学和艺术骑士勋章，这标志着余华在国际文学界的地位得到了进一步的肯定。

2005 年，余华推出了长篇小说《兄弟》的上部，讲述了二十世纪六七十年代小镇重组家庭中的两兄弟李光头和宋钢所经历的种种磨难。同年，余华荣获了第四届中华图书特殊贡献奖。

2006 年，余华推出小说《兄弟》的下部。

余华的写作生涯在 2008 年取得了更大的突破，他的小说《兄弟》荣获了第一届法国国际信使外国小说奖。同年，他出版了《没有一条道路是重复的》和《温暖和百感交集的旅程》等随笔集。

2010 年，余华参加了耶路撒冷国际文学节，并获得了腾讯星光大典年度最具影响力微博奖项。同年，他出版了散文随笔集《十个词汇里的中国》，进一步展示了他对中国社会和文化的独特见解。

2013 年，余华出版了关于音乐的随笔集《间奏：余华的音乐笔记》。

2014 年，余华成为北京师范大学驻校作家，同年荣获第 12 届华语文学传媒大奖年度杰出作家大奖。

2015 年，余华出版了首部杂文集《我们生活在巨大的差距里》，书中的大部分文章为即兴创作，再次展现了他独特的文学魅力。

2018 年，余华凭借小说《活着》获得了作家出版社超级畅销奖。同年 7 月，他通过译林出版社出版了杂文集《我只知道人是什么》，分享了他的生活体验和创作心得。

2019 年，余华受聘成为北京师范大学教授。

2021 年，余华出版了长篇小说《文城》，该书以清末民初为时代背景，从不同视角讲述了林祥福、纪小美等各色人物的颠沛起伏。同年，余华参演的电影《一直游到海水变蓝》在中国上映，并当选中国作家协会第十届全国委员会委员。

2022 年，余华受邀担任海盐县文化大使。同年，他的长篇小说《兄弟》荣获第二十届亚斯纳亚·波利亚纳文学奖最佳外语作品奖，而《文城》则获得了第五届施耐庵文学奖。此外，他还受邀参加今日头条与江苏卫视联合出品的外景纪实类读书节目《我在岛屿读书》。

2023 年，余华担任首届漓江文学奖评奖委员会主任，这也是他首次担任文学奖的评委。

### （二）余华的创作体裁及作品

余华的创作体裁概括起来分为小说、随笔、杂文（表 9-1）。

表 9-1　余华创作体裁及代表作品

| 体裁 | | 代表作品 |
| --- | --- | --- |
| 小说 | 长篇小说 | 《在细雨中呼喊》《活着》《许三观卖血记》《兄弟》《第七天》《文城》 |
| | 中篇小说 | 《十八岁出门远行》《偶然事件》《世事如烟》《河边的错误》《黄昏里的男孩》《鲜血梅花》《现实一种》《我没有自己的名字》《战栗》《我胆小如鼠》《四月三日事件》 |
| 随笔 | | 《我能否相信自己》《内心之死》《高潮》《灵魂饭》《音乐影响了我的写作》《没有一条道路是重复的》《温暖和百感交集的旅程》《十个词汇里的中国》《间奏：余华的音乐笔记》《文学或者音乐》《我的文学白日梦：余华散文精选》 |

| 体裁 | 代表作品 |
|------|----------|
| 杂文 | 《我们生活在巨大的差距里》《我只知道人是什么》 |

## 二、余华小说艺术分析

### （一）苦难环境的描写

余华的创作世界沉浸在充满苦难和挑战的环境中，余华对于苦难的描写并不仅限于肉体上的磨难，更多的是对精神苦难的描写。他的作品中的人物在精神上的苦难往往比肉体上的痛苦更加深重。如《现实一种》中的两兄弟被复仇的欲望所驱使，他们在无止境的欲望追求中失去了自我，沉溺于无尽的痛苦中。余华通过这些深度的人性描摹，展示了"精神苦难"对人的腐蚀以及由此引发的无边的痛苦。

### （二）无法抗拒的命运

在余华的创作世界中，命运以神秘的力量牵引着人物的起伏，仿佛一场无法抗拒的漩涡，时刻伴随人们的生死离合。

余华的小说《十八岁出门远行》，以一名青涩少年的视角，揭开了对"命运"的首次探寻。之后，《世事如烟》《难逃劫数》《命中注定》《死亡叙述》《偶然事件》《鲜血梅花》等作品，让人们不禁感叹人类在命运面前的无奈与渺小。

余华作品中的人物常常在一股无法抵挡的力量面前无可奈何，走向命定的结局。余华在创作过程中，也时常有对现实的质疑和虚妄感。在某种隐秘力量的驱使下，"偶然"的因素异乎寻常地活跃。这种神秘的虚幻空间，正是命运的另一面。

### （三）语言特色

余华的小说中，音乐元素与文字相融合，为他的作品增色添彩。在余华的小说中，语言文字与丰富的节奏韵律悠然融洽，句子流畅如诗，字句韵味盎然。这些独特的文学风格与余华的音乐素养和爱好息息相关。

在《在细雨中呼喊》这部作品中，人们可以领略余华是如何运用音乐元素丰富小说韵律的。"我跟在村里几个孩子后面奔跑，脚下是松软的泥土和迎风起舞的青草"①一句，"跑"与"草"两字押韵，呈现出一种曼妙的韵律美感。余华的小说充满了富有节奏感的词语，如依稀、迷茫、抖擞、荡漾、软绵绵、乱糟糟、急匆匆、兴致勃勃、气喘吁吁等。以《爱情故事》为例，句子中的"冲冲"与"忡忡"均为叠音词，形成了独特的音律美。

话语重复也是余华创作中的一个显著特点。在《许三观卖血记》中，一乐与许玉兰的对话多次使用"我不愿意"，以表达一乐的思想情感。这种重复性的叙述方式既展现了余华从音乐作品中获取的灵感，也成为他刻画人物性格特征和心理变化的重要手法。

值得一提的是，余华作品中的幽默，往往是源于极端反差中的灰色幽默，是一种零度情感叙述。这种幽默常常收到出奇制胜的表达效果。余华小说通过上下文和情景展现一种虚化的幽默。如《兄弟》中，"他的顾客源源不断，始终是求大于供，而且还有回头客"②，在了解上下文后，人们才明白这里所谓的"顾客"其实是请李光头讲述猥琐故事的人。这种幽默往往需要放入真实的语境中才能理解。

---

① 余华. 在细雨中呼喊 [M]. 上海：上海文艺出版社，2004：3.
② 余华. 兄弟 [M]. 北京：北京十月文艺出版社，2018：21.

# 第二节　《活着》中的悲剧叙事艺术

## 一、《活着》的内容简介

《活着》讲述了一位老人跨越漫长岁月的人生经历，这是一段充满沧桑与苦难的心灵告白，如同一部展现人生曲折历程的戏剧。在这部作品中，年轻的叙述者"我"受托收集乡间民谣，意外邂逅一位名为徐福贵的老人，并聆听他娓娓道来的坎坷人生。

福贵出身于显赫的家族，年少时颓废放纵，沉溺于声色犬马。不久之后，福贵落入别人设计的圈套，家产损失殆尽，一家人从此过上了贫困潦倒的生活。福贵的父亲在这一连串悲剧中痛苦离世。父亲的离去令福贵悔悟，福贵决定重新开始。此后，他改行务农，穿上粗布衣裳，挥舞农具，开启了艰辛的农民生涯。不久，福贵的母亲患病，他带着家中仅剩的两块银圆前往城里请医。然而，一场意外降临：福贵被国民党军队抓走充军。

两年后，福贵被解放军俘获并释放回家。回到家中，他得知母亲早已离世，女儿凤霞在一次高烧后变成了聋人。此后，福贵又见证了一系列历史事件。在这段时光里，他与亲人饱尝生死离别的苦楚：为了让儿子有庆上学，福贵把女儿送给了别人，然而女儿又跑回家，一家人再度团聚；后来有庆因为输血过量不幸离世，而负责此事的县长竟是福贵昔日的战友春生。

岁月流转，福贵的女儿凤霞嫁人成家，但不幸在分娩过程中因大出血而死。有庆、凤霞相继离世后，福贵的妻子家珍也悲痛欲绝，含泪离去。剩下的只有福贵、女婿二喜和外孙苦根。这个家庭凄凉而艰辛地度过了几年时光，直到二喜在一场意外中丧命。福贵和外孙苦根又共度了若干年时光，命运仍旧不放过他们，苦根在一次突如其来的事故中夭折。最终，福贵买下了一头将要被别人宰杀的老水牛，给它起了和自己一样的名字——福贵，艰难地度过了余生。

## 二、《活着》的创作背景

长久以来，余华深受现实生活的触动，曾是一位充满愤怒的作家。随着时光流逝，余华内心的怒火逐渐熄灭，他开始意识到，作为一位真正的作家，其使命并非宣泄、指责或揭示，而是向人们展示一种崇高的品质。这种崇高不是单纯的美好，而是在理解人生百态之后，达到超然境地，以同情的目光看待人与事物。

正是在这种思考方式下，余华听到了一首美国民歌《老黑奴》。歌中那位经历无尽苦难的主人公，在失去家人后仍然以友好的姿态面对世界，没有丝毫抱怨。这首歌深深地触动了余华，他决定创作一部以此为灵感的小说——《活着》。这部作品将描写人类面对磨难时的承受能力和对世界保持的乐观态度。在写作过程中，余华逐渐明白人们活着的意义在于生命本身，而非追求生活之外的其他目标。他坚信自己已经创作出了一部崇高的作品。

1992年春节过后，余华在北京一间仅有8平方米的小屋中开始了《活着》的创作。到了秋天，他在上海华东师范大学招待所的一个房间里完成了定稿。起初，余华试图以旁观者的视角讲述福贵一生的故事，但这种写作方式充满困难，几乎无法继续。然而有一天，余华突然改变思路，从第一人称的角度让福贵讲述自己的经历。出乎意料的是，这种写作方式的运用让之前的障碍瞬间消失。就这样，余华极其顺利地完成了《活着》的创作。

### 三、《活着》的悲剧叙事

#### （一）描写现实中的悲剧

在先锋文学领域，余华的悲剧叙事风格堪称独树一帜，其独特之处甚至可称为残忍的极致。从《十八岁出门远行》起，余华笔下的作品如《四月三日事件》《一九八六年》《河边的错误》《现实一种》《世事如烟》《难逃劫数》，其中的悲剧无比惨烈，揭示了人性中原始的、暴力的、残忍的一面。

在《活着》这部作品中，诡异、暴力、冷酷的元素消失殆尽。整部小说从故事到叙事，都回归到了现实与朴实之中，充满了令人动容的温情。故事本身依托现实，背景、人物、事件均源于生活。福贵一生的经历被安置在历史长河之中，历经抗日战争、解放战争等风雨，这些历史事件对福贵的生活产生了巨大的影响。福贵一家四世同堂，福贵一家以外的龙二、春生等人物的人生轨迹也历历在目。福贵的生活态度越来越真实，从一个堕落的纨绔子弟到一个朴实的普通百姓，这种变化伴随着家庭氛围的转变。《活着》将宏大的历史背景和平凡的日常生活交织在一起，展现出史诗般的气度与厚重。

在《活着》中，悲剧冲突并非人力可以解决的，悲剧在于生命的终极对立力量——死亡及其代表的无尽苦难。在小说世界中，这样的悲剧似乎无法和解。"这些历史事件本身在叙事中却显得非常平淡，似乎只是人物无意中碰上的一种灾难，或者说，只是命运自身的一种潜在安排，至于个人与历史之间的悲剧冲突并不明显。这也表明余华的叙事目标不是强化历史的悲剧性。"①

余华通过小说《活着》，将先锋文学悲剧叙事推向了一个新的高峰。在此前的先锋文学中，由于文本的游戏性质和故事的直接寓言性质，悲剧显得朦胧而虚幻，被引向荒诞与游戏，濒临被解构的边缘。然而，在

---

① 洪治纲．余华研究资料［M］．天津：天津人民出版社，2007：519-520.

《活着》中,明显的寓言变成了隐喻,悲剧既联系现实经验,又从现实超越到生活的本真状态,直指人生的本质,使悲剧不可掩盖、无法逃避。

当人们面对福贵所遭受的连环悲剧时,人们很难不设想:如果那天有庆没有去上学,福贵会不会安享天伦之乐?人们似乎只能将悲剧归咎于命运的无常,但命运观念已经无法解释福贵身上集中的悲剧色彩。因此,福贵遭受的灾祸并非现实,而是象征和隐喻,它将人生问题引向哲学层面,引向形而上的境界。在这种情况下,悲剧冲突不再是人力可以克服的,而是生命中终极对立力量——死亡及其所代表的无尽苦难。

面对如此悲剧,人们不禁思考:路在何方?情何以堪?《活着》通过这种高超的矛盾冲突设定,潜在地展现了悲剧艺术的深度。那么,出路在哪里?没有人可以找到答案。余华也无法为读者提供个性化的答案。读者需要在自己的人生历程中,从福贵的遭遇中汲取教训,勇敢面对生活的困境,寻求属于自己的答案。

### (二)《活着》中的后悲剧

《活着》悲剧性并未真正贯彻始终。余华似乎无法忍受他所提出的无解问题,他虚假地使悲剧得到了解决。原因在于套中套的叙事模式为悲剧提供了缓冲。余华采用了双重的限制性叙事视角,一个是福贵的追忆,另一个是"我"的转述。双重循环叙事使悲剧的实际发生与读者产生了距离。

福贵的追忆虽然采用第一人称叙述视角,但并非完全的限制性叙述视角。限制性叙述视角由于叙述者知道的比人物还少,因此悲剧降临之时对读者的打击甚至会超过人物,小说人物悲剧将变成文本中的戏剧。福贵的追忆以回忆的方式叙述,因而取得了全知叙述视角的所有便利,并承载了福贵事前事后的情感。这样,在悲剧行将降临之前,叙述者会做充分的蓄势,在悲剧发生时则会极尽渲染,在悲剧发生后则可以用自己的痛定思痛增强悲剧的感染力。余华在悲剧叙述中采用了这三种技巧。

如有庆之死，在此之前，作者对有庆的成长、懂事进行了充分描写，并以生活的艰辛反映福贵对孩子的亏欠；有庆死时，通过对无责任感的医生的描写和体育老师的反应渲染有庆的无辜；有庆死后，福贵和家珍去坟前祭奠有庆，使悲剧氛围达到高潮。这样，叙事的重心悄悄地偏离了悲剧本身，转向了悲剧的感染力，悲剧叙事变成了苦难叙事，不再是指向读者的理解和反思，而是指向读者的悲悯情感。

福贵的追忆又被包裹在"我"的转述之中。"我"作为民歌采集者，与老年福贵相遇，倾听他一生的悲苦命运。作为另一个叙述者，"我"的叙述内容分为两部分，一部分是对于福贵追忆的记录，另一部分是福贵历经沧桑之后的生活状态和"我"的感受。福贵的追忆构成了"我"叙述的量的重心，而对老年福贵生活状态的描写则是"我"叙述的质的重心。实际上，"我"叙述的主要内容和焦点正是福贵晚年的生活状态。在这样的叙述中，一个无奈而豁达、幽默又坚强、历尽沧桑但仍坚忍执着地"活着"的普通中国农民、普通中国人、普通人的形象便显现出来。

福贵的故事暗含了一个悲剧性的问题，即在死亡面前，如何让生命闪耀？"我"的叙述则呈现了福贵生活的答案。福贵和"我"之间的双重叙事形成了一种对话，却没有构成复调。在《活着》中，叙事已回归传统，失去了先锋叙事的独特之处。这使看似无法解决的人生悖论得以化解。余华从先锋悲剧叙事的巅峰退回，重返了传统。在这种回归过程中，生命的悲剧性被无尽的同情和感慨淹没，真正的悲剧荡然无存。先锋悲剧叙事演变为苦难叙事。在先锋悲剧叙事之后，苦难叙事层出不穷，但已不再是悲剧叙事，这便是后悲剧时代的降临。

# 参考文献

## 专著类文献

[1]  张香华.中国现当代小说选 [M].北京：中国友谊出版公司，2000.

[2]  殷国明，陈志红.中国现当代小说中的知识女性 [M].广州：广东高等教育出版社，1990.

[3]  李建军，陈忠玲.中国现当代小说精品鉴赏 [M].沈阳：辽宁教育出版社，2002.

[4]  赵福生.飘忽的彩虹：中国现当代小说贯通论 [M].郑州：河南人民出版社，1994.

[5]  贾蔓.中国现当代精品小说研究 [M].成都：四川大学出版社，2008.

[6]  马尚瑞.中国现当代短篇小说卷 [M].北京：文化艺术出版社，1989.

[7]  陈超，马云.中国现当代文学作品选：当代小说：戏剧卷 [M].石家庄：河北人民出版社，2003.

[8]  吴晴.外国现当代女作家短篇小说选 [M].北京：中国新闻出版社，1985.

[9]  林非.鲁迅小说论稿 [M].天津：天津人民出版社，1979.

[10]  赵卓.鲁迅小说叙述艺术论 [M].北京：首都师范大学出版社，2002.

[11]  冯光廉.鲁迅小说研究 [M].天津：天津人民出版社，1989.

[12]  王嘉良.王嘉良学术文集：第 5 卷：茅盾小说论 [M].上海：上海文艺出版社，2011.

[13] 王润华.老舍小说新论 [M].上海：学林出版社，1995.

[14] 佟家桓.老舍小说研究 [M].银川：宁夏人民出版社，1983.

[15] 老舍.老舍小说：鉴赏版 [M].西安：太白文艺出版社，2013.

[16] 谢昭新.老舍小说艺术心理研究 [M].北京：北京十月文艺出版社，
1994.

[17] 田悦芳.巴金小说形式研究 [M].上海：复旦大学出版社，2016.

[18] 黄长华.巴金小说叙事研究 [M].天津：天津社会科学院出版社，
2013.

[19] 胡永修，周芳芸.巴金研究 [M].成都：电子科技大学出版社，1993.

[20] 陈思和.巴金的魅力 [M].广州：广东人民出版社，2018.

[21] 张民权.巴金小说的生命体系 [M].上海：复旦大学出版社，2012.

[22] 刘福泉，王新玲.巴金创作艺术探究 [M].上海：复旦大学出版社，
2019.

[23] 贺亮明.沈从文城市题材小说审美视角研究 [M].成都：西南交通大
学出版社，2011.

[24] 吴正锋.沈从文小说艺术研究 [M].长沙：湖南人民出版社，2012.

[25] 刘进才.京派小说诗学研究 [M].开封：河南大学出版社，2005.

[26] 谭文鑫.沈从文文学创作与音乐的关系研究 [M].长沙：湖南大学出
版社，2019.

[27] 于根元，刘一铃.王蒙小说语言研究 [M].大连：大连出版社，1989.

[28] 郭宝亮.王蒙小说文体研究 [M].北京：北京大学出版社，2006.

[29] 金健人.新写实小说选 [M].杭州：浙江文艺出版社，1993.

[30] 濮方竹.池莉小说的城市呈现 [M].北京：现代出版社，2015.

[31] 刘琰.余华小说的叙事艺术研究 [M].长春：吉林人民出版社，2021.

## 期刊文章及学位论文类文献

[32] 王莉，乔路．论沈从文小说《边城》中的人性美 [J]. 安阳工学院学报，2020，19（1）：81–83.

[33] 李强迪．老舍叙事文学作品中的人物研究 [D]. 芜湖：安徽师范大学，2017.

[34] 方爱武．跨文化视域下当代"中国形象"的建构：以王蒙、莫言、余华为例 [D]. 杭州：浙江大学，2016.

[35] 张宗泽．温情的绝望：论余华的《活着》和《许三观卖血记》[D]. 曲阜：曲阜师范大学，2015.

[36] 周魏．张爱玲小说的语言特征 [D]. 长沙：湖南师范大学，2014.

[37] 田悦芳．巴金小说形式研究 [D]. 天津：南开大学，2013.

[38] 贡发芹．浅析余华的小说《活着》[J]. 安徽文学（下半月），2011（12）：11–14.

[39] 黄长华．巴金小说叙事研究 [D]. 福州：福建师范大学，2011.

[40] 乔军豫．用"活着"对抗死亡：论余华的小说《活着》展示的生命信念 [J]. 昌吉学院学报，2010（2）：59–61.

[41] 陶小红．张爱玲小说与《红楼梦》[D]. 北京：中国艺术研究院，2010.

[42] 魏洪丘．年轻人的真诚热情与世事洞明：重读王蒙的《组织部来了个年轻人》[J]. 名作欣赏，2010（9）：10–12.

[43] 奇恩暎．张爱玲《金锁记》研究 [D]. 济南：山东大学，2009.

[44] 陈长春．透视《边城》论沈从文小说的反现代性 [D]. 长春：东北师范大学，2008.

[45] 于启莹．京味·市井·小说：京味市民小说三家 [D]. 长春：东北师范大学，2008.

[46] 严丽珍．论巴金小说中的人物形象 [D]. 上海：复旦大学，2008.

[47] 黄伟林．以坚忍的姿态承担不可抗拒的苦难：余华《活着》的现代主义解读 [J]．南方文坛，2007（5）：73–76．

[48] 陈志华．茅盾小说的叙事结构分析 [D]．济南：山东师范大学，2007．

[49] 符传丰．老舍短篇小说论 [D]．上海：复旦大学，2007．

[50] 郜元宝．当蝴蝶飞舞时：王蒙创作的几个阶段与方面 [J]．当代作家评论，2007（2）：29–56．

[51] 薛世昌．鲁迅小说《祝福》的主题再探 [J]．天水师范学院学报，2006（3）：88–91．

[52] 叶澜涛．近十年池莉小说研究综述 [J]．湛江海洋大学学报，2006（2）：92–96．

[53] 刘洪涛．沈从文小说价值重估：兼论 80 年来的沈从文研究 [J]．北京师范大学学报（社会科学版），2005（2）：63–71．

[54] 孙先科．王蒙《组织部来了个年轻人》的精神现象学阐释 [J]．中国现代文学研究丛刊，2004（3）：271–284．

[55] 吴晓东．鲁迅第一人称小说的复调问题 [J]．文学评论，2004（4）：137–148．

[56] 高乃毅．论池莉小说的女性意识 [D]．郑州：郑州大学，2004．

[57] 周景雷．茅盾与中国现代文学 [D]．上海：复旦大学，2004．

[58] 黄长华．论张爱玲小说的悲剧意识 [D]．福州：福建师范大学，2004．

[59] 周利荣．论池莉小说的女性意识：兼及新时期女性意识的多元型态 [J]．陕西师范大学学报（哲学社会科学版），2002（5）：70–75．

[60] 刘志华．论沈从文小说的悲剧意识 [D]．重庆：西南师范大学，2002．

[61] 王富仁．鲁迅小说的叙事艺术 [J]．中国现代文学研究丛刊，2000（3）：1–36．

[62] 余连祥．茅盾小说世界中的女性形象 [J]．湖州师专学报，1997（2）：21–34．

[63] 戴锦华 . 池莉：神圣的烦恼人生 [J]. 文学评论，1995（6）：50–61.

[64] 凌宇 . 沈从文研究的回顾与前瞻 [J]. 中国现代文学研究丛刊，1995
（2）：110–135.

[65] 郜元宝 . 余华创作中的苦难意识 [J]. 文学评论，1994（3）：88–94.

[66] 吴晓东 . 鲁迅小说的第一人称叙事视角 [J]. 鲁迅研究动态，1989（1）：
12–18.